AF141030

FRIEDERIKE SCHMÖE

Zuträger

FRIEDERIKE SCHMÖE

Zuträger

Ein neuer Fall für Katinka Palfy

SPANNUNG

GMEINER

Bisherige Veröffentlichungen im Gmeiner-Verlag:
Stille Nacht, grausige Nacht (2015), Kirchweihleichen (2015), Ein Toter, der nicht sterben darf (2014), Wer mordet schon in Franken (2014),
Schaurige Weihnacht überall (2013), Du bist fort und ich lebe (2013), Still
und starr ruht der Tod (2012), Rosenfolter (2012), Lasst uns froh und
grausig sein (2011), Wasdunkelbleibt (2011), Wernievergibt (2011), Süßer
der Punsch nie tötet (2010), Wieweitdugehst (2010), Bisduvergisst (2010),
Fliehganzleis (2009), Schweigfeinstill (2009), Spinnefeind (2008), Pfeilgift
(2008), Januskopf (2007), Schockstarre (2007), Käfersterben (2006), Frat-
zenmond (2006), Kirchweihmord (2005), Maskenspiel (2005)

Besuchen Sie uns im Internet:
www.gmeiner-verlag.de

© 2015 – Gmeiner-Verlag GmbH
Im Ehnried 5, 88605 Meßkirch
Telefon 0 75 75 / 20 95 - 0
info@gmeiner-verlag.de
Alle Rechte vorbehalten
2. Auflage 2015

Lektorat: Claudia Senghaas, Kirchardt
Herstellung: Mirjam Hecht
Umschlaggestaltung: U.O.R.G. Lutz Eberle, Stuttgart
unter Verwendung eines Fotos von: © seewhatmitchsee / Fotolia.com
Druck: GGP Media GmbH, Pößneck
Printed in Germany
ISBN 978-3-8392-1685-9

PROLOG

Wenn sie rennt ... das ist so eine Energie, die sie da freisetzt ... sie ist stark ... unschlagbar! Und ein super Gefühl, den Schriftzug auf dem Trikot zu haben. Genau diesen. Die Firma hat die Shirts extra bedrucken lassen. Super schick, mit den blauen Buchstaben.

Das ist ein Feeling ... dazugehören ... sie rennt und rennt, und während sie ihre Füße auf den weichen Boden hämmern lässt, denkt sie darüber nach, wie sie es anstellen kann, nicht nur dazuzugehören, sondern dabeizubleiben ... Noch vor ein paar Wochen hätte sie was drum gegeben, Member zu werden! Sie wollte zu allen Bedingungen dazugehören. Hat sie doch ständig bewiesen. Wenn sie trainiert, verbissen trainiert ... dann wird man auf sie aufmerksam. Sagt Hanne nicht immer, sie muss sich mit den richtigen Leuten anfreunden?

Lange verstand sie Hannes schiefes Lächeln nicht. Dabei läuft Hanne jetzt auch. Alle laufen. Fast alle ...

Die Sonne scheint durch das hellgrüne Blattwerk. Drüben im Hainbad sonnen sich schon ein paar Leute. Schwimmen traut sich bislang keiner. Aber die Lichtreflexe im Fluss – ein Traum. Am Ufer steht ein Angler, starrt gelangweilt auf das braune Wasser und raucht.

Selbst einer, der vielleicht Selbstgespräche führt, so wie sie es oft macht. Sie fühlte sich so frei, so überlegen ... weil sie lief. Weil sie es besser machte. Weil sie etwas für ihre Zukunft tat. Für ihre Gesundheit. Mit dem Laufen und dem blauen Schriftzug auf dem Trikot. Das fühlte sich cool an. Unglaublich cool!

Auf der richtigen Seite stehen. Auf der Seite der Sieger. Derjenigen, die alles richtig gemacht haben. Die hart zu sich selbst sind, diszipliniert; sie wird den Halbmarathon laufen. Sie hat keine Angst. Nicht vor dem Wetter, nicht vor den Strapazen, nicht, dass sie plötzlich zusammenbrechen könnte. Sie trainiert seit einem halben Jahr. Es läuft gut.

Sie lächelt, während ihr der Schweiß in die Augen rinnt. Laufen ist einfacher als alles andere. Beim Laufen hat sie keine Kapazität zum Grübeln frei.

Ein Rad nähert sich von hinten. Das nervt echt. Erst hört sie sie kaum, und dann klingeln sie einen vom Weg, die Radfahrer, als wäre sie ein Tier, das man flott verscheuchen kann. Sie läuft direkt am Ufer. Der Weg ist matschig, gestern hat es geregnet, aber sie ist trittsicher. Obwohl die Böschung zur Regnitz runter steil ist, braucht sie kein Tempo zurückzunehmen.

Der Schnösel auf dem Rad sagt nicht mal »danke«, als sie ihn vorbeilässt. Matsch spritzt ihr an die Beine. Blödmann! Hätte ihr ruhig mehr Platz lassen können. Ganz kurz gerät sie ins Taumeln. Fängt sich sofort. Der Weg ist wirklich zu schmal für Räder und Läufer zugleich, vor allem, wenn der Boden so durchweicht ist. Der steil nach oben führende Hang rechts, der Fluss links. Da passt nur einer bequem hin, und dieser Radfahrer hat sich kaum bemüht, ein bisschen näher am Hang zu fahren. Manche Männer, die auf dem Rad vorbeikommen, pöbeln sie sogar an. »Na, Kleine, da hüpfen die Möpse, was?« – »Mädel, trainierst du für den Bambinilauf?«

Wenn das Shirt mit der blauen Schrift ihnen schon keinen Respekt abverlangt … Aber bei den Bambergern weiß man ohnehin nie. Ob die überhaupt überreißen, was für

Schätze sich in ihrer Stadt verbergen? Mal abgesehen von den Museen und Kirchen.

Sie wirft einen Blick zurück. Nur um sicherzugehen, dass nicht noch ein Zweirad kommt und sie gleich rammt. Ganz hinten sieht sie jemanden, doch der zählt nicht, ein Fußgänger, der holt sie sowieso nicht ein.

Ihr Herz schlägt heftig, aber gleichmäßig, die Pulsuhr sagt, alles in Ordnung, sie ist nicht im anaeroben Bereich, wenn der Körper Muskelmasse angreift, um zu überleben. Sie beschleunigt. Nur ein bisschen.

Gleich ist sie beim Minigolfplatz, vorher kommt die frühere Jugendherberge Wolfsschlucht, anschließend wird sie über die Brücke zur Buger Spitze abbiegen und zurücklaufen durch den Hain bis nach Hause, ein paar extra Schleifen machen, damit sie die Kilometerzahl steigert.

Sie erinnert sich dunkel, dass die Wolfsschlucht umgewidmet werden sollte. Irgendwas über ein Asylbewerberheim hat sie in der Zeitung gelesen. Oder ging es um ein Jugendzentrum? Ist länger her. Egal, was soll's, sie übernachtet weder in der einen noch in der anderen Einrichtung. Sie sorgt dafür, dass sie vorankommt im Leben. Dachte sie jedenfalls bislang immer.

Sie hört ein komisches Geräusch hinter sich. Klingt nicht wie ein Rad. Ihr Herz stolpert, das spürt sie mit einem Mal, dabei ist sie doch so fit, ihr Ruhepuls liegt bei 42 … auch so eine Sache, die dazu führt, dass sie sich großartig fühlt. Unter den Auserwählten mit dem niedrigen Ruhepuls zu sein. Sie gehört zu denjenigen in der Firma, die nie den Lift nehmen. Die sich innerlich kaputtlachen über die Halbleichen, die nach drei Treppenstufen schon keuchen.

Zasch-zasch-zasch machen die Schuhe. Dumpfer Ton auf aufgeweichtem Boden.

Trotzdem will sie sich umdrehen. Man muss ja wissen, was hinter einem liegt.

Gerade noch rechtzeitig. Sie blickt zurück und gerät fast ins Stolpern. Das endet böse. Jetzt rast ihr Herz, beschleunigt, will aus dem Brustkorb raus, Panik, Entsetzen, das kann doch nicht wahr sein, Leugnung, Schock, Reaktion nicht aus dem Hirn, aus dem Rückenmark, das ist der kürzere Weg. Wo ist nur die verdammte Wolfsschlucht, da könnte sie vielleicht über den Zaun springen oder einfach reinrennen, Tür zuschlagen, aber das alte Haus ist unerreichbar weit … man will in Situationen wie diesen mit dem Schicksal verhandeln … ist bereit, alles Mögliche im Tausch anzubieten, um zu überleben …

Wie leise das alles vonstattengeht, fast lautlos!

Sie stürzt die Böschung hinunter. Der Fluss ist kälter, als sie gedacht hat, ihr Herz galoppiert, sie geht unter, zwingt sich, den Atem anzuhalten … das Herz pumpt und pumpt, verlangt Sauerstoff. So ist es nun mal.

Das Shirt mit dem Schriftzug hilft ihr nichts. Nichts mehr.

13.4.2015 – MONTAG

1

13. April. Zwölf Tage, nachdem Hardo sie so dermaßen in den April geschickt hatte … Dazwischen lag Ostern, und sie hatten Frieden geschlossen. Beim gemeinsamen Eieressen.

Kopfschüttelnd bog Katinka in die Hasengasse ein, vorbei an dem herrlich neu renovierten Universitätsgebäude und durch das ehemalige Stadttor, wo im Halbschatten ihre Detektei lag.

Von wegen April*scherz*. Hardo hatte ihr glatt eingeredet, das Denkmalamt hätte die Nägel moniert, mit denen sie kürzlich zu Hause die Innentreppe nachgebessert hatten. Sie hatte ihm geglaubt! Immerhin hörte man die bösesten Geschichten vom Denkmalamt; mittlerweile hielt sie alles für möglich. Kein Wunder, wenn die Leute lieber nicht sanierten, sondern neu bauten und die schönen Gebäude in der Innenstadt Ewigkeiten leerstanden.

Katinka sann über Rache nach. Sie würde Hardo nachträglich ordentlich anschmieren. Ungestraft käme er ihr nicht davon. Sie schloss die Detektei auf.

Schlimm genug, dass er nicht mit ihr trainierte. Ging nach wie vor in die Muckibude, anstatt was für seine Fitness zu tun. Katinka hatte fest vor, den Halbmarathon mitzumachen. Gleich nach Abschluss des letzten Bamberger Weltkulturerbelaufes 2013 hatte sie sich für 2015 registriert. Vor zwei Jahren hatte sie sich nur den 10,9-Kilometer-Lauf zugetraut. Gleich heute Nachmittag würde sie eine Runde trainieren. Für 280 zu bewältigende Höhenmeter und etliche Kilometer auf Kopfsteinpflaster musste man sich vorab ordentlich knechten. Viel Zeit blieb nicht mehr bis zum 3. Mai, wenn Bamberg überkochte von Sportlern und Fans. Alle zwei Jahre zeigte sich die Stadt als großartige Kulisse dieses Sportereignisses, das schon Monate zuvor die Menschen in zwei Lager teilte: diejenigen, die aus Überzeugung trainierten, und jene, die das aus Überzeugung nicht taten.

Wenigstens lenkte das Laufen Katinka von ihren vielen winzigen Problemchen in Sachen Haus ab. Hausbesitzerin zu sein, konnte einen in den Wahnsinn treiben! Zwar hatte sie sich einen Traum erfüllt, das alte Haus in der Concordiastraße hergerichtet, mitten in Bambergs Altstadt, direkt am Fluss, eine Wohnung für sich und eine für Hardo renoviert, Gemeinsamkeit mit der Möglichkeit, Türen zu schließen, wenn es nötig war. Aber ständig hakte es irgendwo. Kaminkehrer mäkelten über die Holzöfen, belehrten sie über das korrekte Anfeuern, es gab Stress, weil der Keller ständig feucht war und kein Gutachter den Grund fand. Bei dem ganzen Tumult brauchte sie nicht einmal daran zu denken, die beiden Wohnungen im zweiten Stock auszubauen, um ihr Budget langfristig durch Mieteinnahmen aufzubessern. Dabei wartete der nervigste all ihrer Bekannten, Dante Wischnewski, Journalist, nur darauf, bei ihr einzuziehen. Als Mieter natürlich.

Strenggenommen war auch Hardo ihr Mieter. Zum Piepen! Dass Hardo und sie ein Paar waren, hatte sich in der

Stadt längst herumgesprochen, wenngleich sie es beide nicht an die große Glocke hängten. Die Privatdetektivin und der Hauptkommissar – das sorgte immer wieder für süffisant verzogene Lippen. Die Welt war eben auf Klischees getriggert: Stewardess und Pilot, Krankenschwester und Chefarzt. Zum Weinen!

Apropos Hardo: Der würde durchdrehen, wenn Dante bei ihr einziehen würde. Der freakige Reporter mit der Glatze und dem riesigen Ego war Hardo so sympathisch wie eine mutierte Speckkäferlarve. Dabei hatte Katinka beim Lösen kniffliger Fälle bereits etliche Male auf Dantes investigativen Journalismus bauen können. Was Hardo, der lieber in staatlich geregelten Bahnen ermittelte, auf die Palme brachte. Ein weiterer Grund, weshalb getrennte Wohnungen nach Katinkas Geschmack nur tunlich waren.

Wenigstens hatte sie es hinbekommen, sich die Vermietung der Studentenwohnung im Erdgeschoss zu erleichtern. Nach der extremen Fluktuation an Bewohnern im ersten Jahr hatte sie das Akademische Auslandsamt der Uni gebeten, ihr Mieter vorzuschlagen. Augenblicklich wohnten ein Kolumbianer, ein Koreaner und ein Engländer dort. Kaum war das Wetter besser, feierten sie im Innenhof Grillfeste und luden Katinka dazu ein. Die Gastfreundschaft gipfelte darin, dass ein Joint herumgereicht wurde, dessen süßlicher Geruch an warmen Tagen kaum aus dem engen Hof zwischen den hohen Mauern abzog.

Sie steckte den Schlüssel ins Schloss, schob die Tür zur Detektei auf.

Viel zu viele Postwurfsendungen! Katinka sammelte die Umschläge vom Boden auf und warf sie in den Papierkorb. Sie holte sich ein Glas Wasser und nahm sich ein Sandwich mit Käse aus dem Kühlschrank im Nebenraum. Heute früh hatte sie eingekauft; sie wollte ein paar Altfälle abarbeiten. Nicht mehr viel Spannendes, eher Bürokram, Berichte, Abrechnungen. Eigentlich langweilig. Heute Vormittag hatte sie in letzter Sekunde die Umsatzsteuervoranmeldung online ans Finanzamt übertragen. Was sogar auf den ersten Anlauf funktioniert hatte. Es lag nur daran, dass sie am Wochenende endlich alle ihre Passwörter in ein Heft notiert hatte. Auch nicht der Weisheit letzter Schluss. Aber sie war einfach nicht mehr imstande, die Zugangsdaten zu Einkaufsportalen, Mailaccounts, Onlinekonten und Netzarchiven im Gedächtnis zu behalten.

Sie biss in das Sandwich und öffnete lustlos das Mailprogramm, als die Tür aufgestoßen wurde.

Katinka verschluckte sich vor Schreck.

»Grüß Gott!« Eine junge Frau stand auf der Schwelle, das Gesicht von einer überdimensionalen Sonnenbrille verdeckt. Wind fegte herein, brachte die Blätter auf Katinkas Schreibtisch zum Rascheln.

»Bitte kommen Sie rein!« Hustend stand Katinka auf, ließ das Brötchen in der obersten Schreibtischschublade verschwinden. Sie hätte den Papierkram gern noch weggearbeitet, doch eine neue Klientin war natürlich viel interessanter.

»Sie sind Katinka Palfy?«

»Ganz genau. Setzen Sie sich. Und Sie sind …«

»Jana Perl. Hallo. Tja.«

Die übliche Anfangsnervosität. Jana ließ sich auf einen der beiden Besuchersessel fallen und hievte ihre riesige Tasche auf den anderen. Sportsachen und eine Wasserflasche quollen oben heraus.

»Weltkulturerbelauf?« Katinka zeigte auf die Tasche.

»Wie? Äh – ja. Ich trainiere mit dem Firmenteam.«
Klick. Die Sonnenbrille landete auf dem Schreibtisch.

»Ich trainiere auch mit dem Firmenteam.« Katinka war
sich selbst nicht im Klaren, warum sie das gesagt hatte. Die
Arroganz, die in den Worten dieser Jana Perl mitschwang,
brachte sie auf die Palme. Keine gute Voraussetzung für
eine neue professionelle Beziehung. Diese Lady war eine
Person, die viel Raum für sich in Anspruch nahm, von der
ersten Minute an.

»Tatsächlich? Haben Sie Angestellte?« Jana Perl steckte
eine blonde Strähne zurück in ihren Haarknoten.

»Das fällt unter die Verschwiegenheitspflicht.« Katinka
setzte sich wieder. »Was kann ich für Sie tun?«

»Sie kümmern sich um verschwundene Personen, wenn
ich richtig informiert bin?«

»Worum geht es genau?«

»Also, ich arbeite seit einigen Wochen bei Kvintu. IT.
Eine Kollegin, die mich einarbeitet, ist seit dem 1. April
nicht mehr zur Arbeit gekommen. Ich kann sie nicht erreichen. Und das finde ich schon sehr ungewöhnlich.«

»Sie hat sich nicht krankgemeldet?«

»Nein. In der Firma weiß man nicht, wo sie steckt, aber es
ist wohl nicht möglich, eine Vermisstenanzeige aufzugeben.«

»Doch. Wenn Sie glaubhaft machen können, dass Grund
besteht, anzunehmen, der Dame sei etwas zugestoßen …«

Kurzes Zögern. Flackern in den Augen. Jana Perls
Hände griffen zum Haarknoten.

»Das kann ich eben nicht. Ich habe eher das Gefühl …
sie …«

Katinka wartete. Oft bündelten die Klienten von selbst
ihre Kräfte. Zu viele Nachfragen störten den Kommuni-
kationsfluss.

»Es sind ein paar seltsame Sachen passiert. Hanne und ich … wir haben im Team trainiert. Kvintu nimmt ja teil. Also am Weltkulturerbelauf. Hanne wollte zuerst nicht. Sie ist 42. Sie denkt, sie wäre zu alt. Sie … naja, die Vorstände laufen auch mit. Das gehört doch dazu!«

»Hanne – wie weiter?«

»Brenker. Hanne Brenker.«

»Familie?«

»Sie hat einen Sohn, Florian, der lebt nicht in Bamberg. Vielleicht nicht mal in Deutschland, sie spricht selten über ihn.«

»Und der Vater dieses Sohnes?«

»Von dem weiß ich auch nichts.« Jana Perl griff nach ihrer Sonnenbrille und spielte daran herum. Klapp. Bügel ein. Klapp. Bügel aus. »Sie spricht nicht darüber. Sie war eine Weile mit Wolfram Grät zusammen. Er ist Finanzvorstand bei Kvintu.«

»Und trainiert auch.« Katinka blickte von ihren Notizen auf.

»Natürlich.« Klapp. Bügel ein.

Unerklärlich, warum dieses aggressive Gefühl in Katinka hochkochte. »Die Beziehung ist aber zu Ende?«

»Ja. Sie machten Schluss, bevor ich Ende Januar in die Firma kam. Er hat sie kurz vor Weihnachten verlassen.«

»Gab es Gründe dafür?«

Misstrauisch blickte Jana Katinka an. »Warum wollen Sie das wissen?«

»Wenn jemand unauffindbar ist, sind als Erstes die nächsten Bezugspersonen unter die Lupe zu nehmen.«

»Um Himmels willen! Niemand aus der Firma darf wissen, dass ich bei Ihnen war!«

»Das steht außer Frage. Diskretion ist alles in meinem

Job.« Katinka ärgerte sich, dass sie Kontaktlinsen trug und keine Brille hatte, an der sie herumspielen konnte. »Haben Sie Frau Brenkers Adresse?«

»Ja, sie wohnt in der Ottostraße. Gleich gegenüber vom Spar-Markt.«

»Waren Sie dort und haben nach ihr geschaut?«

»Ich … ich bin dort rumgelaufen, stand eine Weile vor der Tür, hab geklingelt. Sie hat nicht geantwortet, also bin ich wieder weggegangen.«

»Haben Sie und Frau Brenker eine engere Beziehung? Außerhalb der Arbeit?«

»Naja, für eine Freundschaft ist ja wohl der Altersunterschied zu groß.«

Katinka hätte am liebsten losgeprustet. Sie zwang sich, ernst zu bleiben. »Wie reagiert man in der Firma auf Hannes Ausbleiben?«

»Eher empört als besorgt. Sie ist eigentlich eine extrem zuverlässige Mitarbeiterin.«

»Was ist denn Ihre Aufgabe?«

»Meine?«

Katinka nickte und schaute Jana Perl in die perfekt geschminkten Augen. Das helle Blau der Iris wurde durch eine dunkle, sparsam aufgetragene Schattierung verstärkt. Der Lidstrich war sorgsam gezogen, nicht übertrieben.

»Ich berate Kunden, die eine unserer IT-Lösungen für sich übernehmen wollen. Das ist Software unterschiedlicher Art, die Kvintu programmiert und weitervertreibt. Individuell zugeschnitten. Wir sind weltweit aktiv.«

Und ausgerechnet in Bamberg ansässig, dachte Katinka. Wie merkwürdig. Eine IT-Firma, eine von diesen Blasen wahrscheinlich, die bald platzen würden. Die Stadt hätschelte Kvintu – wegen der Arbeitsplätze. Eine ernstzunehmende neue Größe neben den Superarbeitgebern Universität und Autoteilezulieferer.

»Was sind nun für seltsame Dinge passiert?«

»Was?«

»Sie sagten vorhin, in der Firma seien Dinge geschehen. Eigenartige.«

»Nein, das nicht. Ich ...« Jana verfiel in brütendes Schweigen. Als täte es ihr bereits leid, dass sie hergekommen war.

»Wissen Sie, ob Frau Brenker eine neue Beziehung eingegangen ist?«

»Über so was haben wir nicht geredet.«

Katinka deutete auf die riesige Tasche ihrer Klientin. »Trainiert eigentlich die ganze Firma?«

»Wir verstehen uns als Team und wollen den 10,9-Kilometerlauf mitmachen. Einige haben sich für den Halbmarathon angemeldet, aber Kvintu will geschlossen auftreten. 10,9 Kilometer müssten wir eigentlich schaffen. Heute Abend um sieben treffen wir uns unterhalb der Kettenbrücke. Am Uferweg. Dann wird trainiert.«

Katinka nickte. »Gibt es sonst etwas, was ich wissen sollte?«

»Ich denke nein.« Jana legte die Brille weg und schaute auf ihre Hände.

Also ja, dachte Katinka. Sie verschweigt etwas und will, dass ich es selber herausfinde. Oder sie denkt, sie hat ihre Pflicht und Schuldigkeit getan. »Mögen Sie Frau Brenker?«

»Mögen?«

»Ist sie Ihnen sympathisch?«

»Sonst wäre ich wohl kaum bei Ihnen aufgeschlagen, oder?«

Katinka rieb sich die Stirn. Man kümmert sich nur um jene, die man mag. Das wäre die Logik dahinter. Die anderen können ruhig für immer verschwinden. Katinka glaubte Janas harsch vorgebrachten Beteuerungen nicht. Die blauen Katzenaugen machten sie argwöhnisch. Eine Bauchhirnentscheidung. Reine Gefühlssache.

»Ich brauche noch ein Foto von Frau Brenker.«

»Finden Sie auf den Kvintu-Seiten.« Jana kritzelte eine www-Adresse auf einen Zettel.

Katinka erläuterte ihre finanziellen Bedingungen und reichte Jana eine Karte mit ihren Kontodaten. »Der Vorschuss ist innerhalb von zwei Tagen zu überweisen.«

»Mache ich.«

»Ich melde mich bei Ihnen.«

Jana nickte. Schnappte die Tasche und hängte sie sich über die Schulter, wobei sie leicht in die Knie ging. »Tschüss dann!«

»Warten Sie! Ihre Sonnenbrille!« Katinka hob das dunkle Nasenfahrrad hoch. Coco Chanel. Natürlich.

»Oh. Ja. Danke!«

Jana Perl schien erleichtert, in die enge Gasse entschlüpfen zu können.

2

Das Internet erwies sich mal wieder als sprudelnder Quell völlig irrelevanter Informationen. Kvintu war der Ableger einer amerikanischen IT-Blase. Der Firmenname bedeutete – nichts. Er war mithilfe einer Software generiert worden. Die Webseite des Unternehmens sonderte eine Menge ebenso sonore wie nichtssagende Informationen ab. *Kvintu. Wir bieten Ihnen die Lösungen für Ihr Know-how.*

Könnte ich mir als Wahlspruch an die Schaufensterscheibe sprühen, dachte Katinka. Kvintu hatte vor fünf Jahren in Bamberg ein erstes Bürohaus hochgezogen, war schnell gewachsen, obwohl es im Bewusstsein der Bevölkerung bis dato keine Größe darstellte. Es produzierte Software, wofür hoch spezialisierte Programmierer gebraucht wurden. Keine Arbeiter, die am Band schufteten. Man suchte weltweit nach Mitarbeitern. Warb die besten.

Nach kurzem Suchen fand sie das Organigramm und gab ›Hanne Brenker‹ in die Suchmaske ein. Ein Foto poppte auf. Es zeigte eine Frau in den mittleren Jahren, kurzes, kastanienbraunes Haar, Hakennase. Letztere sehr auffällig.

Katinka schloss die offizielle Website und checkte die Bamberger Presse durch. Der Firmenname Kvintu kam vor allem in regionalen und Wirtschaftsnachrichten vor. Bis auf eine Ausnahme. Die Schlagzeile *Regnitztote war Praktikantin bei Kvintu* blinkte unter den Suchtreffern auf dem Bildschirm auf.

Katinka scrollte durch den Text: Am 28. März war Marie S., 21, tot aus dem Fluss gefischt worden. Herztod. Sie hatte anscheinend ihr exzessives Lauftraining nicht durchgehalten.

Katinka hatte davon gelesen. In der Printausgabe der Zeitung, die sie der digitalen Version vorzog. Man konnte das Papier mit Kaffee und Brotbröseln verzieren, ohne ein Desaster auszulösen, Interessantes rausreißen und alles andere nachher mit einer gewissen Befriedigung in die blaue Tonne stopfen. Grinsend las sie das Kürzel DaWisch. Dante Wischnewski. Klar.

Sie rief ihn an. Er nahm sofort ab.

»Ich hatte sehr auf Ihren Anruf gehofft. Ist meine Traumwohnung renoviert?«

»Hallo, Wischnewski. Als Vermieterin akzeptiere ich ausschließlich Mieter mit Festanstellung. Aus Sicherheitsgründen.«

»Da kann ich Ihnen«, er machte eine Kunstpause, »Vollzug melden.«

»Ach?«

»Ich gehöre wieder zur Redaktion. Fränkischer Tag. Ganz wie früher.«

»Ach nein.«

»Aber ja!«

»Glückwunsch! Ich sehe, Sie hatten das Leben als Freiberufler satt!«

»Das Leben nicht, eher die Bezahlung. Was haben Sie auf dem Herzen?«

»Kvintu.«

»Kvintu?«

»Sie haben den Artikel fabriziert. Marie S. Schon vergessen?«

»Oh, nein, natürlich nicht.« Dante seufzte theatralisch. »Traurige Geschichte. Das Mädel wollte beim Weltkulturerbelauf mithalten. Hat eifrig trainiert und ist dann umgekippt.«

Katinka vergrößerte die Seitenansicht. »Hier steht, sie war auf matschigem Boden unterwegs. An der Regnitz, am Oberen Leinritt. Könnte sie ausgerutscht sein?«

»Als man endlich die Stelle fand, wo sie die Böschung

runter in die Regnitz gestürzt ist, war mit Spuren kaum noch was. Es hat ja geschüttet in der Nacht danach.«

»Sie hatte einen Herzstillstand, aus dem Nichts, deswegen ist sie mitten im Lauf in den Fluss gestürzt?«

»So sagt es der Rechtsmediziner.«

»Okay.«

»Nicht wirklich.«

Katinka lachte. »Sie meinen, wir sollten uns treffen?«

»Sollten wir. Denn wenn Sie nach Kvintu fragen, haben Sie einen Fall, und da kann ich einfach nicht widerstehen. Sie wissen schon.«

»In einer halben Stunde.«

»Am Kranen. In der Caffèbar. Wie immer. Brauchen Sie mir nicht extra unter die Nase reiben. Cheerio!«

3

Katinka hatte nur ein paar Meter zu gehen. Die Ostertouristen verstopften gewohnheitsgemäß die Gehsteige und stürmten die Anlegestelle der Fahrgastschiffe, die mitten im Zentrum des Weltkulturerbes anlegten, um gut gefüllt an einigen der beliebtesten Fotomotive der Stadt vorbeizuschippern. Mindestens ebenso viele Passagiere gingen gerade von Bord und schwärmten in Richtung ihrer Reisebusse. Die durften zwar seit Längerem nicht mehr in die Innenstadt einfahren, taten es aber teilweise doch.

Katinka hatte Glück und fand einen Sonnenplatz vor dem Café. Eine Studentenclique quoll heraus, Coffee-to-go-Becher in den Fäusten.

»Frau Palfy!« Dante Wischnewski sauste heran, bremste wirkungsvoll ab und streckte Katinka die Hand hin. »Endlich sehen wir uns wieder. Ich habe Sie wirklich vermisst.«

»Haben Sie?«

»Die Weihnachtszeit war erstaunlich ruhig, nicht?«

»Weihnachtszeit? Sie sind spät dran, Wischnewski, sogar Ostern ist inzwischen vorbei.«

»Sie wissen, was ich meine. Sie hatten lange Zeit keinen spektakulären Fall. Für jemanden, der sich von Sensationen ernährt, ein trauriger Zustand.«

»An mir lag es wirklich nicht«, grinste Katinka. »Dafür haben Sie Bambergs neuesten Todesfall abgekriegt.«

»Sie sollten nicht scherzen. Tragisch! Mit 21 den Herztod zu erleiden!«

»Ich meinte es nicht despektierlich.« Katinka winkte der Bedienung.

»Weiß ich doch. Ich kenne Sie. Sie können kein Wässerchen trüben. Also: Was haben Sie mit Kvintu zu tun?«

»Habe ich mit Kvintu zu tun?«

»Warum sonst sollten Sie mich treffen wollen, um über Kvintu zu reden? Alberner Name übrigens.«

»Einen Milchkaffee, bitte«, bestellte Katinka. Es hatte keinen Sinn, Dante gegenüber so zu tun, als wäre Kvintu das Nebensächliche an ihrem Gespräch. Der Journalist roch den Braten drei Meter gegen den Wind. Das gehörte zu seiner neuronalen Ausstattung.

»Für mich einen Espresso.« Er faltete die Hände und strahlte Katinka an. Hatte ein Basecap auf statt der Ohrenklappenmütze, der er drei Viertel des Jahres den Vorzug gab. »Marie S. trug ein Kvintu-Trikot, als man sie aus der Regnitz fischte«, fing er an. »Sie leistete ein Praktikum in der Marketingabteilung des Unternehmens. Journalistik-

Studentin.« Er scrollte auf seinem Smartphone, hielt es Katinka hin. »Hier. Diese Leibchen tragen sie alle beim Training. Die Kvintu-Leute. Blaue Schrift auf weißem Grund. Die haben Sie bestimmt längst durch die Stadt flitzen sehen. Sie trainieren überall!«

»Ich kann mich nicht erinnern, dass es diese Shirts beim letzten Weltkulturerbelauf vor zwei Jahren schon gegeben hat.«

»Hat es auch nicht. Die Sparkasse, diverse Bäckereien und so weiter – deren Shirts sind uns von den letzten Läufen ein Begriff. Corporate Identity und blablabla. Kvintu tritt als Marke in diesem Jahr zum ersten Mal beim Megalauf an.«

Der Kaffee kam. Katinka löffelte den Schaum aus der Tasse. »Haben die das jetzt nötig? Oder sind sie vorher nicht auf die Idee gekommen?«

»Sie wollen ihre Marke im Bewusstsein der Bamberger implementieren. Das ist Branding, Frau Palfy. Image aufpolieren, Marktlücken besetzen, auf gleiche Höhe mit den Konkurrenten aufschließen.«

»Konkurrenten? Dass ich nicht lache. Die Sparkasse oder Bäckereien sind doch keine Konkurrenz für eine IT-Firma.«

»Nicht strenggenommen. Dennoch: Eine Marke braucht eine Aura. Sie braucht Präsenz in der Bevölkerung. Erinnern Sie sich, dass manche Bamberger vor ein paar Jahren nicht mal wussten, dass wir hier eine Universität haben?«

»Gerüchte.«

»Keinesfalls. Egal.« Dante stürzte seinen Espresso herunter. »Kvintu ist in den vergangenen drei Jahren extrem schnell gewachsen. Sie haben sogar weltweit bekannten Unternehmen, Klartext: der Konkurrenz aus Erlangen, richtig gute Programmierer abgeluchst. Das bedeutet was für den Industriestandort Bamberg.«

»Entschuldigen Sie, sagten Sie ›Industrie‹?«

Dante lachte. »Stets eine Freude, mit Ihnen zu diskutieren.«

»Sie meinen, das Unternehmen nimmt geschlossen am Weltkulturerbelauf teil, um die Marke emotional aufzuladen?«

»Perfekt formuliert. Die Bamberger sollen sehen, was für coole Typen dort arbeiten. Junge Leute, fit, gut aussehend! Nicht die Freaks mit Schmerbauch und Glasbausteinbrille, die sich vornehmlich aus der Chipstüte ernähren, sondern sportliche Menschen. Mens sana in corpore sano.« Dante setzte sich in Positur. »Was haben Sie mit Kvintu am Hut?«

»Darüber darf ich nicht reden.«

»Enttäuschungen kann ich wirklich schlecht wegstecken.«

»Gewöhnen Sie sich dran.«

»Dass Sie mich immer auspressen müssen wie eine Zitrone!«, maulte er.

»Was wissen Sie sonst?«

»Wieder ich? Na gut. Sie geben ja nie Ruhe. Kvintu ist ein Ableger aus Amerika. Nicht wirklich ein Ableger. Eher … ein neu gelegtes Osterei für Europa. Die Geschäftsidee stammt aus den Staaten, aber das Unternehmen steht für sich. Auch finanziell.«

»Dunkle Geschichten?«

Dante beugte sich vor. »Sollte es welche geben?«

»Vermutlich nicht. Ich muss eine verschwundene Frau suchen. Sie hat dort gearbeitet. Alles, was Sie mir über das Inoffizielle sagen können, hilft mir vielleicht.«

»Verschwunden?«

»Genau.«

»Erst stürzt eine Praktikantin in die Regnitz, stirbt, und dann verschwindet jemand? Aus der gleichen Firma?«

»Sie kriegen die Exklusivstory«, sagte Katinka. »Ich verspreche es. Sobald ich was habe. Wenn Sie …«

»… ich bin stolz, als Ihr persönliches Recherchebüro aufzutreten. Ein Subunternehmen. Sozusagen.«

Katinka legte Geld auf den Tisch. »Ich muss los. War nett.«

»Und – die Wohnung?«, rief Dante ihr hinterher.

Katinka achtete nicht auf ihn. Sie eilte zurück in ihre Detektei.

4

In Laufklamotten fand sich Katinka um kurz vor sieben an der Kettenbrücke ein. Seit ihrem Neubau wurde sie von turtelnden Pärchen mit Liebesschlössern verunziert. Einzig die nach dem Neubau aufgestellten Bänke waren eine Pracht! Schüler, Rentner, Leute mit Aktenmappen und Hundefreunde streckten ihre Gesichter der Abendsonne entgegen. Der Wind frischte auf, es wurde kühl. Katinka zog den Reißverschluss ihres Softshells hoch.

Unten am Uferweg sammelte sich allerlei Läufervolk: wippend und auf der Stelle trabend, mit den schrillsten Schuhen und schicksten Outfits. Bei keinem fehlte das Kvintu-Trikot. Corporate Identity schien diesen Leuten in Fleisch und Blut übergegangen zu sein. Katinka erkannte

Jana. Sie hüpfte neben einem gut aussehenden Mann mit Piratentuch über dem Haar auf und ab. Allerdings waren nicht nur die von Dante beschworenen sportlichen Typen mit von der Partie, sondern auch etliche andere: Mittvierziger, die sich weniger dynamisch aufwärmten. Manche von ihnen starrten mehr oder weniger lustlos ins braune Kanalwasser. Während die Jüngeren einander fröhlich begrüßten, sich abschlugen und plauderten, hielten die Älteren sich betont zurück.

Zwei Männer kamen über die Kettenbrücke geflitzt. Kvintu-Shirts. Logisch. Energiegeladen rannten sie die Stufen zum Kanalufer hinunter. Einer pfiff in eine Trillerpfeife.

»Alle mal herhören! Wir machen jetzt die volle Tag-und-Nacht-Laufstrecke. Sie ist hervorragend beschildert. Wer für den 4,4-Lauf trainiert, kann danach abziehen. Die anderen laufen zweimal. Wer für den Halbmarathon trainiert, dem ist freigestellt, die Route mehrmals abzulaufen. Verständnisfragen?«

Kaum jemand sagte etwas. Der Mann, auf den Jana eifrig einredete, winkte dem Redner lediglich zu. Mit erhobenem Daumen.

»Ihr müsst euch keine Sorgen machen, wenn ihr länger braucht, die Route ist super ausgeschildert und Tag und Nacht beleuchtet.« Der Einpeitscher lachte, als habe er eine gelungene Pointe geliefert. Eine Frau, der die Lust an dem Lauf offenbar längst abhandengekommen war, drehte sich demonstrativ weg.

»Auf Los geht's los, Leute! Ach, der Vorstand will auch mit?«

Ein jovial grinsender Mann um die 50, der sich eindeutig mehr als einmal pro Woche ins Fitnessstudio zwang, joggte die Treppen hinunter. »Auf geht's, Kollegen«, rief er und setzte sich an die Spitze der Truppe.

Katinka ließ ihnen einen Vorsprung, bevor sie die Verfolgung aufnahm. Ein Feld setzte sich sehr schnell ab. Zu ihm gehörte auch der joviale Muckibudenmensch. Jana und der Blonde mit dem Piratentuch blieben im Mittelfeld. Ein ausgefranstes Häufchen von etwa zehn Demotivierten lief als Letzte.

»Wow, nehmt ihr alle am Welterbelauf teil?«, fragte Katinka eine Frau, deren Gesicht bereits eine tomatenrote Färbung angenommen hatte.

»Zwangsweise.«

»4,4-Kilometer?«

»Jeden Abend diese Schufterei! Ich schaff's kaum einen Kilometer«, keuchte die Frau.

»Glaub ich nicht. Kondition baut sich schnell auf.«

Sie machte ein prustendes Geräusch. »Und Sie?«

»Ich trainiere für den Halbmarathon. Aber glauben Sie nicht, dass es nur Spaß macht.«

»Warum tun Sie es dann?«

»Herausforderungen gefallen mir.« Das stimmte sogar.

»Als hätten wir im Job nicht schon genug davon.« Die Frau fiel weiter zurück.

Katinka blieb auf ihrer Höhe. »Ich fände es klasse, als Gruppe zu trainieren. Leider bin ich Einzelkämpferin«, seufzte sie.

»Sie Glückliche.«

Eine andere Läuferin schloss zu ihnen auf. Die Frau wurde einsilbig. Sie schien all ihre Konzentration auf ihren keuchenden Atem zu richten.

»Kennen Sie Hanne Brenker?«, fragte Katinka. »Die arbeitet auch bei Ihrem Unternehmen.«

»Hanne?« Die zweite Frau, die aufgeschlossen hatte, sah Katinka scheel an. »Ja. Schon.«

»Geht's ihr besser?«

»Besser?« Nun wandten sich zwei puterrote Gesichter Katinka zu.

Sie blieb stehen, stützte die Hände auf die Knie. Eigentlich fühlte sie sich noch kein bisschen matt, fürchtete jedoch, die beiden anderen würden kein Wort mehr herausbringen, wenn sie weiterrannten.

»Sie war doch krank, oder?«, fragte sie beiläufig.

»Wer sind Sie eigentlich?«, erkundigte die erste sich argwöhnisch.

»Ich singe mit Hanne im Chor.« Katinka schützte Atemnot vor.

»Ach so.« Die zweite ließ sich auf eine Bank plumpsen. »Ich kann nicht mehr. Sollen sie mich vierteilen – ich gehe zum Arzt und besorge mir ein Attest. In meinem Alter wird man nicht mehr zur Dauerläuferin.«

»Müssen Sie denn laufen?«, fragte Katinka interessiert.

Die beiden Frauen sahen einander an. Schließlich sagte Nummer eins:

»Es wird erwartet. Ich muss dann.« Sie trabte wieder los. Mit schleppenden Schritten. Katinka hörte ihre Sohlen über den Asphalt schrappen.

»Wenn Sie Hanne sehen – sie wird in der Firma vermisst.« Die Frau, deren größter Wunsch darin bestand, vom Welterbelauf erlöst zu werden, wischte sich den Schweiß ins Haar.

»Naja, ich habe sie länger nicht gesehen. Deswegen dachte ich, dass sie krank ist. Oder vielleicht hat sie die Sache mit ihrem Freund nicht verkraftet.«

»Mit ihrem Freund? Ha! Der kommt immer zu spät zum Training. Die Vorstände dürfen das.« Häme pur.

Katinka rief sich den jovialen Mann von eben ins Gedächtnis. »Ja, die Zwölfender. Immer dieselbe Leier.«

»Genau. Grät hat Hanne nicht einfach so verlassen. Er steigt jedes Jahr Jüngeren nach. Je älter er wird, desto frischer ist das Fleisch, auf das er lauert. Da hat er ja ausreichend Nachschub. Bei uns stehen die Studentinnen Schlange, um einen Praktikumsplatz zu ergattern. Die sind nie älter als 25 – freie Wahl!«

»So wie Marie?«

Die Frau wurde blass. »Das ist ein Albtraum. Ihre arme Mutter!«

»Wirklich wahr. Kaum zu glauben, dass so ein junger Mensch den plötzlichen Herztod stirbt.«

»Sie wollte eben vorn dran sein! Im Vorfeld laufen!« Sie deutete in die Richtung, in die vor Längerem die dynamischsten unter den Läufern abgezogen waren. »Halbmarathon. Die überbieten sich in den Kaffeepausen doch mit ihren Trainingszeiten und Ernährungsplänen.«

»Verstehe.«

Die Frau stand auf. Sie drückte das Kreuz durch. »Naja. Ich lasse besser nichts anbrennen.«

Katinka sah ihr nach, wie sie viel zu schnell beschleunigte. Ihr Pferdeschwanz wippte in der Abenddämmerung.

14.4.2015 – DIENSTAG

5

Der nächste Morgen brachte garstig bedeckten Himmel. Bamberg, das Nebelloch. Zu viel Fluss, zu viel Kanal. Katinka hatte in Hardos Wohnung übernachtet und bereits ihr übliches Training an der Regnitz entlang bis zur Buger Spitze und zurück absolviert. Nach einer flotten Dusche saß sie mit Hardo am Frühstückstisch. Der Kommissar scannte den FT.

»Sag mal, die Papiere zu diesem Mädchen, das tot in der Regnitz lag …«, begann sie.

»Vergiss es.«

»Ich habe eine neue Klientin, auch von dieser Firma.«

Hardo ließ die Zeitung sinken. »Und?«

»Sie sucht eine verlorengegangene Kollegin.«

»Warum geht sie nicht zur Polizei?«

»Ich liebe dich auch.« Katinka strich Honig auf ihr Brot. »Allerdings finde ich es auffällig. Zwei Mitarbeiterinnen desselben Unternehmens. Eine tot, eine verschwunden.«

Hardo reagierte nicht. Er war auf der Seite mit den Wohnungsanzeigen gelandet. »Schau, hier: Da vermietet jemand 80 m² für 1200 Euro.«

Das alte Lied! Katinka unterdrückte ein Seufzen. »Hardo, ich weiß, ich könnte theoretisch teurer vermieten.

Aber schau dich doch um! Wir haben kein Umfeld! Nur den Innenhof, und der sieht desolat aus. Aufgesprungenes Kopfsteinpflaster, Löwenzahn …« Sie wusste, sie hätte sich längst an die Verschönerung des Innenhofes machen können. Ihr Haus erreichte man von der Concordiastraße aus durch einen Torbogen. Anschließend überquerte man den Hof, in dem ihr Beetle parkte, und kam zum Hauseingang. Direkt hinter dem Haus floss die Regnitz, die knappe 50 Meter weiter von Turbinen ausgebremst wurde. Eine gefährliche Stelle für Kanuten und Kajakfahrer. Vor nicht allzu langer Zeit hatte sich ein Kanadier direkt am Zulauf zu den Turbinen verfangen. Der Ruderer hatte zwei Stunden in dem Bötchen ausgeharrt, bis die Feuerwehr ihn endlich aus der Gefahrenzone schleppen konnte. Außerdem litt die Concordia seit Urzeiten an einer Rattenplage. Mal war es schlimmer, mal besser. Katinkas Nachbarn legten regelmäßig Giftköder aus. Sogar die Stadt Bamberg hatte welche stationiert und Haustierbesitzer ausdrücklich auf die schwarzen Kästen mit den neonorangefarbenen Warnstreifen hingewiesen. Insofern hielt Katinka ihre Wohngegend nicht gerade für eine der hippen Plätze in Bamberg, wo man als Vermieter schnell zu Geld kommen konnte. Ganz anders als auf der ERBA-Insel, wo seit den Umbauten wegen der Landesgartenschau vor drei Jahren vermeintlich schicke, reichlich teure Wohnblocks entstanden waren.

Hardo dagegen sah vor allem die Tatsache, dass die Concordiastraße, der frühere Umschlagplatz für Drogen verschiedener Art, mittlerweile kein bevorzugter Ort für Junkies mehr war.

»Hardo? Hörst du mich? Mich würde der rechtsmedizinische Bericht interessieren. Diese Marie S. ist doch obduziert worden.« Und wenn ich wenigstens ihren Nachnamen wüsste, fügte sie in Gedanken hinzu, könnte ich auf die Suche gehen.

Hardo faltete die Zeitung zusammen, trank seinen Kaffee aus. »Wenn du mich nett anlächelst, Palfy, sehe ich, was ich machen kann.«

»Da schlag ich ein.« Katinka stand auf. Das war das Tolle an getrennten Wohnungen. Man konnte den Verhau auf dem Küchentisch einfach stehen lassen. »Ich muss los. Bis heute Abend, ja?«

6

Die Hasengasse lag an diesem trüben Tag fast im Dunkeln. In der Detektei schaltete Katinka sämtliche Lampen an. November im Frühling! Mit zunehmendem Alter spürte sie, wie ihr normalerweise unschlagbarer Antrieb wegbrach. Sie musste sich zwingen, den PC hochzufahren. Währenddessen setzte sie rasch die Kaffeemaschine im Nebenraum in Betrieb. Lieber einen Koffeinschock als Depressionen.

Katinka checkte das Telefonbuch nach Hanne Brenker. Sie fand bloß einen Eintrag. Eine Nummer. Keine Adresse. Sie wählte. Niemand antwortete.

»Hm.« Katinka versenkte das zerfledderte Druckwerk in der Schreibtischschublade. Laut Jana wohnte Hanne in der Ottostraße. Sie würde gleich nachher hingehen. Nur noch ein paar bequeme Recherchen vom Schreibtischstuhl aus. Sie klickte auf den die Weltkugel umarmenden roten

Fuchs. Die diversen Suchmaschinen des weltweiten Netzes lieferten relativ wenig Informationen über ihre Zielperson. Hanne Brenker war Mitglied auf Facebook. Katinka loggte sich ein. Sie stellte schnell fest, dass Hanne seit dem vergangenen September nichts mehr gepostet hatte. Überhaupt gab es nur sparsame Infos auf ihrer Timeline, ab und zu hatte sie ein paar Fotos geteilt. Eines von einem Betriebsausflug nach Würzburg im Juli des vergangenen Jahres. »Gesichtererkennung sei Dank«, murmelte Katinka. Sie vergrößerte das Foto. Hanne Brenker trug auch hier das Haar kurz und kastanienbraun. Sie war groß und schlank, wirkte beinahe hager. Ein Genussmensch schien sie nicht zu sein. Allerdings: Haare konnte man wachsen lassen oder färben. Katinka war sich nicht sicher, ob sie Hanne Brenker auf der Straße erkennen würde. Dennoch druckte sie das Foto aus.

Sie ging auf die Suche nach Jana Perl. Eine Facebook-Seite voller Fotos mit jeweils mindestens 50 Likes. Jana war offenbar mit ihrer Firma bis zum Ende der Welt gereist. Tonga, Sydney, Buenos Aires. Weitere Themen auf ihrer Timeline waren Shopping, Schuhe und Lifestyle. Die eine oder andere Diskussion über Filmstars.

»Du liebe Zeit«, murmelte Katinka. Sie überprüfte Janas ›Gefällt-mir‹-Angaben. Mode. Airlines. Hotels. Kosmetikprodukte. Diätpläne Prominenter. Ihre Freunde waren zahlreich. 800. Klar. Wer in dieser Welt 800 Freunde hatte, war schon wer. Katinka hatte ihre Aktivitäten auf Facebook längst aufgegeben. Sie klickte sich zur Kvintu-Firmenseite weiter. Natürlich präsentierte sich das Unternehmen auf Facebook, aber die offizielle Homepage war viel interessanter. Es gab eine eigene Rubrik ›Weltkulturerbelauf‹. Katinka musste an Dantes Ausführungen zum

Thema Branding denken. Die Marke mit einer Aura umgeben. Sich als Gemeinschaft stilisieren.

Sie beugte sich näher zum Bildschirm. Lachende Menschen in dekorativen Sportklamotten tranken aus in der Sonne blitzenden Wasserflaschen, auf denen natürlich das Kvintu-Logo prangte. Genauso wie auf den Shirts. Dass der Schuss mal nicht nach hinten losgeht, dachte Katinka. Irgendwann geht den Leuten dieses ›Ich-bin-ja-so-cool‹-Getue auf den Senkel. Sie klickte auf ›Öffentlichkeit‹ und wurde zur Seite des Pressesprechers weitergeleitet. Lukas Lurahn. Ein blond gelockter Junggebliebener mit Intellektuellenbrille. Gestern hatte sie ihn ohne Nasenfahrrad gesehen. Dafür mit Piratentuch. Der Mann, neben dem Jana losgejoggt war.

Die Rubrik ›Vorstände‹ sah ebenfalls interessant aus. Sie fand ein Foto von Wolfram Grät, Hannes Exfreund. Der Joviale von gestern. Sein Lebenslauf poppte vor Katinka auf. Eine beeindruckende Karriere, die den mittlerweile 48-Jährigen von einem Angeberjob zum nächsten katapultiert hatte: bei Banken, Versicherungen, internationalen Konsortien. Jetzt war er Finanzvorstand bei Kvintu. Ein geschätztes Jahresgehalt von 120.000 und mehr. Zuzüglich Prämien. Kleinigkeiten wie Firmenwagen nicht mitgerechnet. Bombig.

Warum er Hanne wohl verlassen hatte? Katinka nahm ihr Notizbuch zur Hand und schrieb vier Namen auf. Hanne Brenker. Jana Perl. Lukas Lurahn. Wolfram Grät. Sie druckte Fotos von Jana, Lukas Lurahn und Grät aus und legte sie zusammen mit dem Bild von Hanne Brenker in eine Klarsichtmappe. Nach kurzem Zögern schrieb sie ›Marie S.‹ mit auf die Namensliste. Ein Griff zum Telefon.

Polizeihauptmeisterin Sabine Kerschensteiner antwortete nach dem zweiten Klingeln.

»Katinka?«

»Morgen, Sabine.« Hardos Mitarbeiterin in der Bamberger Polizeidirektion war für Katinka nicht nur eine zuverlässige Kontaktperson und Helferin in Notlagen, sondern auch eine wirklich gute Freundin.

»Du brauchst was von mir.«

»Wie du nur drauf kommst.«

Sabine lachte leise. »Lass hören!«

»Marie S., das tote Mädchen in der Regnitz.«

»Ach, die Flussjungfrau.«

»Nennt ihr sie so?«

»Du kennst das ja. Man findet Spitznamen, um das Grauen unter den Teppich zu kehren.«

»Ich hätte wirklich gern den rechtsmedizinischen Bericht. Hardo hat es vermutlich vergessen oder stellt sich stur. Könntest du … ?«

»Sonst noch was?«

Es klang nicht abwertend. Katinka seufzte.

»Mir ist klar, du kommst da so leicht nicht ran. Du weißt doch ihren vollen Namen, oder?«

»Marie Santarín.«

»Hattest du den jetzt im Kopf? Oder liegt da irgendwo ein schlaues Papier auf deinem Schreibtisch?«

»Im Kopf sind die Dinge am sichersten.«

»Danke, Sabine.«

»Gerne. Und ich kümmere mich.«

»Ich weiß.«

Einmal mehr spuckte das Gesichterbuch die nötigen Informationen aus. Marie Santaríns ungewöhnlicher Name wurde nur einmal gefunden. Ihr Profilbild war scharf geschnitten. Sie hatte dunkle Haut, langes schwarzes Haar. Eine Schönheit mit ein bisschen zu viel Make-up im Gesicht. Katinka klickte auf ›Print‹. Unter Maries Freunden gab es eine Menge andere Leute mit dem Namen Santarín, die meisten wohnten in Kolumbien. Lediglich ein Ben Santarín, der als Profilbild ein Murmeltier eingestellt hatte, lebte in Bamberg. Unter ›Info‹ fand Katinka die Information, dass sowohl Marie als auch Ben das E.T.A.-Hoffmann-Gymnasium in Bamberg absolviert hatten und nun Journalistik studierten. Beide.

Beide?

7

Die dicke Schicht aus grauen Wolken bequemte sich auch eine Stunde später nicht einmal ansatzweise dazu, auszudünnen. Katinka radelte in die Ottostraße. Nicht weit von hier hatte sie einmal gewohnt. Das Viertel war ihr nach wie vor lieb, obgleich sie die Stimmung in der verwinkelten Altstadt lieber mochte als die Haingegend, die immerhin erst vor gut 100 Jahren den Schlamm- und Schlickböden der Regnitz abgerungen worden war. Sie stellte ihr Rad am Spar-Markt ab. Ging über die Straße. Den Klingelknopf mit dem Aufkleber ›Brenker‹ fand sie sofort. Er gehörte zu einem schlichten Wohnhaus mit zehn Wohnungen. In der Ottostraße gab es keine Jugendstilvillen, dafür gleich um die Ecke einige mehr. Pro forma drückte sie auf die Klingel. Sie erwartete keine Antwort. Jemand öffnete die Tür von innen, und sie schlüpfte durch.

Im dritten Stock wieder dasselbe Namenschild. Sie klingelte, dann klopfte sie und rief: »Frau Brenker? Sind Sie zu Hause?«

Die Wohnungstür gegenüber wurde geöffnet.

»Die Frau Brenker ist im Urlaub.« Eine Dame mit buschfeuerrotem Haar lugte zu ihrer Tür hinaus.

»Ach wie schade. Ich habe mir nämlich Sorgen gemacht. Sie wollte mir ein paar Bücher zurückgeben, die ich ihr geliehen hatte, und ich habe nichts von ihr gehört!«

Die Rothaarige trat ein paar Schritte hinaus auf den Treppenabsatz. »Wirklich? Arbeiten Sie etwa auch bei diesem …«

»Kvintu? Nein, ich bin schon lange weg von dort.«

»Seien Sie froh. Hanne meinte mal, wenn sie zehn Jahre jünger wäre, würde sie zusehen, einen anderen Job zu finden. Aber ab 40 gehört man zum Alteisen, oder?«

»Leider sehen es viele Arbeitgeber so. Aber Kvintu ist extrem«, schwadronierte Katinka.

»Eben! Das sagt Hanne auch immer! Dass die dort auf den Jugendwahn setzen. Komplett durchgedreht! Wer nicht sportelt und bei Partys mitmacht und bei allem möglichen Schwachsinn im Internet, ist draußen. Schluss, aus.«

»Aber Hanne arbeitet doch oft Jüngere ein.« Katinka schielte auf das Namensschild neben der Tür der Rothaarigen. Else Brand. Passte zur Haarfarbe.

»Naja, sie ist klug, sie ist kompetent, sie denkt nach, bevor sie was tut, und das ist natürlich etwas, da kann keiner dran vorbei. Ich meine: echte Kompetenz, verstehen Sie?«

Katinka nickte ernst. »Absolut. Leider kann man das bei den jüngeren Arbeitnehmern nicht mehr erwarten.«

Eine harsche Handbewegung. »Können Sie vergessen!

Die suchen sich Jobs, wo sie schnell viel verdienen. Denen geht es nur ums Geld.«

»Ich habe Hanne oft angemerkt, dass sie unglücklich ist dort. Seit der Sache mit Wolfram Grät …«

Else Brand sprang vor Empörung ein paar Zentimeter in die Luft. »Hören Sie mir mit dem auf! Macht der Hanne schöne Augen, lädt sie ein, auf Reisen, ein Wochenende in Rom, eins in London, Shopping, was Besseres fällt dem ja nicht ein, und schließlich findet sie raus, dass er schon lang mit einer Praktikantin was hatte.«

»Ach – mit einer Praktikantin?«

»Hat Hanne Ihnen das nicht gesagt?«

Vorsichtig jetzt. »Nein. Ich wollte nicht in sie dringen. Sie …«

Else Brand hörte nicht mehr zu. »Der Knabe hat zusätzlich zu seinen ehelichen Kindern zwei Söhne mit zwei anderen Frauen, die er wahrscheinlich großzügig mit Alimenten abspeist. Trotzdem ist er ständig auf der Suche. Wenn Sie verstehen, was ich meine.«

»Besser, als Sie denken!« Nähe herstellen. Katinka pokerte hoch. »Und dann ist Marie gestorben!«

»Ja! Erst ist sie seine Geliebte, dann ertrinkt sie.« Damit schien Else Brands Redelust erschöpft. Sie verschränkte die Arme und sah ihr Gegenüber herausfordernd an.

»Tja, da muss ich wohl noch eine Weile auf meine Bücher warten«, sagte Katinka in entschuldigendem Tonfall. »Grüßen Sie Hanne, wenn sie aus dem Urlaub zurück ist.«

»Eigentlich wollte sie längst zurück sein.« Ungnädiges Kopfschütteln. »Als sie ins Auto stieg, winkte sie und sagte, in zwei Wochen wäre sie spätestens wieder hier.«

»Wissen Sie, wo sie hin wollte?«

»Nee. Ich habe halt ihren Schlüssel. Wegen der Blumen. Wissen Sie, ich arbeite von zu Hause aus. Mache aus Kinderbüchern Hörspiele.«

»Das klingt interessant.«

»Ist es tatsächlich. Also schönen Tag!«

Katinka winkte und stieg die Treppen hinunter. Schnappte sich ihr Rad und fuhr zurück in die Hasengasse.

Wie immer verstopften Touristen die engen Gassen. Müde vom Besichtigungsprogramm lehnten sie sich an Hauswände oder klumpten in Grüppchen zusammen. In der Austraße mischten sie sich mit den Studenten, die zu ihren ersten Vorlesungen im Sommersemester eilten. Für Katinka ein Lebensabschnitt, der mittlerweile mehr einem Traum glich als einer Wirklichkeit, die sie einmal geteilt hatte. Sie hatte Geschichte und Archäologie studiert, bevor sie über diverse Praktika und Weiterbildungen zu dem gekommen war, was heute ihre Lebensgrundlage darstellte: Katinka Palfy, private Ermittlungen. Sie schob ihr Fahrrad die Hasengasse hinunter bis zu ihrer Tür. Ein Typ stand davor und musterte das Plakat, das sie aufgehängt hatte, um einer Bekannten einen Gefallen zu tun. Es warb für einen Philosophie-Slam in ein paar Tagen in der Villa Concordia. Als sie die Schlüssel zückte, zog der Mann die Schultern ein und ging rasch weg.

8

Sich Zugang zu Hanne Brenkers Wohnung zu verschaffen, würde kein größerer Aufwand sein. Katinka musste einzig und allein sichergehen, dass die aufmerksame Nachbarin schlief, wenn sie den Dietrich ansetzte. Oder mit anderen Dingen befasst war.

Als Katinka um zehn Uhr abends wieder in die Otto-straße radelte, checkte sie die Fensterfront genau durch. Bei Else Brand flimmerte der Fernseher. Blau und violett flackerte der Bildschirm im dritten Stock. Sie benötigte keine Minute, um das Haustürschloss zu überlisten. Easy going. Die Leute hatten es nicht mit Sicherheitstechnik.

Auf Hanne Brenkers Treppenabsatz wartete sie, bis die Beleuchtung ausging. Dann schob sie den Dietrich ins Schloss, hoffend, dass Else Brand nicht gerade nach zehn Uhr zum Blumengießen vorbeikäme.

Die Wohnung war zweimal abgeschlossen. Sie brauchte vier Minuten. Unwillig wischte sie den Schweiß weg, als sie endlich das beruhigende Klacken des Schlosses hörte. Im stillen Treppenhaus klang es laut und aufdringlich. Mist. Zu lange. Sie sollte mal wieder üben.

Herzklopfen, wie immer, wenn sie sich in fremde Woh-nungen schlich. Zweifel. Was sollte sie hier schon finden. Den ganzen Tag hatte sie darüber gegrübelt, was Else Brand ihr eingeflüstert hatte: Wolfram Grät hatte ein Ver-hältnis mit einer Praktikantin. Womöglich mit Marie S., 21. Die man tot aus der Regnitz gefischt hatte. Eventuell hatte er seine Beziehung zu Hanne Brenker sogar wegen der Jüngeren beendet. Oder wegen einer anderen Jünge-ren, das war keinesfalls ausgeschlossen.

Während Katinka ihrem ruhiger werdenden Atem lauschte, nahm sie die Maglite aus ihrem Rucksack. Im Schein der Taschenlampe sahen Wohnungen fremd und feindselig aus. Als wären sie nicht dafür gemacht, von Taschenlampen erleuchtet zu werden. Zwei Zimmer,

Küche, Bad. Wenige Möbelstücke. Viele Grünpflanzen. Im Wohnzimmer ein Schreibtisch. Ein paar Papiere, ein Stapel Post, hauptsächlich Werbung, ein Adressbuch. Katinka fotografierte die Seiten mit dem Handy ab. Ihre Hand zitterte dabei. Sie entdeckte keine Unterlagen, die nach Hanne Brenkers Job aussahen. Der Papierkorb war leer. Auf dem Sofatisch lagen ein paar Modekataloge: Eddie Bauer, Land's End. Die ›Fränkische Nacht‹. Und der Prospekt eines Reiseunternehmens. Katinka blätterte ihn rasch durch. Einige Seiten waren mit Eselsohren markiert. Wanderreise durch Sizilien. Kultur in Sankt Petersburg. Auszeit im Kloster Ottobeuren. Hanne Brenker schien vielfache Interessen zu haben.

Katinka ging ins Schlafzimmer. Ein Kingsize Bett. Ein Foto auf dem Nachttisch, das einen jungen Mann zeigte. Mit genau derselben Hakennase, die Katinka auf dem Betriebsausflugsbild aufgefallen war.

Waren Hakennasengene dominant oder rezessiv? Sie fotografierte das Porträt ab.

Hanne Brenker hatte einen Sohn. Vielleicht war sie bei ihm. Statt im Urlaub auf Sizilien oder in Sankt Petersburg. Zumal sie in der Firma keinen Urlaub genommen hatte, wenn man Jana glauben konnte.

Frage: Wo lebte der Sohn?

Katinka öffnete den Kleiderschrank. Kostüme, Hosenanzüge, Blusen. Die dem Dresscode der Arbeitswelt angemessenen Klamotten hatte Hanne Brenker in ihren sogenannten Urlaub nicht mitgenommen. Stattdessen Pullis, Jeans und Shirts, die bis auf wenige Exemplare im Schrank fehlten.

Im Bad fand Katinka das Kvintu-Lauftrikot im Wäschekorb. Sie schob es unter ihren Sweater. In der Küche fiel ihr nichts auf, was sie im entferntesten interessiert hätte. Auf der Suche nach den Laufschuhen entdeckte sie im Schuhschrank im Flur zwei Paar extrem unbequem aussehende Pumps. So viel zum Thema Dresscode. Katinka schloss den Schrank. Es gab hier nichts von Interesse. Sie ging zur Tür. Plötzlich verhedderte sich ihr Sneaker in einem Stoffbeutel mit dem Logo eines Lebensmittelmarktes drauf. Sie landete unsanft auf Knien und Handflächen. Wo, verflixt, kam dieser Beutel her? Sie hockte sich hin. Else Brand würde jegliche Veränderung bestimmt bemerken. Der Beutel war leer bis auf eine zusammengeknüllte Plastiktüte und einen Flyer. Katinka überflog ihn im Licht der Maglite.

Mobbingprävention im Betrieb.
Verhindern Sie die Eskalation beruflicher Konflikte!
Überprüfen Sie anhand dieser Checkliste, ob Ihr Betrieb mobbinggefährdet ist.
Leiden Sie an Schikanen, Intrigen und Ausgrenzung am Arbeitsplatz? Das Mobbing-Netz berät Sie telefonisch und persönlich. Wenden Sie sich an uns!

Katinka knipste die Maglite aus. Sie faltete den Flyer, steckte ihn in die Jeanstasche. Legte den Beutel zusammen und drapierte ihn neben dem Schuhschrank. Rappelte sich auf. Umsichtig lauschte sie an der Wohnungstür. Guckte durch den Spion. Alles dunkel im Treppenhaus. Sie legte die Hand auf die Klinke, zog die Tür einen Spalt auf und schlüpfte hinaus. Morgen würde sich Else Brand dafür schelten, die Wohnungstür nicht wie sonst zweimal abgeschlossen zu haben.

I. Machiavellismus

Niccolò di Bernardo dei Machiavelli (1469–1527), florentinischer Staatsphilosoph, Politiker, Diplomat.

Seine Philosophie lässt sich zusammenfassen mit: Du brauchst nur ein Ziel, dann nimmst du dir, was du haben willst. (Werk: Il Principe)

Machiavelli analysierte, wie Macht zustande kommt, funktioniert und wie man sie an sich reißt. Seine Ergebnisse:

Um an Macht zu kommen, hat man zum einen keine klaren Überzeugungen nötig. Es genügt, Macht (siehe Kapitel III.) haben zu wollen. Zum anderen muss man Macht um des eigenen Wohls willen ausüben. An eine Allgemeinheit oder Gemeinschaft darf nicht gedacht werden. Außer zu machtvollen Positionen führt so ein Verhalten zu hemmungslosem Egoismus.

Als Politiker, schreibt Machiavelli, bist du erfolgreich, wenn du den richtigen Schein erzeugst. Die Menschen gehen nach dem Schein. Die wenigsten sind imstande, hinter die Fassaden zu blicken.

Vielleicht wird Machiavelli aber auch Unrecht getan, wenn man ihn als rücksichtslosen Egoisten darstellt. Er schrieb sogar Gedichte. Trotzdem leiten viele Mächtige heute ihr Tun von Machiavelli ab. Nicht bewusst. Sie handeln in seinem Geist. Sie wollen Macht. Sie wollen sich nehmen, was sie begehren. Dazu werfen sie a) alle moralischen Schranken über Bord und b) schmeicheln den richtigen Leuten (egal, wer diese sind). Dazu müssen sie diesen Menschen c) genau das sagen, was sie hören wollen. Dies impliziert: Wer Macht will, braucht d) keine ureigenen Überzeugungen und sollte e) nicht viele Gefühle mit-

bringen, die ihn hindern könnten, sich zu nehmen, was er will. Dies sind die Basics des Erringens von Macht.

Ich folgere daraus, dass das Raubtierverhalten, das uns in die Krise geführt hat, mit der Verarmung der menschlichen Natur dieser Leute zu tun hat. Und natürlich mit der Dummheit der anderen, die lange weggeschaut haben. Nicht sehen konnten oder wollten, was um sie herum geschieht, dass die Raubtiere auf Beutezug sind und an sich reißen, was kein anderer lautstark reklamiert. Niemand arbeitet hart, wenn er nicht dazu gezwungen wird; zur menschlichen Natur gehört die Faulheit dazu (oder die Klugheit, Kräfte zu sparen). Niemand stellt sich als Einzelner oder in einer kleinen Gruppe einer Masse entgegen, die lauter brüllt. Die Natur ist so beschaffen, dass man lieber erst zurückweicht. Das ist im Tierreich genauso. In der Wildnis ist Angriff und Kampf zumeist die letzte Option.

Die Egoisten/Machiavellisten verhandeln geschickter als andere, die Gefühl und Moral noch nicht ad acta gelegt haben. Sie täuschen eher (siehe II.) oder verleiten zu Täuschungen. Sie sind insofern einfallsreicher als die ›Anständigen‹.

Zwischen Egoisten/Machiavellisten und Kriminellen gibt es substanziell keinen Unterschied. Erstere sind schlicht nicht so dumm, sich bei ihren Machenschaften erwischen zu lassen. Oder sie schmieden Gemeinsamkeiten mit den Einflussreichsten, um davonzukommen. So haben die Banken sich vom Staat retten lassen, den sie eigentlich aus Prinzip aushebeln wollen. Dass der Markt sich von alleine regelt, stimmt also, aber er tut dies zum Vorteil der Mächtigen. Wobei wir wissen: Macht ist, wo Geld ist.

15.4.2015 – MITTWOCH

9

Weiterhin Inversionswetterlage. Eine graue Wolkenschicht über Bamberg. Nicht der frühmorgendliche zarte Dunst, von dem man als alter Hase wusste, dass er sich im Lauf des Vormittags auflösen würde. Gähnend wälzte sich Katinka auf die Seite. Sie lag in ihrem eigenen Bett. Nachdem Hardo gestern Nacht schon geschlafen hatte, hatte sie sich in ihre Wohnung zurückgezogen. Außerdem musste sie in Ruhe nachdenken. Mit einer Flasche Spezial Rauchbier, aus der schnell drei Seidla geworden waren. Das ideale Schlafmittel. Ihr Kopf wog schwer. Unvorstellbar, jetzt in den grauen Morgen hinauszulaufen und das übliche Pensum am Fluss entlang abzuarbeiten.

Mobbing also. Könnte Hanne Brenker vor Schikanen im Job davongelaufen sein? Es würde passen; sie hatte keinen Urlaub genommen, ihrer Nachbarin aber gesagt, sie sei in Ferien. Wo steckte sie? Und vor allem: Was wusste Katinkas Klientin Jana Perl wirklich?

Katinka verabscheute es, von ihren Klienten für dumm verkauft zu werden. Oft genug packte eine Person nur die halbe Wahrheit aus. In der Folge recherchierte Katinka sich einen Wolf, bis sie herausfand, dass sie mangels Informationen in eine völlig falsche Richtung gegangen war.

Grimmig kämpfte sie sich aus dem Bett, zog ein Fleece über und klingelte an Hardos Tür. Stille. Er war längst arbeiten gegangen. Unten bei den Studenten rührte sich nichts. Sie schlurfte zurück in ihre Wohnung. Setzte Kaffee auf, fuhr das Netbook hoch. Nachrichten, frisch aus dem Netz gesaugt. Die wichtigsten lokalen Schlagzeilen. Wie oft tauchte eigentlich der Name ›Kvintu‹ im Netzangebot der Tageszeitung auf? Sie öffnete die Suchmaske.

400 Treffer allein in den letzten drei Monaten. Der Pressesprecher schien ganze Arbeit zu leisten.

»Wenn ich ein bisschen mehr Ahnung in Sachen Computer hätte, würde ich das jetzt filtern. ›Kvintu‹ und ›Weltkulturerbelauf‹«, murmelte Katinka vor sich hin. Dann fiel ihr ein, dass sie jemanden kannte, der das mit Freuden tun würde und außerdem die Ressourcen dafür hatte. Sie wählte seine Nummer.

»Sie sind spät dran«, flötete Dante Wischnewski fröhlich.

»Wurde spät gestern.«

»Beruflich oder privat?«

»Ich habe eine Aufgabe zu erledigen, und Sie sind der richtige Mann dafür.«

»Ich höre.«

»Könnten Sie mal durchchecken, im Netz beziehungsweise im Archiv Ihrer Zeitung, wie häufig in den letzten drei Monaten über Kvintu in Zusammenhang mit dem Welterbelauf beziehungsweise Sport im Allgemeinen berichtet wurde?«

»Ist notiert.«

»Und ob etwas über Kvintu in Verbindung mit Mobbing in der Zeitung stand?«

Dante pfiff durch die Zähne. Katinka hielt das Telefon von ihrem Ohr weg. Sie goss sich Kaffee in eine Tasse und suchte im Brotfach nach Essbarem, fand bloß ein steinhartes Kaiserbrötchen. Zum Eintunken in den Kaffee würde es gehen.

»Kvintu und Mobbing also.«

»Sie haben richtig gehört.«

»Wurde die verschwundene Person gemobbt?«

»Ach Wischnewski! Kann man denn nie in Ruhe ermitteln?«

»Sie denken dran: Ich kriege die Exklusivstory.«

»Versprochen.« Sie stippte das Brötchen in ihre Tasse. Es begann sich am Rand aufzulösen.

Widerlich! Sie beschloss, sich lieber auf dem Weg in die Detektei ein Sandwich zu besorgen. Im Bad steckte sie Hannes Kvintu-Trikot mit ein paar anderen Sachen in die Waschmaschine und genehmigte sich eine Dusche.

10

»Sie werden doch einsehen, dass ich Ihnen keine Auskunft geben kann!« Der Mann am Telefon wand sich.

»Sehe ich ein. Ich möchte keine Informationen zu konkreten Fällen. Sondern zum Thema Mobbing allgemein. Warum Leute überhaupt gemobbt werden, wer gemobbt wird, wie man sich dagegen wehrt. Ab wann die Opfer denken, sie können nicht mehr …« Katinka blickte auf die zerknüllte Bäckertüte auf ihrem Schreibtisch. Der Berater des Mobbing-Netzes war nicht so leicht zu knacken.

»… und einfach kündigen. Was man keinesfalls tun sollte.«

»Sehen Sie, das wäre eine super Information für mich.«

»Ich verstehe immer noch nicht, wer Sie sind.«

»Ich bin Privatdetektivin. In meinem Job wird Diskretion großgeschrieben; wie in Ihrem. Wie gesagt, nur ein paar …«

»Können Sie gleich vorbeikommen?«

»Sicher.«

»Okay. Ich habe eine halbe Stunde. Unser Büro ist beim Bahnhof.« Er gab die Adresse durch.

»Bin unterwegs.«

Mit knurrendem Magen schloss Katinka ihr Rad an einen Laternenpfahl und sprintete die Stufen zum Büro des Mobbing-Netzes hinauf. Ein Mann mit Bierbauch und Brüsten empfing sie. Sein Haar hatte er zu einem Pferdeschwanz gebunden. »Sie sind Katinka Palfy?«

»Exakt. Und Sie Hans Baer.«

»Kommen Sie rein.«

Die Büroräume von Mobbing-Netz e.V. waren hell und freundlich. Besser als meine Bude in der Hasengasse, dachte Katinka. Es gab bunte Plissees an den Fenstern, ein paar Exemplare der Allzweckgrünpflanze Ficus Benjaminus und einen Wasserspender, in dem es blubberte wie in einem Magen nach einem Kilo unreifem Obst.

»Ich bin vorsichtig, wissen Sie, Frau Palfy.« Schwer ließ sich Hans Baer auf seinen Schreibtischstuhl sinken. »Manche Betriebe spionieren ihren Opfern hinterher, wenn sie mitkriegen, dass die sich Hilfe suchen. Deswegen rede ich am Telefon nur das Nötigste.«

»Vollkommen verständlich.« Katinka beschloss, ebenfalls ehrlich zu sein. »Ich suche eine verschwundene Person. Ihre Motive, abzutauchen, könnten mit Mobbing zu tun haben. Sicher bin ich mir noch nicht.«

»Wenn diese Person eine Frau ist, liegt ihr Risiko, Mobbingopfer zu werden, ohnehin um 75 % höher, als wenn sie ein Mann ist.«

»So übel?«

Baer zuckte die Achseln, beinahe entschuldigend. »Wir Männer sind Schweine.«

Vermutlich hast du dir deshalb ein paar weibliche Attribute zugelegt, dachte Katinka. Bauch, Brüste, Pferdeschwanz.

»Sobald eine Frau gemobbt wird, ist automatisch eine sexuelle Komponente dabei. Es geht um ihr Aussehen. Darum, wie gut sie in den weiblichen Standard passt. Um ihre Rolle. Oft wirft man ihr vor, aus dem traditionellen, dem anerkannten Frausein irgendwie auszuscheren. Männer sehen das mit den flotten Sprüchen locker. Sie reißen Zoten und leugnen hartnäckig, dass sich dahinter etwas Sexistisches verbirgt.«

»Werden Frauen also meistens von Männern gemobbt?«

»Nein, das ist nicht der Fall. Aber Frauen, die Frauen mobben, haben oft zumindest eine stillschweigende Unterstützung von oben im Rücken. Die ist männlich.«

»Traditionellerweise.«

»Genau.«

»Eine Arbeitnehmerin«, formulierte Katinka bedächtig, »die bisher nie negativ aufgefallen ist, geht aus ihrem Betrieb stiften. Sie nimmt keinen Urlaub, erzählt ihrer Nachbarin jedoch, dass sie in Ferien fährt. Sie überlässt der Nachbarin den Schlüssel für die Grünpflanzen. Und ward nicht mehr gesehen.«

»Das sieht nach Flucht aus.«

»Könnte es Flucht vor Mobbing am Arbeitsplatz sein?«

»Könnte, sicher.« Er hob die Hände. »Möglich ist es.«

»Ich gebe zu, ich spekuliere«, sagte Katinka. »Ich habe bei der Dame einen Flyer Ihres Netzwerkes gefunden. Mit einer Checkliste.«

»Ach das!« Er winkte ab. »Kein besonders gelungenes Projekt. Man muss den individuellen Fall anschauen. Keine Allgemeinplätze.«

Katinka legte das Papier auf den Tisch. »Die Person, von der ich rede, hat die Checkliste ausgefüllt. Sie hat etliche Fragen mit ›ja‹ beantwortet. Zum Beispiel: Ihr Arbeitsplatz wurde verlegt, sodass sie keinen Kontakt zu den Kollegen mehr hat. Sie bekommt keine, widersprüchliche, ständig neue oder sinnlose Aufgaben zugewiesen. Ich könnte fortfahren.«

»Je mehr Fragen die Person mit ›ja‹ beantwortet, desto wahrscheinlicher ist, dass sie gemobbt wird.«

»Dann fürchte ich, sieht es bei dieser Dame ziemlich scheußlich aus.«

Baer räusperte sich. »Glauben Sie nicht, dass Mobbing nur in wenigen Betrieben ein Thema ist. Seit die Arbeitswelt immer rauer wird, haben wir bei allen großen Arbeitgebern der Stadt Mobbingfälle.«

Katinka zählte ein paar Firmennamen auf; Baer winkte ab. »Bei *allen* großen. Und bei vielen kleinen. Die Betroffenen bleiben im Schatten, aber das Problem ist riesig.«

Katinka nickte nachdenklich. Dante würde ihr schon die passenden Infos zuschanzen.

»Wissen Sie, die meisten Unternehmen strukturieren seit Jahren um«, fuhr Baer fort. »Prozesse werden reformiert und noch mal reformiert, nichts ist mehr fix. Wenn Positionen und Aufgaben neu verteilt werden, haben die Alteingesessenen Angst, von den Fleischtöpfen getrennt zu werden und Pfründe abgeben zu müssen. Die Leute fürchten sich vor Konkurrenz und Entmachtung. Arbeitnehmer, die da irgendwie ausscheren, selbst durch Äußerlichkeiten oder weil sie bei bestimmten betriebsintern wichtigen Aktivitäten nicht mitmachen, haben es schwer.«

Wichtige Aktivitäten.

»Ist Ihnen mal untergekommen, dass jemand gemobbt wurde, weil er nicht beim Welterbelauf mitmachen wollte, obwohl der ganze Betrieb dafür trainiert?«

»Kein Kommentar.«

»Also reine Spekulation?«

»Das habe ich nicht gesagt.« Baer musterte seine Fingernägel. »Aber Ihre abgängige Person kann genauso gut vor einem Partner, Freund oder was auch immer geflüchtet sein.«

»Der Ex hat eine höhere Position in dem Unternehmen.«

»Der Ex? Sie hat sich getrennt?«

»Er. Er hat sich eine andere ausgeguckt.«

»Ungünstig. Damit steigt die Wahrscheinlichkeit, dass die Verlassene ein paar mehr Grade auf der Mobbingskala hochklettert.«

Katinka stand auf. »Danke.«

»Nehmen Sie unsere Aufklärungsbroschüre mit.« Er griff hinter sich und fischte ein taschenbuchdickes Druckwerk aus dem Regal. »Da finden Sie die gesamte Theorie. Voraussetzungen, Motive, Prävention.«

»Danke noch mal.«

11

Katinka informierte Jana, dass es Fortschritte gäbe, und sie könnte gern zu ihr in die Detektei kommen, um alles Weitere zu besprechen. Jana reagierte abweisend, sie war auf dem Weg in ein Meeting.

»Überlegen Sie es sich in Ruhe«, antwortete Katinka. »Ansonsten betrachte ich unsere Zusammenarbeit als beendet.«

Sie hasste es, wenn ihre Gesprächspartner ihr reinreiben mussten, dass sie keine Zeit hatten. Diese Jana ging ihr schon jetzt auf den Wecker. Die schwierigste Klientin seit Langem! Ego, Verdrießlichkeit, Fassade. Was war da zu erwarten! Seltsam, dass sie sich überhaupt für das Verschwinden ihrer Kollegin interessiert, überlegte Katinka. Sie ist nämlich eher der egoistische Typ, der froh ist, wenn andere aus dem Rennen geworfen werden.

Ihr Handy läutete. Dante.

»Wischnewski? Gerade habe ich an Sie gedacht.«

»Sie lügen.«

»Woran Sie es nur immer merken!« Katinka grinste. »Gibt's Infos?«

»Ich bin das ganze Archiv durchgegangen. Kvintus Pressesprecher hat zu Beginn des Jahres eine Medienlawine losgetreten. Ausschließlich in Sachen Weltkulturerbelauf. Täglich pfeffert er Informationen raus: Wie das Training läuft, wer von den Vorständen bei welchem Lauf registriert ist, er bietet Porträts an von Leuten in der Firma, die darüber reden, warum sie mitmachen und bli, bla, blubb.«

»Produziert er auch Porträts von Leuten, die nicht mitmachen?«

»Die Antwort schwant Ihnen doch sicher: nein.«

»Fuck.«

Dante pfiff durch die Zähne. »Ich liebe es, wenn sie fluchen. Kvintu setzt auf das Merkmal ›jugendliche Sportlichkeit‹, um sich in seiner CI von anderen Marktteilnehmern abzugrenzen.«

»CI?«

»Corporate Identity. Es handelt sich dabei um ein Bündel von Merkmalen …«

»Danke, ich weiß, was das ist. Das Unternehmen will sich also bewusst über die Sportlichkeit seiner Mitarbeiter profilieren?«

»Nicht allein bewusst, sondern aggressiv. Andere größere Unternehmen in Bamberg tun das ebenfalls. In gewissem Maß. Sie schicken ihre Leute zum Welterbelauf, formen Teams und trainieren seit Monaten. Dass man die Läufer in den passenden Leibchen sieht, das reicht ihnen. Nicht so Kvintu. Die legen nach. Alles, was man mit Sportlichkeit und Jugendlichkeit assoziiert, kommt als Thema in die Medien.«

Katinka machte sich Notizen. »Hat ja ziemlich was mit Egoismus zu tun«, murmelte sie. »Rücksichtslosigkeit gegenüber den Leuten, die nicht ins Schema vom tollen Body passen. Der Glaube an die eigene Überlegenheit, die automatisch alle anderen ausschließt.«

»Wer fragt letztlich nach Moral? Hauptsache, sie schmeicheln den richtigen Leuten und werden mit ins Boot genommen! Bauchpinselei mittels körperlicher Ertüchtigung hilft also beiden Seiten! Denjenigen, denen geschmeichelt wird, weil es dem Ego guttut, und den anderen, die dadurch Vorteile für sich rausschlagen. In Bezug auf Mobbing bei Kvintu gibt es in unserem Archiv übrigens keine Einträge«, fuhr Dante fort.

»Haha.«

»Sie kennen das doch, Frau Palfy! Es gibt überall mächtige Arme, die verhindern, dass Informationen in die Zeitung kommen, selbst wenn diese Infos für die Öffentlichkeit sehr viel interessanter wären als die Trainingszeiten des Finanzvorstandes.«

»Den muss ich mir ohnehin genauer ansehen.«

»Dann sollten Sie schnell laufen! Er rennt die 5-Kilometer-Trainingsstrecke unter …«

»Ich will's nicht wissen, Wischnewski. Außerdem glaube ich nicht, dass das Thema Mobbing bei Kvintu überhaupt kein Thema ist. Ich habe es aus berufenem Mund. Eben war ich beim Mobbing-Netz. Die haben nichts Genaues gesagt, aber genug durchblicken lassen.«

»Selbstverständlich habe ich andere Kanäle angezapft.« Dante klang, als müsse er einen verlorenen Ruf wiederherstellen. »Und man sagte mir, Mobbing sei ein Riesenthema bei Kvintu. Wer nicht sportelt, kriegt Ärger.«

»Warum, um Himmels willen, versteifen die sich dermaßen auf die Lauferei?« Katinka lief gern, ohne körperliche Anstrengung gleich für einen Religionsersatz zu halten.

»Fragen Sie den Pressesprecher. Für eine Interessensbekundung dieser Art hat er bestimmt einen Sermon auswendig gelernt.«

»Okay, Wischnewski. Halten Sie die Fahne hoch.«

»Und die Wohnung?«

»Ich bin zu beschäftigt, um ans Bödenabschleifen auch nur zu denken.«

»Halten Sie mich nicht zu lange hin. Denken Sie dran: Deutschland kennt die Tradition der Hausbesetzungen.«

Katinka lachte. »Versuchen Sie's. Ich kann nicht garantieren, dass Sie nicht auf die Nase fallen.«

»Wie wäre es, wenn ich selbst die Wände tünche?«

»Damit ist es leider nicht getan. Zuerst geht es um Elektroleitungen, Wasseranschlüsse und Heizung. Danach bestelle ich Sie gerne mit Pinsel und Eimer. Bis bald!«

Sie legte auf, bevor Dante mit einer weiteren Spitzfindigkeit loslegen konnte. Ihr Fax im Nebenraum gab hustende Geräusche von sich. Das gute Stück war recht betagt. Sie ging nachsehen. Eine lange Schlange Thermopapier kroch schneckengleich aus dem Schlund des Geräts. Als Minuten später die erlösenden Signaltöne erklangen, riss sie die Rolle ab und ging zurück an ihren Schreibtisch.

»Sabine, du bist ein Schatz!«, sagte sie laut. Sah auf.

Ein Mann stand in der Gasse und sah zu ihr herein. Er trug ein Hoodie, hatte die Kapuze tief in die Stirn gezogen. Katinka sprang auf, war mit drei Schritten an der Tür. Riss sie auf.

»Hallo?«

Der Mann rannte los, Richtung Austraße. Mit den Händen in den Jeanstaschen legte er einen urkomischen Watschelgang hin. Stirnrunzelnd ging Katinka zurück in die Detektei, sperrte hinter sich ab, schloss die Lamellenvorhänge, schaltete die Schreibtischlampe an und widmete sich dem rechtsmedizinischen Bericht über Marie Santarín.

Tod durch Herzversagen.

Wie üblich bei Texten dieser Art hätte sie einen Dolmetscher benötigt, um sich mit sämtlichen Details vertraut zu machen. Entscheidend war nur: kein Fremdverschulden. Der Rechtsmediziner erlaubte sich zudem den Hinweis, dass Laufen zu den typischen Sportarten gehöre, bei denen der plötzliche Herztod gehäuft auftrete, zumal wenn die Betroffenen schon vorher Arrhythmien gehabt hatten.

Katinka ging ins Internet und checkte das Stichwort ›Plötzlicher Herztod beim Sport‹. In Deutschland, so wurde behauptet, stürben pro Jahr 900 Sportler den plötzlichen Herztod. Jüngere seien häufiger betroffen als ältere.

Ein Boulevardjournalist könnte jetzt mit der Schlagzeile: *Unternehmen treibt Arbeitnehmer in den Tod* ins Rennen gehen.

Ins Rennen! Sie verzog den Mund. Wörter entlarvten Gedanken manchmal punktgenauer, als man beabsichtigte.

Sie rief Sabine an.

»Wollte mich bedanken.«

»Lass uns mal wieder ins Fitnessstudio gehen«, antwortete Sabine.

»Kannst du gerade nicht sprechen?«

»Am Wochenende würde es passen.«

»Okay. Wir telefonieren. Tschüss!«

Nachdenklich legte Katinka auf. Sie faltete den meterlangen Faxausdruck. Es war dunkel in der Detektei. Nachdem sie das letzte Restchen Tageslicht ausgesperrt hatte, wurde das Büro von depressivem Grau ausgefüllt, das der Lichtkegel der Schreibtischlampe in Scheiben schnitt.

12

Egal zu welcher Jahreszeit, es hob die Stimmung enorm, sich in das Gedränge in der Austraße einzureihen. Café an Café machte Laune, vor allem, da die meisten Lokale von Jungvolk aus der Uni besetzt waren. Die Studenten trotzten dem kühlen Wetter, kuschelten sich in Decken, wärmten sich die Finger an den Kaffeebechern. Einige zogen megadicke Sandwiches dem Mensamenü vor, andere rauchten, während sie in frisch aus der Bibliothek ausgeliehenen Schmökern lasen. Manche chatteten mit Freunden via Tablet-Computer oder hielten einen schnellen Plausch mit Kommilitonen, einen Coffee-to-go in der Hand. Katinka besorgte sich einen Cappuccino im Thermobecher und schlenderte die Straße Richtung Heumarkt entlang. Das Naturkundemuseum warb mit einer neuen Ausstellung. Sie fragte sich, wann sie das Gebäude mit dem berühmten Vogelsaal zuletzt betreten hatte. Ein einziges Mal seit der Renovierung, und die war fünf Jahre her.

Unversehens trat der Typ mit dem Hoodie aus dem Orlando. Auch er mit einem Kaffeebecher in der Faust. Katinka sah ihn zuerst nur aus dem Augenwinkel. Irgendeine schnelle neuronale Verbindung in ihrem Kopf gab ›Wiedererkennung‹ durch, während ihr Bewusstsein sich noch an der Frage abarbeitete, ob der Knabe relevant war oder nicht. Dann trat sie entschlossen auf ihn zu.

Er war jung. Mitte 20. Ein flaumiger Bart verbarg den unteren Teil seines Gesichts. Pickel sprossen auf der Oberlippe. Diese alberne Kapuze. Eine verwaschene Aufschrift auf dem Hoodie: *I love my Scooter*.

Katinka warf ihren leeren Becher in einen Papierkorb und trat auf den Mann zu. »Hi. Sie wollten mich vorhin besuchen, nehme ich an.«

Er fuhr zu ihr herum, starrte sie an, Panik blitzte in seinen Augen auf. Unvermittelt rannte er los, flitzte die Treppen zum Jesuitenkolleg hoch. Katinka nahm die Verfolgung auf. Für den Halbmarathon zu trainieren, bedeutete einen eindeutigen Vorteil. Er mochte zwar schneller sprinten, aber ziemlich schnell würde er müde werden. Sie rasten durch den Innenhof, wo Studenten mit ihren Handys im Anschlag die Pause zur nächsten Vorlesung überbrückten. Er schleuderte seinen Kaffeebecher weg. Braun schwappte der Kaffee über den Weg.

Schon war er im hinteren Hof, wo der Eingang zum Museum lag. Eine ältere Frau mit einem Stapel Bücher im Arm schnitt Katinka den Weg ab. Als sie endlich wieder Tempo aufnahm, war der Kapuzenmann weg.

Katinka drehte sich ein paar Mal um die eigene Achse. Sie fragte am Eingang zum Museum nach. Niemand hatte einen Kerl mit Hoodie gesehen. Wahrscheinlich war er durch das rückwärtige Tor in die Innenstadt geflüchtet. In dem Gassengewirr rund um den Maxplatz hatte er leichtes Spiel.

»Mist!«, stieß Katinka hervor.

Es begann zu regnen.

»Verdammter Mist!«

13

Hardo schickte Katinka gegen sechs eine SMS. *Treffen im Spezi?*

Unbedingt, simste sie zurück. Ein Rauchbier kam ihr jetzt mehr als recht. Nach ihrer unfreiwilligen Trainingseinheit war sie frustriert in die Detektei zurückgekehrt und hatte Hanne Brenkers Adressbuch analysiert. Es fanden sich etliche durchgestrichene und überschriebene Adressen darin. Alte Freunde, viele Male umgezogen. Katinka druckte die Dateien aus und nahm einen Stift zur Hand.

Unter F fand sie nur einen Eintrag: Florian. Eine Handy-Nummer. Hannes Sohn? Der mit der Hakennase?

Katinka checkte den Buchstaben G. ›Wolfram G.‹ stand da, wieder eine Handynummer. Nicht durchgestrichen. Ihr Ex-Lover. Nachdenklich trommelten Katinkas Finger auf die Schreibtischplatte. Wo sollte sie anfangen? Alle Freunde von Hanne abtelefonieren? Das war letztlich die ganz mechanische Seite der Schnüffelarbeit.

Sie schnappte sich ihr Handy und rief Florian an. Mailbox. Sie hinterließ ihre Nummer und bat um Rückruf. Anschließend machte sie sich seufzend daran, die vorhandenen Nummern abzutelefonieren. Auf Facebook fand sie Hannes Schule. Hoffend, dass der Eintrag ›Maria-Ward-Gymnasium, Bamberg‹ kein Fake war – schließlich hatte Katinka selbst eine völlig andere Schule in ihrem mittlerweile ungenutzten Profil angegeben – spulte sie Anruf für Anruf eine Geschichte ab. Sie sei eine alte Freundin von Hanne, aus Schulzeiten, gerade in Bamberg und hätte Hannes aktuelle Telefonnummer nicht. Niemand kam auf die Idee, zu fragen, woher Katinka die Telefonnummern der Angerufenen hatte, wenn sie nicht einmal die von Hanne kannte. Hilfe konnte niemand anbieten. Mit jedem Anschluss, den sie abhakte, erlosch Katinkas Hoffnung, jemand würde überrascht: »Ach, so ein Zufall! Sie verbringt just ein paar Tage bei mir!« rufen. Etliche Leute waren ohnehin nicht zu Hause, und bei zwei Personen tönte ›Kein Anschluss unter dieser Nummer‹ aus dem Hörer. Frustriert machte Katinka schließlich ein Häkchen neben die letzte Nummer.

Sie beschloss, den Wert des Tages durch ein kurzes Training zu erhöhen. In weniger als zehn Minuten war sie zu Hause, zog sich um und machte sich auf in den Hain, der im Prinzip hinter ihrer Haustür begann. Der alte Bürger-park mit dem herrlichen Baumbestand lieferte Katinka nach wie vor mehr Erholung als jeder andere Platz in der Stadt. Der Regen ebbte ab und hörte kurz darauf ganz auf. Die Flussläufe, über denen heute zarter Dunst hing, und das tiefe Grün entschädigten sie für die Pleite bei der Verfolgung des Kapuzentypen. Obwohl sie sich den Kopf zerbrach, konnte sie sich einfach nicht vorstellen, wer der Knabe war und weshalb er sich erst die Nase an ihrem Bürofenster plattdrückte, um kurz darauf zu türmen.

Zu Hause stellte sie sich eine gute Weile unter die heiße Dusche, die Musik von Cesaria Evora auf laut gestellt. Die Songs der fülligen Sängerin von den Kapverden ersetzte wenigstens ansatzweise die fehlende Sonne.

Pünktlich um 18 Uhr schloss sie ihr Rad vor dem Spezi in der Königstraße an einen Laternenpfahl. Die Gaststube war voll bis zum Rand. Hardo war im hinteren Raum, wo er einen Tisch für sie freigehalten hatte. Man kannte ihn hier. Er genoss Privilegien. Wurde erst gar nicht gefragt, ob Fremde sich dazusetzen durften.

»Wie lief dein Tag?«, fragte er.

»Frag nicht.«

»Frustjoggen?« Er hob die Hand und signalisierte der Bedienung, dass sie zwei Bier wollten.

»Du kennst mich eben zu gut.« Sie musste lächeln, wenn sie daran dachte, wie sie früher Hardo ab und zu im Spezi getroffen hatte. Bei Rauchbier und Schnitzel. Rein beruf-lich. Wie sie irgendwann von seiner Scheidung, seiner ver-storbenen Tochter und den anderen Verletzungen seines Lebens erfahren hatte. Über die er nur sprach, wenn es sich gar nicht mehr vermeiden ließ.

»Du riechst nach Duschgel.«

»Besser als nach Polizeikantine.«

»Heute standen Spaghetti Aglio Olio auf dem Speiseplan.« Er verzog das Gesicht. Seine Vorlieben galten eindeutig der fränkischen Küche.

»Bei mir stand gar nichts auf dem Kantinenplan.« Katinka griff hungrig nach der Speisekarte. »Mein Fall ist völlig bizarr. Heute hat mich so ein Jüngling mit Kapuzenpulli beobachtet. Stand einfach vor der Detektei. Als ich rausgegangen bin, ergriff er die Flucht. Später habe ich ihn noch einmal gesehen.« Sie berichtete von ihrem Sprint durch den Innenhof des Jesuitenkollegs.

»Sonderbar.« Hardo runzelte die Stirn. Er witterte zwar nicht mehr ständig überall Gefahren, die Katinka heimsuchen konnten, aber sie merkte ihm an, dass es ihm schwerfiel, die Beschützerrolle abzulegen. »Ich nehme an, du hast diesen Obduktionsbericht bekommen?«

»Woher ...«

»Du hast gar nicht mehr nachgebohrt. Deswegen vermute ich, dass Kerschensteiner sich darum gekümmert hat.«

»Marie S. ist den plötzlichen Herztod gestorben.«

»Tja.«

Endlich kam das Bier. Katinka nahm einen großen Schluck. Der Alkohol stieg ihr direkt in den Kopf.

»Zwei Schnitzel mit Pommes«, bestellte Hardo. »Ist in Ordnung, oder?«

»Unbedingt.« Sie nickte. »Ist Mobbing bei der Polizei ein Thema?«

Hardo schnitt eine Grimasse. »Bei der Polizei ist alles ein Thema, was anderswo ein Thema ist.«

»Konkret: Habt ihr einen Mobbing-Beauftragten?«

»Klar. Haben wir. Hilft bloß wenig. Strukturen sind zäh.«

»Nicht die Strukturen mobben, sondern die Menschen.«

»Die Strukturen schützen diese Menschen.«

»Die Täter, nicht die Opfer.«

»Wie so oft, ja!« Hardo setzte seinen Krug an. »Puh, danach habe ich mich den ganzen Tag gesehnt.«

»Ich kapiere eins nicht«, murmelte Katinka. »Hanne Brenker trainierte für den Welterbelauf. Sie gehörte nicht zu den Verweigerern. Sie war sogar in einer Trainingsgruppe mit meiner Klientin, und die läuft flott.« Schnell schilderte sie Hardo, was sie den Tag über in Sachen Mobbing recherchiert hatte.

»Hm«, machte Hardo.

»Was: hm?«

»Ich kann nicht denken ohne Kaloriennachschub. Das Gehirn verbraucht ein Drittel vom Stoffwechsel, wusstest du das?«

Sie lachte. »Ich verstehe die Sache so: Kvintu nutzt den Weltkulturerbelauf, um das Image glänzend poliert nach außen zu tragen. Wir sind sportliche, ehrgeizige, gesunde, bestens gelaunte Leute. Dazu passen die Verweigerer nicht. Diejenigen, die sich nichts aus Sport machen. Die werden gemobbt.«

»Vielleicht auch andere«, wandte Hardo ein. »Je größer ein Unternehmen, desto diffuser sind die Zuständigkeiten. Dabei geraten Einzelne, die kein Netz an Trabanten haben, die sie absichern, schnell in die Schusslinie.«

»Hanne Brenker hatte eine Beziehung zum Finanzvorstand. Wolfram Grät. Der hat sie verlassen. Wahrscheinlich wegen der Flussjungfrau.«

»Hat er jetzt eine andere?«

»Darüber weiß ich noch nichts. Es steht zu vermuten.«

»Könnte interessant sein, herauszufinden, wer das ist.«

»Stimmt.« Katinka seufzte. »Ganz viele Fährten, denen ich folgen muss. Aber ehrlich gesagt gibt es keine, die ich wirklich überzeugend finde.«

»Wenn der Mann Finanzvorstand ist, ist er einer von den Mächtigen. Er hat die Frau, nach der du suchst, geschützt, sie dann fallen lassen, und jetzt steht sie schutzlos da.«

»So was Ähnliches hat der Mobbing-Experte mir heute erklärt.«

Zwei Teller mit riesigen Schnitzeln und einem Berg Pommes landeten vor Katinka und Hardo. »Salat kommt gleich.« Die Bedienung stiefelte davon.

»Bei diesem Thema musst du vom Kopf her denken, Katinka. Mobbing ist immer ein Indiz dafür, dass die Personalverantwortlichen in Sachen Menschenführung echte Nieten sind. Fachlich mögen sie was drauf haben, aber wie man sich in Mitarbeiter hineinversetzt und Gespräche führt, wissen sie nicht.«

Katinka hörte nicht mehr richtig zu. Sie nahm zwei Pommes und schob sie sich in den Mund. Heiß. Würzig. Wunderbar salzig.

»Weißt du, was seltsam ist? Jana, meine Klientin, sagte mir vorgestern, es wären seltsame Dinge in der Firma passiert. Welche, damit rückte sie nicht so richtig raus. Ich frage mich, ob sie Mobbing gemeint haben könnte.«

Hardo ließ Messer und Gabel sinken. »Ich höre daraus, dass du sie dir ein bisschen härter zur Brust hättest nehmen können.«

»Sie ist mir unsympathisch.«

»Und das hat dich aus dem Konzept gebracht.«

»Irgendwie, ja. Ich frage mich, warum sie überhaupt diese Kollegin sucht. Ich meine, wenn man eine Privatermittlerin beauftragt, da steckt doch ein massives Interesse dahinter.«

»Du hast dich an Emotionen orientiert, nicht an Zielsetzungen«, kommentierte Hardo.

»Ich hatte den Eindruck, dass sie was verbirgt.«

»Jetzt musst du ihr die Daumenschrauben anlegen, um genau das festzustellen.«

Sie hatten das Schnitzel fast vertilgt, als die Bedienung den Salat brachte. Hardo schob seinen unbesehen zur Seite. Katinka gabelte ein paar Blättchen auf. Alle Vitamine wollte sie nicht verweigern.

Eine halbe Stunde später schlenderten sie durch die Fußgängerzone nach Hause. Katinka schob ihr Rad. Sie schwiegen, schläfrig vom üppigen Essen. Als sie die Obere Ratshausbrücke überquert hatten, fiel ihnen ein Pulk Leute vor dem Hofbräu auf. Sie waren in Feierlaune. Trotz der abendlichen Kälte standen sie vor dem Wirtshaus, bunte Drinks in den Händen, und unterhielten sich schrill und laut. Ein Mann kam Katinka bekannt vor. Vorgestern hatte sie ihn in Sportklamotten gesehen. Lukas Lurahn, der Pressesprecher von Kvintu. Im linken Arm hielt er eine zerbrechliche Schönheit, in der rechten Hand einen Cocktail.

»Guck mal, das ist Lurahn, der Pressemensch von Kvintu«, sagte sie leise zu Hardo.

Er grunzte verächtlich. Die Clique, an der sie vorübergingen, gehörte ganz eindeutig nicht zu Hardos bevorzugten Soziotopen.

16.4.2015 - DONNERSTAG

14

Ein weiterer verregneter Morgen. Die Vorbereitungszeit auf den Welterbelauf wurde knapp. Ein Vorteil, in der grauen Kühle laufen zu können. Andererseits war es mehr als einmal passiert: Der Tag des Laufes war der erste richtig heiße Tag des Jahres. So schnell stellte sich kein gestählter Sportlerkörper um. Reihenweise kippten die Läufer aus den Schuhen oder mussten vorzeitig aufgeben.

Katinka verkürzte ihr Morgentraining, lief bis zur Schillerwiese und wieder zurück, duschte und radelte anschließend in die Detektei. Sie wollte mehr über die Leute nachforschen, deren Namen sie auf ihre Liste gesetzt hatte. Vor allem über diejenigen, die bei Kvintu arbeiteten.

Einmal mehr half ein Blick ins Gesichterbuch. Lukas Lurahn lebte in einer Beziehung mit Alke Josbach; die zerbrechliche Schönheit in seinem Arm. Dunkelhaarig, Schlafzimmerblick, Schmuck. Klapperdürr. Ob sie den Ansprüchen der Firma Kvintu an Sportlichkeit genügen würde? Katinka klickte auf ihr Profil. Wenig aussagekräftig. Sie schien zu den Vorsichtigen zu gehören, die wenig von sich preisgaben. Als Beruf hatte sie ›Model‹ angegeben. Ansonsten Partyfotos, Urlaubsfotos. Auch hier viele

Lifestylereisen. Dubai. New York. Singapur. Außerdem mochte Alke Josbach Liebesromane und klickte verhältnismäßig häufig auf Seiten, die Trendschmuck bewarben.

Das klassische Weibchen, dachte Katinka verächtlich. Sie rief Jana an.

»Hallo. Es passt jetzt gerade nicht so gut.«

»Ich benötige eine Entscheidung von Ihnen, ob ich den Fall weiterbearbeiten soll oder nicht. Die können Sie wohl am ehesten treffen, wenn Sie zu mir in die Detektei kommen. Bei der Gelegenheit mache ich Sie mit dem Stand der Ermittlungen vertraut. Ansonsten schließe ich den Fall gerne ab.«

»Nein! So war das nicht gemeint!«

»Schauen Sie über Mittag vorbei?«

»Um 14 Uhr könnte ich kommen.«

»Prima. Bis später.« Katinka legte auf. Sie checkte ihre Mails und den Anrufbeantworter. Florian Brenker hatte auf ihre Nachricht nicht reagiert.

Lustlos widmete sie sich den offenen Rechnungen. Vielleicht ließe sich der erste Stock doch noch in absehbarer Zeit ausbauen; sie müsste lediglich ihre Einkünfte ein klein wenig steigern, dann wäre sie in der Lage, eine Firma zu beauftragen, anstatt selbst Schlitze zu schlagen und Rohre zu verlegen.

Eine halbe Stunde später legte sie einen Stapel Überweisungsscheine beiseite und loggte sich einmal mehr beim Gesichterbuch ein.

Wolfram Grät besaß ein Facebook-Konto, war dort jedoch nicht aktiv, obwohl er 547 Freunde hatte. Also machte er an dieser Front auch mit. Katinka schnaubte verächtlich. Einer, der an allen möglichen Stellen mitmischte, war letztlich überhaupt nicht mehr interessant. Der alte

Spruch kam ihr in den Sinn: Willst du was gelten, mach dich selten. Sie grinste. Hatte sie den von Dante?

Das Telefon klingelte.

»Hallo, hier ist Hans Baer vom Mobbing-Netz.«

»Morgen.«

»Haben Sie ein Fernsehprogramm zur Hand?«

»Nein. Wieso?«

»In der Konzerthalle wird am Samstagabend ›Verortet‹ live übertragen. Zu unserem Thema: Mobbing.«

»Moment!« Katinka rieb sich die Stirn. »Diese Live-TV-Sabbelrunde?«

»Ein ziemlich gutes Talk-Format, Frau Palfy. Das Publikum kann nämlich mitmachen. Fragen stellen und so weiter. Ich bin als Experte angemeldet. Sorry, gestern hatte ich das nicht auf dem Schirm. Aber womöglich ist es interessant für Sie?«

»Allerdings.«

»Es wird Zeit, dass Mobbing öffentlich geächtet wird. So wie Pädophilie.«

Nun mach mal langsam, dachte Katinka. Laut sagte sie: »Sind da Mobbingopfer dabei?«

»Genau. Also sehen wir uns am Samstag?«

»Höchstwahrscheinlich. Danke für die Info.«

Sie legte auf. Seltsam. Baer musste doch längst Bescheid gewusst haben. War er so ein Schussel, dass er gestern während ihres Gesprächs nicht daran gedacht hatte, sie auf die bevorstehende Sendung hinzuweisen?

Sie rief Dante an, dessen Mailbox verkündete, er sei nicht erreichbar, würde aber zurückrufen, sobald er konnte. Nachdenklich starrte Katinka ihr Telefon an.

Während sie die Kaffeemaschine im Nebenraum in Betrieb setzte, hatte sie das Gefühl, der Fall würde sich von ganz allein lösen. Hanne Brenker war vermutlich in der Versenkung verschwunden, um sich zu besinnen und ein paar Dinge auf die Reihe zu kriegen. Wahrscheinlich hatte sie selbst die Checkliste auf dem Flyer des Mobbing-Netzes ausgefüllt. Okay, sie hatte die Mehrzahl der Fragen mit ›ja‹ beantwortet, und deshalb war so gut wie bewiesen, dass man sie an ihrem Arbeitsplatz mobbte. Wer dahintersteckte, blieb weiter im Dunkeln, aber Jana, die immerhin von Hanne eingearbeitet wurde und sicher täglich mit ihr zu tun hatte, musste davon etwas mitbekommen haben. Ein Mobbingopfer mochte so tun, als wäre nichts. Trotzdem fiel es über kurz oder lang auf, wenn die Stimmung in den Keller rutschte. Katinka goss sich Kaffee ein. Sie würde ihrer Klientin massiv auf den Zahn fühlen. Garantiert hatte Jana mitbekommen, dass Hanne gemobbt wurde. Worum sonst sollte es sich bei den angeblich so eigenartigen Dingen handeln, die sie angedeutet hatte?

Der Kaffee belebte ihre grauen Zellen. Frauen haben ein höheres Mobbing-Risiko. Wenn sie dann noch eine Beziehung beenden oder sitzen gelassen werden … Hans Baers Worte gingen ihr nicht aus dem Kopf. Ohne Wolfram Grät, den tollen Finanzvorstand, blieb Hanne quasi ungeschützt im Natternnest zurück.

Und wer war der Knabe mit dem Hoodie?

Weil sie nichts Besseres zu tun hatte, klickte Katinka wieder die Facebook-Seite an. Sie studierte Lukas Lurahns Profil sehr genau. Wenn man auf die Details achtete, pflegte er seine Pinnwand ziemlich professionell. Kein Wunder bei einem Pressemenschen. Er reagierte auf sämtliche Kommentare, die ihm hinterlassen wurden, und zwar sachlich und freundlich im Ton. Auf gut Glück klickte Katinka ein paar seiner Freunde an. Partybilder. Urlaubsbilder. Der beständige Wettstreit in Sachen Lifestyle. Wer sonnte sich am goldensten Strand, wer probierte die durchgeknallteste Freizeitaktivität aus?

Nach ein paar Minuten intensiver Lektüre wollte Katinka den Ausflug in die Scheinwelt des Gesichterbuchs beenden. Doch anstatt sich auszuloggen, blieb sie auf den Seiten von Lukas' Freundin Alke hängen. Sie hatte ein Bild von Lukas und sich eingestellt, das am Abend zuvor im Hofbräu aufgenommen worden war. In etwa zu der Zeit, als Katinka und Hardo dort vorbeigekommen waren.

Lukas hatte Alke im einen Arm, in der anderen Hand den Cocktail. Beides hielt sich in Sachen Gewicht vermutlich die Waage. Darunter vier Kommentare:

Maike Stadler:
Na, dann ist ja alles blendend bei euch.
Alke Josbach:
Hoffe ich.
Maike Stadler:
Come on, strahlendes Lächeln auf beiden Gesichtern.
Alke Josbach:
Ein Profi kann das.

Katinka lehnte sich zurück. Klickte zum Profil von Maike Stadler. Wie sich herausstellte, eine alte Schulfreundin von Alke. Ebenfalls Maria-Ward-Gymnasium, Bamberg. Wie Hanne Brenker. Nicht ungewöhnlich, die Schule der Maria-Ward-Schwestern stand hoch im Kurs.

›Ein Profi kann das.‹ Meinte sie sich selbst, als Model?

Katinka startete eine Suche im Netz und wurde bald fündig. Alke Josbach arbeitete tatsächlich als Model. Für Mode und Kosmetik, insbesondere wurde sie von Ökomarken gebucht. Deswegen kam sie vermutlich so viel rum und postete die passenden Fotos auf Facebook. Virtuelle Selbstbestätigung. Ich lebe noch, denn ich poste.

Katinka trank den Kaffee aus. Gab es Stress zwischen Lukas und Alke, und hatte das irgendeine Bedeutung für ihren Fall?

15

Als Jana Perl in die Detektei kam, war Katinka vorbereitet.

»Hallo, Frau Perl. Schön, Sie zu sehen.«

Ausnahmsweise kam die Sonne raus und schickte ein paar unentschlossene Strahlen in die Hasengasse, die nach wenigen Sekunden verblassten. Dennoch trug Jana die Chanel-Sonnenbrille.

»Haben Sie Hanne gefunden?«

»Leider noch nicht.«

Jana schürzte die Lippen.

»Ich habe den Eindruck«, fuhr Katinka mit erhobener Stimme fort, während sie in irgendwelchen belanglosen Unterlagen blätterte, »dass ich schneller und besser voran-käme, wenn Sie sich entschieden, die Wahrheit zu sagen.«

»Aber …«

»Die Wahrheit ist, dass es bei Kvintu ein massives Mob-bingproblem gibt.« Sie sah hoch. Eine ungesunde Röte überzog Janas Gesicht.

»Nein. Naja. Ich …«

»Das Mobbingproblem hat dermaßen überhandgenom-men, dass einige Mitarbeiter und insbesondere Mitarbeiterinnen nicht mehr durchhalten und sich professionelle Hilfe suchen. Haben Sie das gewusst?«

»Ich … nein … also …«

»Haben Sie das gewusst?«

Janas Schultern, bis eben gestrafft, kippten nach vorn. Die Powerfrau schrumpfte zusammen wie ein Luftballon.

»Sie haben es gewusst. Sie haben mir nichts davon gesagt, obwohl es offensichtlich ist, dass hier ein Zusammenhang bestehen könnte. Ich sage nicht, dass er wirklich besteht, aber die Wahrscheinlichkeit können wir ja wohl nicht vernachlässigen. Jana, werden Sie gemobbt?«

Jana presste die Lippen zusammen.

»Haben Sie mitbekommen, wie Hanne gemobbt wurde?«

Die Frage schwang durch den stillen Raum. Im Nebenzimmer sprang der Kühlschrank an. Das Geräusch schien laut wie eine Fehlzündung.

»Ich habe mich vielleicht nicht klar ausgedrückt.« Katinka fuhr sich durchs Haar. Es wurde zu lang, bedeckte fast die Ohren. Sie musste dringend zum Friseur. »Haben Sie mitbekommen, wie Hanne gemobbt wurde?«

Jana zupfte mit den Händen an den Ärmeln ihres Pullovers. Endlich nickte sie. Kaum merklich, aber sie nickte.

»Die seltsamen Dinge, von denen Sie vor drei Tagen sprachen, als Sie hier bei mir waren, Dinge, die in der Firma passiert sind, war das etwas, was man mit ›Mobbing‹ beschreiben könnte? Schikanen? Unfaires Verhalten?«

»Ja.«

Katinka atmete tief aus. »Okay. Was genau?«

»Ich weiß nicht, was das soll.« Jana probierte ihre übliche Coolness. Aber zusammengesunken, wie sie dasaß, strahlte sie weder Arroganz noch Selbstbewusstsein aus. Im Gegenteil.

»Suchen Sie eigentlich wirklich nach Hanne? Ich meine, interessiert es Sie, wo sie steckt und wie es ihr geht?«

»Klar. Immerhin bezahle ich Sie, oder?«

»Menschen zahlen auch für hässliche Möbel und langweilige Cluburlaube. Ich will wissen: Ist es Ihnen ein Anliegen, Hanne zu finden?«

»Sie haben sie schikaniert. In der Abteilung. Das war schon so, als ich Ende Januar in die Firma kam. Ich habe es erst nicht richtig gemerkt. Ich dachte … naja, ich dachte, der Ton ist eben rau. Hanne hat das sehr für sich behalten. Wissen Sie, in der Mittagspause haben sich die anderen aus der Softwareberatung schon mal eine Pizza bestellt. Oder am Abend, wenn wir länger bleiben mussten, weil ein Projekt kurz vor dem Abschluss stand. Das haben sie immer ohne Hanne gemacht. Sie haben sich in ein anderes Büro gesetzt, Pizza gegessen und Cola getrunken, und Hanne und ich haben nichts davon mitgekriegt. Bis ich einmal ein dringendes Fax genau in dieses Büro bringen musste. Und da saßen sie alle und haben getafelt … das war so – schockierend!«

Weil du feststellen musstest, dass du außen vor warst, dachte Katinka grimmig. Mal nicht der Mittelpunkt des Universums.

»Haben Sie mit Hanne darüber gesprochen?«

»Ich bin zurück in unser Zimmer und habe ihr erzählt, dass die anderen Party machen. Sie hat nur die Schultern gezuckt.«

»Wissen Sie, wie lange diese Ausgrenzung bereits lief?«

»Bestimmt eine ganze Weile.«

»Ahnen Sie die Gründe?«

»Hanne ist anders als die meisten. Sie lässt sich nichts vorschreiben. Sie macht zwar mit, wenn es ums Training geht, zum Beispiel. Obwohl sie dazu keine Lust hat. Aber sie akzeptiert es. Als Extraregel. Irgendwie. Doch innerlich … da ist sie frei. Freier als die anderen.«

»Pizza essen ist eine Sache. Gab es andere Gängeleien?«

»Sicher. Von oben. Wir haben ein Projekt mit riesigem Aufwand bearbeitet, plötzlich war es unerheblich. Wenn Hanne die Ergebnisse in der wöchentlichen Besprechung präsentierte, fingen alle an zu reden, mit ihren Papieren zu rascheln. Keiner hörte richtig zu.«

»Und die Vorgesetzten tolerierten das?«

Jana lachte auf. »Der Psychoterror ging doch von denen aus. Die haben Hanne auf der Liste. Unsere Resultate waren nicht wichtig. Die haben uns irgendwas zu tun gegeben, was unversehens belanglos war oder sich überholt hatte. Ständig haben die Anweisungen gewechselt. Man war mitten in einer Aufgabe drin, wurde schlagartig abgezogen. Mit einem neuen Projekt versorgt.«

»Klingt nicht so, als würde die Firma sich damit einen Gefallen tun.«

Jana zuckte die Achseln.

»Wollen Sie Kaffee?«

»Gern.«

Katinka ging in den Nebenraum und füllte Wasser und Kaffeepulver in die Maschine. Als sie zurückkam, sagte Jana:

»Wissen Sie, ich habe gedacht, es ist wegen Wolfram. Der Typ ist unangenehm. Einer, der viel zu sagen hat und es genießt. Ich dachte, er hat Hanne verlassen, jetzt hat er sie auf dem Kieker. Vielleicht hat sie gedroht, seiner Frau was von der Affäre zu sagen oder so.« Sie holte tief Luft.

»Aber ich glaube es nicht mehr. Er macht sich alle zwei Wochen an eine andere ran. Er hat mehrere Hühner gleichzeitig am Start.« Sie lachte schief.

Katinka blieb im Türrahmen stehen.

»Hat Hanne unter Umständen beim Betriebsrat Hilfe gesucht?«

Jana schüttelte den Kopf. »Ich habe mich umgehört. Meiner Meinung nach hat Hanne das in sich reingefressen. Sie sah keine Chance. Wolfram wollte sie aus der Firma raus haben. Wollte, dass sie kündigt.«

»Was der größte Fehler wäre.«

»Sie hat ja auch nicht gekündigt. Sie ist weggelaufen. Das ist noch blöder. Fehlen am Arbeitsplatz. Warum hat sie sich nicht krankschreiben lassen oder so? Warum türmt sie einfach? Jetzt hat die Firma jede Möglichkeit, sie zu ganz ungünstigen Bedingungen vor die Tür zu setzen. Nicht mal eine Abfindung ist mehr drin.«

Die Kaffeemaschine fauchte. Katinka füllte zwei Tassen, stellte Jana eine hin. »Milch?«

»Ja. Bitte.«

Katinka ging zum Kühlschrank. Jana war weichgekocht.

»Sie wollen gern bei Kvintu bleiben, oder?«

»Ich bin aus München hierher gezogen. Bamberg ist toll. Die Stadt bietet alles, was man sich wünscht, Sport, Kultur, Kino … und das alles ist bezahlbar, ganz zu schweigen von der Wohnung. Glauben Sie, in München kriege ich eine sagenhafte Zwei-Zimmer-Altbauwohnung für 500 Euro warm? Hier schon! Außerdem habe ich keine Lust, mir wieder einen neuen Job zu suchen.«

»Haben Sie denn eine andere Kollegin bekommen, die Sie einarbeitet?«

»Nein. Ich arbeite selbstständig. Muss halt bei neuen

Sachen ab und zu fragen. Niemand lässt mich das mit Hanne spüren. Eigentlich sind alle sehr nett zu mir.«

»Sie mögen Lukas gern, oder?«

Tomatenrote Gesichtsfärbung in Millisekunden.

»Lukas?«

»Lurahn. Den Pressesprecher.«

»Ich …«

»Sie wissen, von wem ich rede. Er hat allerdings eine Freundin.«

Der Rotton vertiefte sich. Janas Finger begannen das alte Spiel mit der Sonnenbrille. Bügel einklappen. Bügel ausklappen.

»Was hat Lukas mit Hanne zu tun?«

»Ich habe keine Ahnung«, gab Katinka zu. »Sie haben wertvolle Zeit verschwendet, weil Sie nicht mit der Wahrheit herausgerückt sind! Dass Hanne an ihrem Arbeitsplatz massiv gemobbt wurde, wirft ganz andere Fragen auf, als die, die ich bisher verfolgt habe. Warum haben Sie mir nicht gleich gesagt, worum es geht?«

Hände und Sonnenbrille blieben bewegungslos auf Janas Schoß liegen.

»Frau Perl? Sie mögen Hanne doch, oder?«

»Ich glaube, das ist nicht der Punkt«, flüsterte Jana.

»Was ist dann der Punkt?«

»Bitte arbeiten Sie weiter.«

»Himmel, Arsch und Gewitter, nennen Sie mir Namen! Wer sind die Mitarbeiter, die Hanne ausgeschlossen und traktiert haben?«

Jana schnappte sich ihre Tasche und sprang auf. Die Sonnenbrille rutschte unter den Schreibtisch, als ihre Besitzerin zur Tür rannte und floh.

16

Um drei rief Dante zurück.

»Welche Freude, Ihre Nummer auf meinem Display zu sehen!«

»Sie waren unabkömmlich! Ich habe mich ausgeschlossen gefühlt«, juxte Katinka.

»Sie wissen doch, mächtige Ereignisse werfen ihre Schatten voraus. Dazu gehört selbstverständlich der Weltkulturerbelauf. Ich hatte gerade ein paar tolle Stunden bei der Bereitschaftspolizei. Die Jungpolizisten dürfen nämlich üben, wie man eine Großveranstaltung schützt. Die bayerischen Polizeischulen schicken ihre Leute. Ich habe schöne Interviews gemacht und …«

»Haben Sie Zeit? Ein Sandwich?«

»Lieber eine Currywurst. Im Rixx.«

»Na gut. In einer halben Stunde?«

»Ich werde pünktlich sein!«

»Nicht unbedingt das gesunde Essen für den sportlich Tüchtigen«, stellte Katinka fest, als die Currywurst vor ihr auf dem Teller lag.

»Einmal ist keinmal. Was haben Sie auf dem Herzen?«

»Kennen Sie den Kollegen, der diese Verortet-Show moderiert?«

»Ronald Siegland? Klar!«

»Am Samstag wird die Show live aus der Konzerthalle übertragen.«

Dante ließ die Gabel fallen. »Ist komplett an mir vorbeigegangen.«

»Wie komme ich da rein?«

»Sie wollen mitdiskutieren?«

»Nein, mich im Publikum amüsieren.«

»Ich besorge Tickets.«

»Sie sind unbezahlbar.«

»Für den Herrn Hauptkommissar auch?«, fragte Dante listig.

»Drei Tickets. Ich möchte Sabine Kerschensteiner auch dabei haben.«

»Die Polizeiobermeisterin. Prima. Also drei. Beziehungsweise vier. Ich komme mit.«

Katinka lachte. »Das Thema lautet ›Mobbing‹.«

»Unerfreulich.«

»Waren die Themen bei ›Verortet‹ jemals lustig?«

»Woher Ihr plötzliches Interesse am Thema?«

Katinka berichtete von Janas Verhalten und fügte hinzu, was sie seit gestern zusätzlich in Erfahrung gebracht hatte.

»Ihre Klientin hat Angst«, stellte Dante fest.

»Aber wovor? Sie selbst wird nicht gemobbt, angeblich sind, seit ihre Bezugsperson weg ist, alle nett zu ihr.«

»Na, das ist gleich dreimal verdächtig.«

Katinka verspeiste das letzte Stück Wurst. »Wieso?«

Kauend schob Dante seinen Teller weg.

»Ist doch klar wie Kloßbrühe: Diese Hanne hat gestört. Irgendwen, irgendwas. Man geht davon aus, dass Jana noch nicht Teil der Störung ist. Extreme Freundlichkeit verhindert, dass sie nachforscht, weshalb Hanne gepiesackt wurde. Hauptsache, Jana fühlt sich wohl und wird irgendwann vergessen, dass es Hanne je gab.«

»Stimmt, sie ist absolut scharf auf diesen Job«, gab Katinka zu. »Aber sie hat mich engagiert. Es steht daher nicht zu erwarten, dass sie ihre ehemalige Kollegin mir nichts, dir nichts abschreibt.«

»Das darf in der Firma natürlich keiner wissen.« Dante grinste satt.

»Wischnewski!« Katinka beugte sich vor. »Wenn Sie indiskret werden, bin ich erledigt.«

Er legte eine Hand auf seinen Brustkorb. »Beim Herzen meiner Großmutter: Sie können sich auf meine Verschwiegenheit verlassen.«

»Okay.«

»Jana spürt, dass etwas nicht stimmt. Sie will nicht selbst forschen. Das überlässt sie lieber Ihnen.«

»Sie hat keine konkreten Hinweise. Wenn ich Hanne endlich finden würde, dann …«

»… ist fraglich, ob die mit Ihnen redet. Wer sang- und klanglos von seinem Arbeitsplatz abhaut, der hat Angst.«

»Also zweimal Angst. Jana hat Schiss um ihren Job, und Hanne …«

»Jana fürchtet vielleicht sogar um ihre Sicherheit.«

»Das sind mir ein bisschen zu viele dunkle Ahnungen, Wischnewski, ehrlich.«

Dante kramte in seinem Rucksack. »Die Wurst geht auf mich. Ich muss leider los, sonst würde ich die Analyse der Fakten noch weiter betreiben.« Er winkte der Bedienung. »Ich melde mich wegen der Tickets.«

17

Katinka fuhr nach Hause. Sie versuchte erneut, Hannes Sohn Florian auf seinem Handy zu erreichen, doch die Mailbox blieb der einzige Ansprechpartner. Ungeduldig

hinterließ sie denselben Spruch wie zuvor: Bitte zurückrufen, es ist dringend. Anschließend stieg sie, den dicken
Schlüsselbund der Hausbesitzerin in der Faust, in den
zweiten Stock hinauf.

Die Lage hier oben war desolat. Zwei Wohnungen im
Zustand des Rohbaus. Kein Putz an den Wänden, keine
Steckdosen, keine Armaturen. Sogar die Fenster waren
noch nicht ausgewechselt. Die Vorbesitzer hatten die
Holzrahmen jahrzehntelang nicht gestrichen. Die Farbe
blätterte ab, der kühle Aprilwind fegte in die Zimmer. Hier
müsste ich anfangen, dachte Katinka. Als Nächstes Lei-
tungen legen, Bad und Küche ausrüsten. Sie überschlug
die Kosten und kam auf eine astronomische Summe, die
sich verdoppeln würde, sobald die Wände verputzt und
gestrichen, Böden gelegt und Zimmertüren eingebaut würden. Die Zahlen ermüdeten sie. Sie legte den Schlüsselbund auf das wackelige Fensterbrett und sah in den Innenhof hinunter. Geoffrey, der englische Austauschstudent,
schlappte Richtung Haus, gebeugt unter der Last eines
riesigen Rucksacks. Sie grinste. Fast wie Dante. Ihr Beetle
stand seit Tagen ungenutzt herum. Sie brauchte das Auto
so gut wie nie, und dann hatte Hardo seinen Golf. Sie
könnte den Wagen abstoßen und auf diese Weise sparen,
um Geld für die Arbeiten in den Wohnungen zu haben.
Oder sie sagte Dante einen Mietvertrag zu, und im Gegen-
zug musste er sich an den Kosten für die Renovierung
beteiligen.

Alles Mist. Sie wollte keine Abhängigkeiten. Die Miete,
die sie von den Studenten bekam, ging für die Rechnungen
drauf, die aufgelaufen waren. Immer wieder kleine Repara-
turen. Dachziegel. Feuchtigkeitsschäden. Ausbesserungen
im Keller. Die Treppe. Sie hätte nie gedacht, welch gigan-

tische Kosten eine simple Holztreppe verursachte, wenn der Denkmalschutz mitzureden hatte.

Nicht wirklich witzig, Schulden zu haben. Manche Leute flohen davor: vor ihren Schulden. Womöglich ging es bei Hanne gar nicht um Mobbing. Wieso hatte sie sich so darauf versteift? Wegen des Flyers in dem Stoffbeutel in Hannes Wohnung? Konnte der nicht schon in dem Beutel gelegen haben, ausgefüllt von jemand anderem? Einkaufstaschen führten ihr eigenes Leben, sie wechselten die Besitzer ziemlich unkoordiniert. Mehr als einmal hatte Katinka selbst fremde Zettel in ihren Tüten gefunden.

Sie kam nicht weiter, und ihr Gehirn produzierte ein Überangebot an Optionen, die ihr nicht halfen. Sie konnte es einfach nicht ertragen, dermaßen festzustecken. Wenn Hans Baer vom Mobbing-Netz ihr wenigstens sagen könnte, ob Hanne bei ihm Hilfe gesucht hatte. Dann wäre Katinka sicher, dass das übergreifende Thema in jedem Fall ›Mobbing‹ lautete.

Sie sah auf die Uhr. Um sieben musste sie an der Kettenbrücke sein.

Sie trug Hanne Brenkers Trikot mit der blauen Schrift und Janas Sonnenbrille. Das kurze Haar hatte sie unter einem Basecap verborgen. Den Schild zog sie tief ins Gesicht. Sie beobachtete, wie die anderen sich am Ufer warmmachten, und schloss sich erst in letzter Minute an, als die beiden Einpeitscher bereits losliefen. Lukas Lurahn joggte in der Mitte. Jana war nirgends zu sehen. Umso besser.

Zuerst lief Katinka mit gesenktem Kopf, starrte auf die paar Handbreit Asphalt vor ihren Schuhen, bis sie sich allmählich entspannte. Niemand achtete auf sie. Etliche Sportler liefen für sich allein. Spärliches Sonnenlicht brach durch die Wolken und spiegelte sich im Kanalwasser. Sobald sie über das Bistumshaus hinaus waren und die Parkpalette am Heinrichsdamm passierten, erstarben die letzten Gespräche. Jeder konzentrierte sich auf seine Atmung. Ein paar Leute checkten Pulsuhren. Katinka sah sich um. Die Frauen, mit denen sie am Montag gesprochen hatte, waren weit zurück. Kurz vor ihr trabte Lukas Lurahn, das Piratentuch über den Haaren. Sein Shirt war zwischen den Schulterblättern schweißdurchtränkt.

Katinka beschleunigte.

»Wie geht's Alke?«

Er fuhr herum, suchte nach der Person, die ihn gefragt hatte, geriet sichtbar aus dem Tritt.

»Sie hat neulich gesagt, ihr habt Stress.«

Lurahn starrte Katinka an. Offensichtlich, dass er sich den Kopf zerbrach, woher er sie kannte. Die Sonnenbrille irritierte ihn, aber er wollte sich nicht die Blöße geben, nachzufragen.

»Wieso?«, presste er heraus.

Ein Block aus fünf Läufern überholte. Katinka drosselte ihre Geschwindigkeit.

»Naja, wir sind seit gefühlten 100 Jahren befreundet, da erzählen Frauen sich so manches.«

Lurahn leckte über seine Lippen.

»Alke …«

»Trainiert sie nicht?«

»Sie arbeitet ja nicht bei uns«, gab er zurück.

»Ich glaube eher, sie hat was spitzgekriegt.«

»Was denn!« Empörung und die zunehmende Anstrengung trieben ihm die Röte ins Gesicht.

»Na, die Sache mit Jana.«

»Mit Jana?«

»Da läuft doch was zwischen euch.«

»Da läuft überhaupt nichts!«

Katinka sah ihm an, dass er am liebsten fragen würde: Woher kennen wir uns überhaupt? Die Verkleidung tat ihren Dienst. Noch.

»Stimmt nicht. Du und Jana, ihr seid ein Herz und eine Seele. Und seit der Sache mit Hanne ...«

»Okay, komm, das ist echt keine große Sache. Ich habe ihr nur geholfen, in der Abteilung heimisch zu werden. Deswegen muss ich nichts mit ihr haben.« Er wurde noch langsamer. Sie joggten unter der Heinrichsbrücke durch. Jemand hatte auf Russisch ›Julia, ich liebe dich‹ auf die eiserne Längsseite der Konstruktion geschmiert. Tauben gurrten, sie nutzten die Spalten in den Pfeilern als Nistplätze.

Katinka zog das Tempo langsam wieder an. Von hinten näherten sich andere Kvintu-Läufer.

»Für Alke sieht die Sache anders aus. Ich wollte, dass du Bescheid weißt. Wäre schade. Ihr seid immerhin schon lange zusammen.«

»Vier Jahre«, knurrte Lurahn.

»Wäre echt Mist, wenn der Sport euch auseinander bringt.«

»Der Sport?«

»Oder Jana.«

»Alke ist heute früh zu einem Shooting nach La Palma geflogen.«

»Habt ihr in der Presseabteilung eigentlich bessere Umgangsformen als in Janas Abteilung? Man hört so einiges. Manchmal habe ich das Gefühl, ihr richtet euren Fokus allein auf den Weltkulturerbelauf, und was sonst abgeht, verschwindet in der Versenkung.«

Lukas Lurahn blieb keuchend stehen. Das Piratentuch klebte klatschnass an seinem Kopf. Er stützte die Hände auf die Knie.

»Manche Männer haben Mumm und machen Schluss, wenn es nicht mehr geht. Tschüss!« Katinka rannte vom Uferweg, direkt ins Dickicht des Hains neben der Trainingsstrecke. Der alte Bürgerpark bot Verstecke en masse: alte knorrige Bäume, Unterholz, Gesträuch. Da sie regelmäßig hier lief, kannte sie sämtliche Pfade aus dem Effeff. Sie achtete auf ihren Atem, zwang sich, nicht zurückzuschauen. Er war nicht fit genug, um ihr nachzukommen, aber sie musste mit ihren Kräften haushalten. Als sie an der Schillerwiese rauskam, wurde sie langsamer. Endlich riskierte sie einen Blick über die Schulter. Weit und breit niemand zu sehen. Eine Frau mit einem übergewichtigen Labrador, der sich unwillig den Weg entlangschleppte, kam ihr entgegen.

Log Lukas? Hatte er ein Verhältnis mit Jana? Oder verschwieg er das Wesentliche, von dem Katinka im Moment nicht einmal ahnte, dass es das Wesentliche war? Er wirkte verwirrt, steckte in der Defensive fest. Womöglich bluffte er ziemlich gut.

Der letzte Rest Sonne verzog sich. Wind kam auf, eisiger Regen rieselte herab. Katinka nahm die Sonnenbrille ab. Ihre Augen brannten vom Schweiß. Der kühle Wind tat jetzt gut. Sie trabte im langsamsten Tempo hinüber zur Regnitz und joggte bis zum Mühlwörth weiter. Dort blieb sie stehen, dehnte ihre Muskeln und beobachtete die Leute auf der Fähre, die am gegenüberliegenden Ufer festsaßen und trübsinnig in den Regen starrten. Die Gierseilfähre war eine relativ neue Bamberger Erfindung und ermöglichte Fußgängern und Radfahrern, direkt von der Stadtseite aus zur Bergseite überzusetzen, wozu andernfalls ein Umweg von mindestens 30 Gehminuten notwendig wäre. Der Fährmann rief Katinka etwas zu, sie winkte ab. Kein Bedarf, von den Bootsleuten abgeholt zu werden. Sie würde bequem die Brücke beim Hotel Nepomuk ein wenig weiter flussabwärts nehmen und wäre in wenigen Minuten zu Hause.

II. Tarnen & Täuschen

Oder: Wer hält sich schon an Absprachen?

Ich bin der Überzeugung: Wer die Krankheit der modernen Welt heute ausmerzen will, muss sich die Lügner ansehen. Diejenigen, die vorgeben, etwas anderes zu sein, als sie wirklich sind. Jene, die sich einen Lebenslauf aufbauen, um ›wer zu sein‹. Jedenfalls ein besserer Mensch als der, der sie – würden sie ihr CV nicht schönen – wären.

Gelogen wird in diesen Fällen, um einen Vorteil herauszuholen.

Lügen bedeutet, die Unwahrheit zu sagen. Dinge in die Welt zu setzen, die objektiv nicht zutreffen. Die Lüge, so Augustinus, setzt Vertrauen in die Wahrheit voraus. Wenn jemand lügt, weiß er, dass er dieses Vertrauen seines Gesprächspartners gerade enttäuscht.

Lügen bedeutet weiterhin, nicht konsequent zu sagen, was man denkt und weiß, sondern Stichworte oder Halbgares, Ansatzpunkte preiszugeben, damit der Gesprächspartner sich selbst ein Gesamtbild zusammenreimt. Die Stichworte werden aber berechnenderweise so gesetzt, dass dem Gesprächspartner sich etwas anderes als die Wirklichkeit erschließt.

Hierhin gehören außerdem: Lügen aus Höflichkeit; Lügen, um den Kopf aus der Schlinge zu ziehen; kleine

Lügen um des lieben Friedens willen; Lügen, um die Intimsphäre zu schützen; Notlügen. Zu den Un- und Halbwahrheiten rechnet man auch Beschönigungen und Euphemismen.

Tarnen und Täuschen verhilft einer Gruppe im Kampf gegen eine andere Gruppe zu Vorteilen. (Oder einem Individuum im Kampf gegen ein anderes ...)

Wenn wir die Krise betrachten, haben die Banken vertuscht, getäuscht und sich anschließend Hilfe besorgt. Nicht nur die Banken, auch Staaten haben falsche Bilanzen an die Öffentlichkeit gegeben.

In allen Bereichen unseres öffentlichen Lebens dominiert die Propaganda. Botschaften werden in den Raum gestellt, mit dem schönen Schein angereichert. Frisiert. Man blufft. Das gehört zum Smart-Sein hinzu.

Verständlicherweise profitieren in unserem gesellschaftlichen System jene Menschen, denen das Lügen nicht schwerfällt. Die mit Leichtigkeit eine Scheinwelt aufbauen (vgl. Machiavelli unter I.), die aber auch die Kaltschnäuzigkeit haben, das Lügengebilde aufrecht zu halten und ggf. zu reparieren. Lügen ist anstrengender, als die Wahrheit zu sagen!

Zur Kunst des Lügens gehört es, zu antizipieren, ob ein Gegenüber die Lüge durchschaut. Weiterhin gehört dazu, die ›unpassenden‹ Teile zu verschweigen.

Wer es wagt, gegen den Lügenfilz anzugehen, wird als Nestbeschmutzer beschimpft. Oft wird dieser Person unterstellt, sie selbst sei die Lügnerin. Auffliegen will keiner.

Leider haben in vielen Bereichen die Bürger längst den schönen Schein durchschaut, bleiben aber machtlos (s. unter I.), können zwar entsprechende Subjekte der Lüge bezichtigen; doch die juristische Konsequenz bleibt in den aller-

meisten Fällen aus (etwa bei den Banken, in der Politik).
Kant schrieb von der Lüge als Fäulnis.

Lügen als pathologische Erscheinung bei Geisteskrank-
heiten hat viele Bücher gefüllt. Bei Alkoholikern werden
Gedächtnislücken oft durch ein Fantasiegebilde aufgefüllt,
das man Konfabulation nennt.

Körperliche Symptome beim Lügen betreffen Stimme,
Mimik, Körpersprache, Augenbewegungen. Unter Umstän-
den ›erfühlt‹ ein Gegenüber, dass der andere lügt. Beweisen
kann er es nicht. Zumal er vermutlich nicht so leicht heraus-
findet, auf welchen Aspekt der Rede sich die Lüge bezieht.

17.4.2015 – FREITAG

18

Dante rief am Freitagmorgen um acht Uhr auf Katinkas Handy an und gab durch, vier Tickets für die Fernsehrunde in der Konzerthalle organisiert zu haben.

»Super«, gähnte Katinka.

»Ich dachte, Sie sitzen seit Stunden am Schreibtisch oder beschatten einen Verdächtigen.«

Ehe Katinka sich eine angemessene Antwort überlegen konnte, tschilpte Dante schon weiter: »Ich kenne einen Jungunternehmer, der Malerarbeiten übernimmt. Könnte ein Sonderpreis drin sein.«

»Kennen Sie auch einen, der neue Fenster einbaut?«

»Glaserei? Schreinerei? Ich mache mich kundig.« Dante legte auf.

Stöhnend ließ Katinka sich in die Kissen fallen. Sie hatte am Abend vorher stundenlang mit Hardo über den Fall diskutiert. Dass Jana nicht von Anfang an mit der Wahrheit herausgerückt war, behagte ihr nicht. Hardo stimmte ihr zu, Jana versuchte, etwas zu verbergen. Vielleicht sogar vor sich selbst. Aber was? Spielte die Liebelei mit Lukas eine Rolle? Die womöglich nichts Ernstes war? Nur ein Spaß, ein kleiner Flirt? Hatte Jana einen festen Freund?

Katinka wälzte sich aus ihrem Bett. Hardo war längst weg. Ihr Kopf brummte. Weshalb eigentlich? Sie hatte ein Bier getrunken. Als Mahlzeitersatz. In Franken galt Bier nicht als alkoholisches Getränk, sondern als Lebensmittel. Sie setzte die Kaffeemaschine in Betrieb und ging ins Bad. Missmutig betrachtete sie das verschwitzte Kvintu-Shirt. Nerven für ein Morgentraining hatte sie keine. Wo Hanne bloß steckte? Während Katinka unter die Dusche stieg, ahnte sie, dass es zudem eine sehr unerfreuliche Lösung für alles gäbe: Hanne hatte Selbstmord begangen. Aus Verzweiflung über die Aussichtslosigkeit ihrer beruflichen Situation oder weil sie von der Untreue und Härte ihres Ex-Liebhabers immer noch schockiert war.

Katinka rieb sich großzügig mit Kokos-Vanille-Duschgel ein. Der süße Duft brachte den Hauch von warmen Temperaturen ins Bad, während der Himmel draußen genauso grau und misanthropisch aussah wie an den Tagen zuvor. Katinka stellte das Wasser heißer. Dampf erfüllte das Badezimmer. Spiegel und Fenster beschlugen.

Doch Suizid kam Katinka unwahrscheinlich vor. Wenn Hanne Brenker wirklich so viel Angst hatte, dass sie davonlief … wenn Dantes Einschätzung stimmte, dass der Fall auf Angst hinauslief … Wer Angst hatte, täuschte. Verbarg sich in einer selbst aufgebauten Kulisse. Baute Bluffs auf.

Sie stellte die Dusche ab.

Eine Stunde später saß sie in der Detektei und wählte die Nummer von Floriane Riegl. Sie wollte halboffizielle Kontakte dieser Art auf ein Minimum beschränken, aber bevor sie gar nicht weiterkam, klammerte sie sich an jeden Strohhalm. Florian Brenker, Hannes Sohn, hatte nicht zurückgerufen. Vermutlich hatte sogar seine Mutter selbst ihm untersagt, durchzugeben, wo sie sich aufhielt, oder mit irgendjemandem zu sprechen, der nach ihr suchte. Oder er wusste es selbst nicht. Oder hatte sein Handy verloren. Oder oder oder. Es gab immer viele Gründe, und je heftiger die Sorgen um jemandes Sicherheit wurden, desto wilder wucherte die Fantasie.

Ihr Rettungsring war nun die Zulassungsstelle. Floriane Riegl war eigentlich Hardos Kontakt. Er hatte Katinka Namen und Telefonnummer zugeschanzt, als vor Jahren in Bamberg VW-Käfer rituell ›ermordet‹ wurden. Der Fall hatte Katinka direkt in die Arme eines durchgeknallten Künstlers getrieben. Floriane Riegl erwies sich danach weiterhin als hilfsbereite Tippgeberin.

»Ich brauche eine Information. Ist auf den Namen Hanne Brenker ein Wagen zugelassen? Wohnhaft in der Ottostraße in Bamberg.« Katinka sagte die Adresse auf.

»Ja. Ein Skoda Yeti. Neuzulassung am 5. Januar 2015. Schwarz.« Floriane nannte das Kennzeichen.

»Tausend, ach was, millionenfachen Dank.«

»Schon gut.«

Katinka legte auf und wählte Sabines Nummer in der Polizeidirektion.

»Sabine, Dante besorgt uns Tickets für die Livesendung morgen. Hardo wollte dir Bescheid geben«, fing sie an.

»Hat er. Klar komme ich mit.«

»Super. Noch was. Ich habe hier ein amtliches Kfz-Kennzeichen.«

»Katinka!« Sabine lachte leise.

»Ich weiß. Du sollst nicht fahnden. Aber vielleicht gibt es Möglichkeiten.«

»Gehört der Wagen deiner verschwundenen Person?«

»Genau.«

»Sag mir nicht, woher du die Nummer hast.«

»Spielt keine Rolle. Nur falls etwas auffällt. Geschwindigkeitsüberschreitungen oder was.«

»Mit Verkehr habe ich nichts zu tun.«

»Du kennst Kollegen, Sabine.« Sie ratterte das Kennzeichen herunter.

»Okay. Ich klemme mich dahinter.«

Katinka atmete erleichtert aus. »Du hast was gut bei mir.«

»Ich muss Schluss machen, Katinka. Bis morgen.«

Katinka legte auf. Sie ging in den Nebenraum, drehte den Wasserhahn auf. Hielt ein Glas drunter. Sie saß so dermaßen fest.

Ihr Handy meldete den Eingang einer SMS. Sie schoss zu ihrem Schreibtisch. Hoffentlich Florian Brenker. Irgendwie musste endlich Bewegung in den Fall kommen!

Unbekannte Nummer.

Möchte Sie treffen. Um 11 im Historischen Garten, ERBA-Insel. Kommen Sie allein. Wichtig!

19

Die ERBA-Insel zwischen Kanal und Regnitz war vor drei Jahren von der Industriebrache zum Gartenareal erblüht. Zu verdanken hatten die Bamberger diese städteplanerische Entwicklung der Bayerischen Landesgartenschau, die 2012 stattgefunden und eine Unmenge an Besuchern angezogen hatte. Freilich war das Großereignis nicht ganz ohne ›Kollateralschäden‹ abgelaufen; so zynisch hatte ein Berichterstatter die Körperverletzungen und den Mord beschrieben, die kurz vor der Eröffnung im April die Schlagzeilen dominiert hatten. Katinka selbst hatte damals die Leiche eines Anwalts auf dem Gelände entdeckt. Seitdem war sie hier viele Male in Ruhe und Frieden spazieren gegangen. Nur die vielen Neubauten, deren Architektur nicht unbedingt eine Freude für das Auge war, störten mittlerweile die renaturierte Idylle.

Katinka radelte an der Regnitz entlang. Wie stark Bamberg vom Wasser geprägt wurde, fiel ihr des Öfteren auf, wenn sie sich Zeit nahm, dem Flusslauf oder dem Kanal zu folgen. Die Dynamik des Wassers prägte die Stadt, verschaffte ihr Atem, schwemmte, so schien es Katinka, einen Gutteil vieler unangenehmer Dinge mit sich fort: das Chaos des viel zu dichten Verkehrs in den engen Gassen, das Gedränge der Touristen, die oft viel zu hektische Stimmung jener, die zum Einkaufen ohne Freude und Muße in die Stadt einfielen und sich schnellstmöglich wieder davonmachten, um keine allzu hohen Parkgebühren zahlen zu müssen.

Jetzt allerdings hatte sie kaum ein Auge für die blühenden Gärten und die renovierten Stege am Uferweg. Selbst der Fesselballon einer norddeutschen Brauerei, der über dem Hotel hinter der Konzerthalle schwebte, brachte sie nicht auf die Palme. Sie rollte unter der Friedensbrücke durch, wich einem Mann aus, der seinen Dackel spazieren führte, und querte den Fünferlessteg. Die filigrane Brücke für Radfahrer und Fußgänger, einer früheren Bamberger Brücke nachempfunden, hatte vor einem Jahr sogar den Deutschen Brückenpreis bekommen. Das Original hatte einst den rechten Regnitzarm im Süden Bambergs überspannt. Die Sammelbox für den damaligen Wegzoll gab es wie eh und je.

Das *Sams* saß einsam am Ufer. Am Freitagvormittag gab es hier keine Kinder, die ihm Gesellschaft leisten konnten. Katinka tat es heute noch leid, dass sie selbst für das Sams zu alt gewesen war. Sie hatte das Buch ›Eine Woche voller Samstage‹ ihrer jüngeren Schwester Melissa geschenkt, die es mit Begeisterung verschlang. Dass Katinka einmal in der Stadt leben würde, wo der Autor des kleinen Rüsselmonsters mit den Wunschpunkten zu Hause war, hatte sie zu jener Zeit natürlich nicht gedacht.

Sie radelte flott am Historischen Garten vorbei. Einst hatte er als Oase für die Arbeiter der Textilfabrik gedient. Diese war längst Vergangenheit. Ihr Name bestand nur noch in der Bezeichnung des neuen öffentlichen Gartens: ERBA-Park.

Niemand zu sehen. Katinka wendete und fuhr zurück. Natürlich gab es in der aufblühenden Natur des April eine Menge Möglichkeiten, sich zu verstecken. Die Uni war nah, das Studentenwohnheim, die Wohnhäuser am Regnitzufer. Gefährlich konnte die Situation kaum werden, dennoch fühlte sich das Gewicht der Beretta an ihrer Hüfte beruhigend an.

Sie stieg ab, schob das Rad bis zum Brunnen und setzte sich auf eine Bank. Die Sinne bis zum Zerreißen gespannt, wartete sie einfach ab. Es war düster, der Wind trieb graue Wolken über den Himmel.

Konnte Hanne Kontakt zu ihr aufgenommen haben? Oder ihr Sohn sie treffen wollen?

Grüppchen von Studenten quollen aus dem Unicampus und machten sich zur Bushaltestelle auf. Zwei Männer mit Aktentaschen betraten die weißgetünchte Villa gegenüber. Katinka fiel auf, wie unvertraut ihr das Gelände trotz vieler Spaziergänge noch war. In Bamberg war durch die Landesgartenschau ein komplett neuer Stadtteil entstanden, hauptsächlich als Universitätscampus, aber auch als Wohngebiet für Leute, die genug Kleingeld zum Investieren hatten.

Er kam von hinten.

Sie hätte es genauso gemacht.

Er trug ein Basecap und eine Kapuze drüber. Fiel neben ihr auf die Bank. »Hi.«

Katinka warf ihm einen Blick zu. Der Knabe mit dem *I-love-my-scooter*-Hoodie! Sie hatte ihn beinahe vergessen.

»Hi! Wir kennen uns!«

Er war jung, Mitte 20, ein Mann mit dunklem Teint, später Akne und einer schrillen Stimme. Vielleicht der Nervosität geschuldet. Katinka wartete ab. Sollte er aus der Reserve kommen.

»Ich bin Ben.«

»Ben.« Ihre Gedanken rotierten. Der junge Mann, der ein Murmeltier als Profilbild verwendete! »Warum haben Sie sich neulich die Nase an meinem Bürofenster plattgedrückt?«

»Sie befassen sich doch mit dem Tod meiner Schwester.«

»Ihrer Schwester?«

»Marie!«

»Marie ist Ihre Schwester?«

»Das wissen Sie ja wohl!« Er hatte einen leichten Akzent. Einen ganz leichten.

»Mir geht ein Licht auf.«

Er schnaubte verächtlich. »Tun Sie nicht so.«

»Sie täuschen sich. Ich befasse mich nicht mit dem Tod Ihrer Schwester.«

»Man hat sie umgebracht.«

»Was?« Katinka starrte ihn an.

Er justierte sein Basecap. »Ja. Man hat sie umgebracht.«

»Ich habe den rechtsmedizinischen Bericht gelesen. Mein Beileid, Ben. Ein tragischer Todesfall. Plötzlicher Herztod beim Sport. Es ist furchtbar, aber es hat nichts mit Mord zu tun.«

»Sie war super fit. Sie hat jeden Tag trainiert. Mit Pulsuhr. Sie war beim Sportarzt. Hat sich regelmäßig durchchecken lassen. Sie wollte sogar noch Sport studieren. Zusätzlich.«

»Ich dachte, sie sei in Journalistik eingeschrieben?«

Ben zuckte die Achseln. »Was glauben denn Sie, wie viele Leutchen sich den Wolf studieren. Ist die Welt auf solche Massen an Besserwissern angewiesen?«

»Und Sie?«

»Ich?«

»Studieren Sie nicht auch Journalistik?«

»Quatsch. Das habe ich bei Facebook bloß hingeschrieben, weil da immer so Fenster hochpoppen. Ben, wo hast du studiert? 20 von deinen Freunden studieren in Bamberg. Mann, das ist echt was für Volldeppen.«

»Da ist was dran.« Katinka wartete, bis zwei Frauen mit Hunden an der Leine vorbeigelaufen waren. »Was studieren Sie wirklich?«

»Nichts. Ich habe eine Lehre als Fernsehtechniker gemacht. Bin arbeitslos. Wir sind aus Kolumbien nach Deutschland gekommen, als ich 14 war. Unsere Mutter hat sich von unserem Vater scheiden lassen, einen Deutschen geheiratet, und so sind wir hier gelandet. Marie war erst acht. Die hat sich natürlich leichter getan. Ich konnte kein Deutsch, musste in eine Klasse mit viel jüngeren Kindern gehen, bis ich aufgeholt hatte. Es war Mist.«

»Marie war hier richtig integriert?«

»So nennt man das. Ich bin auch integriert. Aber Deutsch ist nicht meine Muttersprache, und das hört man.« Er lachte freudlos. »Marie hat ein super Abi hingelegt und gleich zu studieren angefangen. Das Praktikum bei Kvintu, das war ihr Traum. Sie wollte in allem groß rauskommen. Vom Leben als Reporterin hat sie weniger geträumt. Sie wollte die Sicherheit einer Anstellung in einem Konzern. Lieber PR, Marketing. Endlich ankommen. Nie mehr wegmüssen. Nicht wieder bei null anfangen. Ist nicht leicht, wissen Sie? Wir haben in Kolumbien alles zurückgelassen. Alle Freunde, die ganze Großfamilie. Dort zählen Cousinen und Cousins genauso viel wie Geschwister. In Deutschland waren wir plötzlich auf uns allein gestellt.«

»Lief bei Kvintu irgendwas schief?«

Ben zuckte die Achseln. »Ich kann niemandem etwas beweisen. Verstehen Sie? Das ist das Problem. Marie hat sich verändert. Sie ... sie war immer sehr lebenslustig. Ehrgeizig. Sie hat nie auch nur eine Minute auf dem Sofa gelegen. War immer in Aktion! Hatte tausend Ideen, was sie machen wollte. Allein, mit Freundinnen. Frust war ein Fremdwort für sie. Langeweile auch. Außerdem war sie entscheidungsfreudig. Ohne lange nachzudenken, hat sie sich von einer Sache in die nächste gestürzt.« Er verfiel in Schweigen.

Katinka dachte an den rechtsmedizinischen Bericht und die Hinweise auf den plötzlichen Herztod beim Sport. 900 Sportler im Jahr starben ihn. Laufen war eine besonders gefährliche Sportart. Jüngere hatten ein höheres Risiko als Ältere. Vielleicht akzeptierten sie ihre Grenzen nicht.

»Als sie bei dieser beschissenen Firma anfing, änderte sie sich. Ziemlich schnell. Die ersten beiden Wochen war sie begeistert. Es war ihr erstes Praktikum in so einem Konzern. Vorher hat sie mal beim Radiosender hospitiert. Kvintu begeisterte sie. 14 Tage lang. Und dann … wurde sie ein anderer Mensch.«

»Was meinen Sie damit?«

»Sie war nicht mehr lustig, sondern mürrisch und genervt. Verlor die Geduld, wenn man sie fragte, was mit ihr los war, wollte nichts erzählen. Das war total untypisch für sie. Sie hat immer geredet, mit allen. Ziemlich kolumbianisch, wissen Sie: mit jedem sofort ein Gespräch anzufangen.« Er lächelte.

Eigentlich ein gutaussehender junger Mann, dachte Katinka. Wenn er endlich das Basecap und die Kapuze abnehmen würde. Und was gegen die Akne täte.

»Haben Sie versucht, mit ihr über den Stimmungswandel zu sprechen?«

»Klar! Mehr als einmal! Sie hat sofort abgeblockt.« Ein Windstoß blies ihm die Kapuze vom Gesicht. Er stülpte sie sich schnell wieder über.

»Sie hat sich verliebt«, schlug Katinka vor.

Ben starrte sie an. »Sie wissen es?«

»Ist nicht ganz unüblich. Liebeskummer knockt die meisten aus. Erzählen Sie, wie es lief.«

»Sie wollte nichts sagen. Mutter und ich, wir haben uns die Sache mit der unglücklichen Liebe zusammengereimt, und einmal kam Marie heim und heulte Rotz und Wasser, und Mutter nahm sie in den Arm. Sie haben geredet, und Marie hat endlich alles erzählt. Ja. Sie hat sich verliebt. In einen Mann im Betrieb. Einen viel älteren. Vor den Kollegen konnte sie nichts zeigen. Aber sie hatte ihre Gefühle. Und die Hormone spielten verrückt!« Er rang die Hände. »Sie hat sich alles von der Seele geredet. Mutter hat mir erst später davon berichtet, da war Marie schon tot. Sie hat gedacht, vielleicht hat dieser Mann etwas damit zu tun. Er ist verheiratet, und das hat er Marie gleich gestanden. Hat ihr gesagt, er würde sich ohnehin scheiden lassen. Was Männer halt erfinden. Marie hat ihm geglaubt. Er hat sie eingeladen. Hatte in München zu tun, in Berlin, in Hamburg, da ist sie immer mit. Er hat teure Hotels reserviert, hat mit ihr geschlafen. Sie war total vernarrt und unglücklich, weil sie dachte, das kann sie uns nie sagen, weil der Typ doppelt so alt ist. Sie hat es Mutter schließlich doch anvertraut. Aber da war längst alles kaputt. Sie war ein paarmal mit ihm im Ausland, in Barcelona, in Athen. Alles beruflich. Das hat er seiner Frau gesagt, aber in Wirklichkeit hat er Marie gevögelt. Meine Schwester.« Ben ballte die Fäuste. »Und dann, Ende Januar, war alles aus. Er hat sie fallen lassen wie eine heiße Kartoffel.«

Katinka rechnete rasch nach. »Wann hat Marie denn das Praktikum angefangen?«

»Im September. Letztes Jahr.«

»Sagen Sie mir, wie der Mann heißt.«

»Wolfram. Und so ein komischer Nachname. Ich hab's im Internet recherchiert. Er ist Vorstand bei Kvintu.«

»Finanzvorstand.«

»Das wissen Sie?«

»Ist mein Job.« Katinka zog den Reißverschluss ihrer Regenjacke hoch. Kälte und Feuchtigkeit krochen in ihre Kleidung. Der Wind frischte auf. Jede Minute konnte es zu schütten anfangen. »Glauben Sie, er hat Marie auf dem Gewissen?«

»Weiß ich nicht. Wenn sie sich nicht hat abwimmeln lassen? Oder seine Frau bequatscht hat?«

»Hätte das zu Marie gepasst?«

Er wiegte den Kopf. »In ihrem früheren Zustand ja. Da hätte sie kein Blatt vor den Mund genommen und alle Möglichkeiten ausgeschöpft, es dem Typen heimzuzahlen. Aber sie war so verändert. Sie hat diesem Vollpfosten ihre Seele geschenkt. Marie war nicht mehr sie selbst. Das mit dem Laufen ... das hat sie angefangen, bei Kvintu. Weil da alle laufen, und weil sie dazugehören wollte. Sie war immer sportlich. Spielte Volleyball in der Uni und so. Und Wolfram läuft auch. Echt, diese verdammte Lauferei ... Als wären die alle permanent vor irgendwas auf der Flucht. Nur nicht hinsetzen. Nur nicht in die Luft gucken. Nur nicht nachdenken ...« Er verlor den Faden.

Katinka rieb sich die Stirn. Sie musste jetzt höllisch aufpassen, was sie ihm anvertraute.

»Ben, das ist jetzt wirklich wichtig. Was wissen Sie über Wolfram Grät?«

Ben schwieg. Er kämpfte mit den Tränen und wollte es nicht zeigen.

»Ben! Eine andere Frau ist verschwunden. Auch eine aus dem Unternehmen Kvintu. Womöglich ist ihr etwas zugestoßen. Wie Marie. Verstehen Sie? Es darf nicht an die Öffentlichkeit, um sie nicht zu gefährden, falls sie noch lebt. Verstehen Sie mich?«

Er nickte. Seine Wangenmuskeln spielten unter der Haut. »Klar. Ich habe ihn beschattet.«

»Grät?«

»Er hat drei Kinder mit seiner Frau. Sie wohnen ziemlich schick. In Stegaurach. Großer Garten, zwei Autos, Carport ... Der älteste Sohn ist ungefähr 17, der zweite ein bisschen jünger. Das Mädchen ist gerade in die Schule gekommen.«

»Sie sollten sich überlegen, Privatermittler zu werden.«

»Ach, echt?« Zum ersten Mal sah er Katinka offen an. Dunkelgrüne Augen. Dichte, weiche Wimpern.

»Wäre jedenfalls eine Option! Wie kann ich Sie erreichen?«

»Kümmern Sie sich darum?«

»Wenn Sie mich offiziell beauftragen wollen, müssen Sie in mein Büro kommen.«

Sein Gesicht verzog sich. »Logisch. Es geht immer ums Geld.«

»Nicht unbedingt. Es geht um die Sicherheit aller Beteiligten. Versprechen Sie mir, dieses Gespräch für sich zu behalten?«

»Sowieso. Sie haben ja meine Handynummer.« Er nickte Katinka zu, stand auf und lief Richtung Uni. Dort mischte er sich unter eine Gruppe Studenten.

Der nächste Windstoß ließ den Regen lospladdern.

20

Katinka steckte den Zündschlüssel ins Schloss. Der Beetle sprang sofort an. Obwohl sie ihn seit Wochen nicht gefahren hatte. Das immerhin war etwas Positives an diesem verhangenen Tag.

Kein Gedanke, das Verdeck zu öffnen. Sie tastete sich aus der engen Einfahrt und holperte über das Kopfsteinpflaster Richtung Judenstraße. Als sie den Kaulberg hinauffuhr, hatte sie plötzlich Lust, das ganze Wochenende wegzufahren. Einfach zu verschwinden. Durchzuatmen, die Stadt hinter sich zu lassen. Ob Hanne Brenker sich ähnlich gefühlt hatte, als sie aufbrach?

Das Tomtom führte Katinka schnurstracks zur Familie Grät. Ein schickes Einfamilienhaus am Rand von Stegaurach, Richtung Bamberg gelegen, mit unverstelltem Blick auf Getreidefelder und die Altenburg. In einer Gegend, in der wohnte, wer auf sich hielt. Juristen, Lehrer, Professoren. Katinka stellte den Motor ab. Der Garten der Gräts war riesig, das Carport auch, ein Porsche Cayenne stand darin. Das Haus lag ruhig.

Hier hatte Ben sich also herumgetrieben. Frau und Kinder beobachtet. Sie seufzte. Herumsitzen und observieren war das Langweiligste an ihrem Beruf. Sie schwang sich aus dem Auto, checkte das Klingelschild. Wolfram und Elvira Grät. Katinka wandte sich ab, ging auf die Felder zu. Kein Regen mehr, aber matschige Raine und von Pfützen durchfurchte Wege. Gummistiefel wären das Schuhwerk der Stunde gewesen.

Katinka suchte sich eine günstige Stelle etwa 200 Meter vom Haus entfernt, nahm das Fernglas aus dem Rucksack. Von hier aus sah sie eine Terrasse, einen Pool ohne Wasser, einen Gartenpavillon. Eine richtige Schiffschaukel, wie auf der Kirchweih. Wahrscheinlich für das Mädchen. Kein Wunder, dass Wolfram Grät mit dieser Idylle keinen Frieden schloss. Anwesen dieser Art waren nur von außen ein Traum. Sie mutierten ziemlich schnell zur Falle, in der das Leben verfaulte. Dann schon lieber ein baufälliges Haus in der Innenstadt. Katinka grinste schief. Zwischen im Wind schwingenden Halmen hockte sie sich auf ihren Rucksack und wartete.

Lange passierte nichts. Der Nachmittag tänzelte dahin,

zu düster für einen richtigen Frühling, aber sichtlich heller als die Tage zuvor.

Schließlich kam Bewegung in die Sache. Ein Kombi fuhr vor, hielt vor dem Tor. Es öffnete sich automatisch, der Kombi fuhr hinein. Katinka sah durchs Fernglas. Zwei Frauen stiegen aus und ein Mädchen. Blond, Rattenschwänze. Sie sauste sofort ums Haus zur Schiffschaukel, die Rufe der beiden Frauen ignorierend.

Eine der beiden war groß, dunkelhaarig und elegant in ein Kostüm gekleidet. Die andere trug Jeans und hievte einen Karton aus dem Kofferraum. Binnen Minuten waren die beiden Frauen im Haus. Das Mädchen schaukelte.

Katinka wählte Bens Nummer.

»Ben, wissen Sie, wo Frau Grät arbeitet?«

»Sie ist Lehrerin an der Realschule.« Er machte eine Pause. »Sind Sie dort?«

»Es gibt noch eine zweite Frau.«

»Die macht den Haushalt.«

»Danke.« Katinka legte auf. Ben hatte wirklich umfassend recherchiert.

Sie googelte die Privatnummer der Gräts, während sie zum Haus zurücklief. Als sie fast davor stand, rief sie an.

»Grät, guten Tag?« Die Stimme klang sehr resolut.

»Spreche ich mit Elvira Grät?«

»Ja. Was wünschen Sie?«

»Ich müsste Sie kurz sprechen. Ginge das?«

»Wer sind Sie?« Sie klang eher ärgerlich als besorgt.

»Mein Name ist Katinka Palfy, ich bin Privatdetektivin. Sehen Sie auf die Straße raus, da steht ein VW-Käfer. Setzen Sie sich kurz zu mir rein?« Sie schloss die Fahrertür auf.

»Worum geht es denn!«

»Ich denke, Sie haben eine Ahnung, worum es gehen könnte. Es sollte vertraulich bleiben.«

Einen Augenblick blieb es still in der Leitung. Katinka setzte sich hinters Steuer.

»In Ordnung.«

Keine zwei Minuten später riss Elvira Grät die Beifahrertür auf. »Was soll das?«

»Setzen Sie sich.«

Elvira trug nun ebenfalls Jeans und ein Männerhemd, das ihre knabenhafte Figur unterstrich. In ihren Ohren steckten Perlen, ein seltsamer Kontrast zur Freizeitkleidung. Mit zweifelndem Gesichtsausdruck ließ sie sich auf den Sitz sinken und zog die Tür zu.

»Eben hatten Sie ein Kostüm an.«

»Sie schauen ja genau hin.«

Katinka zuckte die Achseln. »Ich brauche Ihre Hilfe.«

»Womit kann ich dienen?«

»Es geht um eine Frau, die bei Kvintu arbeitet.«

Elvira Grat versteifte sich. »Eine Frau.«

»Genau. Ich sagen Ihnen den Namen, muss Sie jedoch bitten, die Sache vertraulich zu behandeln. Auch vor Ihrem Mann.«

Sie lachte auf. »Ich bitte Sie! Eigentlich hätte ich eine Menge Arbeit für Sie …«

»Ihr Mann lässt sich nicht scheiden, oder?«

»Er wäre ruiniert.« Sie schüttelte den Kopf. »Um welche Frau geht es?«

»Hanne Brenker. Sagt Ihnen der Name etwas?«

Elvira Grät schüttelte den Kopf.

»Nie gehört?«

»Nein. Nicht bewusst.«

»Ihr Mann hatte ein Verhältnis mit ihr.«

»Danke, dass Sie mich darauf hinweisen. Darf ich lachen?«

»Ist Ihnen danach zumute?«

»Machen Sie sich nicht lächerlich. Mein Mann hat gleichzeitig mit mehreren Frauen ein Verhältnis. Seine warmen Arme reichen weit! Sein Leben ist eine einzige sehr verwickelte Schnur mit aufgefädelten Liebschaften. Ich bin eine der ersten Perlen und stecke jetzt in seinem Leben fest.«

»Hanne Brenker ist verschwunden.«

»Oh.«

»Ich habe den Auftrag, sie zu suchen. Im Augenblick bin ich hin und her gerissen. Mir ist nicht klar, ob firmeninterne Gründe dahinterstecken. Ob sie am Arbeitsplatz dermaßen schikaniert wurde, dass sie das Weite suchte. Oder ob sie vor Ihrem Mann davonlief. Er machte kurz vor Weihnachten mit ihr Schluss.«

»Nun, er hält selten länger als drei Monate durch.« Elvira sprach so nüchtern, als beurteile sie die Qualität einer Maschine. »Danach wechselt er. Wobei er mittlerweile Koordinationsprobleme bekommt. So viele Lügen kann sich niemand merken. Er kriegt seine echten und fingierten Termine nicht mehr auf die Reihe! Ich habe ihn längst durchschaut. Ich hätte mich scheiden lassen, aber wir haben unsere Margret. Sie ist erst sieben. Ich kann ihr das nicht antun. Sie liebt ihren Vater.«

»Nennen Sie mir weitere Namen.«

»Denken Sie, die merke ich mir?«

»Marie Santarín.«

»Das tote Mädchen?«

Katinka nickte.

»Sorry. Da muss ich passen. Ja, es könnte sein, dass er mit ihr etwas hatte.«

»Er hatte etwas mit ihr.«

»Denken Sie, er hat ihr was angetan?«

»Ich muss Sie das fragen, Frau Grät: Hätte Marie Ihrem Mann gedroht, Sie von der Affäre zwischen ihr und Ihrem Mann zu informieren ...«

Elvira winkte ab. »Vergessen Sie's. Wolfram hätte das nicht gekratzt.«

»Er lügt Sie also nicht an?«

»Nicht mehr. Seit zwei Jahren. Ich habe ihn konfrontiert, und wir haben eine Abmachung. Keine Scheidung. Bis Margret älter ist.«

»Wissen Ihre Söhne Bescheid?«

»Der große, Martin, klar. Er ist clever genug. Es stört ihn nicht. Er schleppt auch alle zwei Wochen eine neue Freundin an. Und Frank – naja, der lebt in einer anderen Welt. Ein Technikfreak. Baut Modelle. Damit ist er zufrieden. Sie sind beide im Internat in Würzburg. Seit Anfang des Schuljahres. Jedes zweite Wochenende kommen sie heim. Mein Mann nimmt sich kaum Zeit für sie. Deswegen haben wir sie ins Internat gegeben. Damit sie in einem ordentlichen Gefüge leben.«

Katinka schlug unwillig mit der Faust auf das Lenkrad. »Ich komme nicht weiter.«

»Marie ist doch ertrunken, oder?«

»Den plötzlichen Herztod gestorben. Keine Fremdeinwirkung.«

»Wer sollte sie denn umbringen wollen: ich?«

»Ihr Mann?«

»Nun machen Sie mal halblang.«

Die Scheiben beschlugen nach und nach. Es begann wieder zu regnen. Die beiden Frauen schwiegen ein paar Minuten. Schließlich sagte Elvira gedankenverloren:

»Warum sollte Wolfram eine Liebschaft umbringen? Er hat Abtreibungen gezahlt, Auslandsaufenthalte und vermutlich drückt er ein paar Alimente ab. Das kratzt ihn nicht. Er löst alles mit Geld. Er hat genug davon.«

»Sie sehen das ganz schön abgeklärt.«

»Man muss seinen Weg finden.«

»Es gibt jemanden, der anzweifelt, dass Marie wirklich eines natürlichen Todes starb.«

»So. Na, anzweifeln kann man vieles. Auch dass die Erde sich um die Sonne dreht.«

Katinka angelte eine Visitenkarte aus dem Handschuhfach. »Rufen Sie mich an, wenn Ihnen etwas einfällt.«

Elvira zögerte kurz, bevor sie die Karte nahm. »In Ordnung. Machen Sie's gut.«

Katinka sah ihr nach, wie sie durch den Regen zum Haus sprintete.

Wolfram Grät hatte kurz vor Weihnachten mit Hanne Schluss gemacht. Parallel zu Hanne hatte er eine Beziehung zu Marie aufgebaut. Das klang konstruktiver, als es war. Er hatte sich mit Marie amüsiert. Hanne den Laufpass gegeben. Und auch Marie. Hatte Marie herausgefunden, dass er mehrere Gspusis hatte? Die Verzweiflung war eines Abends aus ihr herausgebrochen. Ben wusste nichts Genaues.

Konnte Hanne Marie etwas angetan haben? Und aus Angst, dass jemand etwas herausfand, hatte sie das Weite gesucht?

Katinkas Finger trommelten auf das Lenkrad.

Etwas Komplizierteres als Bettgeschichten gab es nicht. Dagegen verblasste selbst das raffinierteste Mobbing.

21

»Warum hängen sich Frauen an einen Typen wie Grät?«

Kopfschüttelnd starrte Katinka auf ihr Tablet. Sie hatte die Kvintu-Personalseiten aufgerufen. Neben ihr nahm Hardo einen großen Schluck Bier.

»Weil er die Aura von Macht und Geld verströmt.«

Katinka starrte ihn mit offenem Mund an. »Du meinst, das finden Frauen anziehend?«

»Manche offenbar schon.«

»Ich nicht.«

»Das will ich hoffen.« Er setzte sich neben sie.

»Marie. Hanne. Von ihnen wissen wir. Ein halbes Dutzend weitere Mätressen im halben Jahr, wenn wir seiner Frau glauben wollen.«

»Der Kerl hat's aber in den Lenden!«

»Hardo! Ihr Männer seid echt alle …«

Er küsste sie. Sie roch sein Aftershave, seit Jahren derselbe Duft, nach Ozean, nach Weite, nach Ferne. Nicht im Traum käme sie drauf, Hardo gegen die Aura von Macht und Geld zu tauschen.

Er zog sich zurück. »Ein Bier?«

»Klar.« Katinka loggte sich bei Facebook ein. »Ich will mir gerade die Seiten von Alke Josbach ansehen.«

»Wer ist das noch mal?« Hardo öffnete eine Flasche Fässla Lager.

»Die Freundin des Kvintu-Pressesprechers. Er hat was mit Jana laufen. Meiner Klientin. Und Alke fühlt, dass etwas nicht stimmt.«

Zweifelnd warf Hardo einen Blick auf Alkes Profilbild,

während er Katinka die Flasche hinstellte. »Bisschen sehr klapperdürr, die Dame.«

»Du hast sie gesehen. Vorgestern, vor dem Hofbräu. Wenn mich nicht alles täuscht, hast du eine säuerliche Bemerkung gemacht.«

»Säuerliche Bemerkung? Ich weiß nicht mal, wie man so eine macht.«

Katinka boxte ihn in die Seite. Sie griff nach dem Bier. »Der Jetset ist nicht deine Welt, geschweige denn meine.«

»Du meinst, Hannes Verschwinden geht auf die Liebeleien in der Firma zurück?«

Sie zuckte die Achseln. »Ich habe momentan zwei Motive. Eines lautet Mobbing. Hanne könnte vor den Schikanen ihrer Kollegen davongelaufen sein. Die hat es definitiv gegeben, laut meiner Klientin. Das zweite Motiv könnte mit Liebschaften zu tun haben, in denen dieser Wolfram Grät die Rolle des Machos spielt, der sich einen Harem hält. Marie Santarín gehörte zu seinen Gespielinnen, Hanne Brenker ebenfalls. Hanne bekam vor Weihnachten den Laufpass. Marie Ende Januar.« Katinka nahm einen Schluck Bier. »Mir geht gegen den Strich, dass eine junge Frau wie Marie, der letztlich alles offensteht, auf so einen alten Sack reinfällt.«

»Du bist immerhin auf mich reingefallen.«

»Du bist nicht verheiratet, und ich hoffe nicht, dass du in der Mordkommission ein Gspusi hast.«

Hardo setzte sich neben Katinka. »So viele Frauen stehen nicht auf Männer ohne Haare.«

Sie strich ihm über die Glatze. »Umso besser. Behalte deinen Charakterkopf!«

»Du brauchst ein paar Zeuginnen aus der Firma, die dir sagen können, was da noch gelaufen ist. Als Frau bist du doch prädestiniert!«

»Wofür: um Psychologin zu spielen?«

»Schau dir die Firma genau an. Solche Affären laufen nicht lautlos ab. Irgendwann kriegt jemand was mit. Wenn ein Mann aus dem Leben einer Frau flieht, gibt es Tränen, Zusammenbrüche, Wutanfälle. Die Emotionen in einer geheim gehaltenen Beziehung kochen so lange unter dem Deckel, dass irgendwann der Dampf entweicht und es mächtig kracht.«

»Ich kümmere mich drum. Übrigens, morgen Abend gehen wir beide mit Sabine und Dante in die Konzerthalle zu ›Verortet‹. Ich habe dir eine Mail geschrieben. Nur für den Fall, dass du dein Postfach seit Tagen nicht geöffnet hast.«

»Habe ich auch nicht.« Er grinste. »Ich gehe zu mir rüber. Kommst du nach?«

Katinka hob den Daumen.

18.4.2015 - SAMSTAG

22

»Wir alle wissen: Mobbing ist ein komplexer Tatbestand, eine Dynamik, die das Eskalieren beruflicher Konflikte beschreibt. Zu diesem Thema wollen wir heute Experten und Betroffene hören.«

Freundlicher Applaus. Das Foyer im ersten Stock der ›Symphonie an der Regnitz‹, wie die Bamberger Konzert- und Kongresshalle blumig genannt wurde, war bis auf den letzten Platz gefüllt. Rund um den Moderator und seine Gäste beherrschten Kameras und allerhand Fernsehtechnik das Bild. Katinka, Hardo, Sabine und Dante saßen in Reihe 7, von allen Seiten eingekeilt von eifrig flüsternden Leuten, die ihre Meinung zum Thema miteinander besprachen. Ganz vorne hielt ein Fernsehmann ein Schild mit der Aufschrift ›Ruhe bitte!‹ hoch. Das Getuschel verstummte.

Der Moderator machte sich daran, seine Runde vorzustellen. Er wirkte locker, Ende 30, mit flusigem Haar und einer peppigen Brille.

»Hier hätten wir Hans Baer vom Bamberger Mobbing-Netz.«

Katinka stieß Hardo in die Seite.

»Das Mobbing-Netz berät Betroffene und steht ihnen in

allen Fachfragen rund um das Thema Mobbing zur Seite. Weiterhin haben wir eine Expertin zu Gast, die sich mit den Auswirkungen von Mobbing auf die Opfer und ihre Beziehungen befasst: die Psychologin Professor Doktor Steinke-Kuhnmann.«

Applaus, frenetisch diesmal.

»Ronald Siegland ist gut, was?«, zischte Dante Katinka ins Ohr.

»Sie meinen den Moderator?«

»Sie werden sehen. Sehr einfühlsam. Einer, der alles aus den Leuten rauslocken kann.«

»Da fürchte ich mich ja«, grinste Katinka.

Es wurden zwei weitere Kapazitäten vorgestellt, bis Siegland sich frontal dem Publikum zuwandte.

»Meine Damen und Herren, natürlich müssen und sollen in so einer Runde gerade die Betroffenen zu Wort kommen. Wir schalten live in unsere Runde: Hanne B.«

Auf einem gigantischen Bildschirm hinter Siegland erschien das Logo der Sendung, das binnen Sekunden verschwand und das verpixelte Bild einer Frau zeigte.

»Hanne«, begann Siegland, »Sie wollen aus gutem Grund anonym bleiben. Wir bedanken uns ganz besonders, dass Sie heute hier sind und uns aus der Sicht des Mobbingopfers berichten.«

Hanne B. nickte.

Katinka packte Hardo am Arm. »Das ist sie.«

»Scheiße, ja!«

»Wischnewski, wo, verdammt noch eins, sitzt diese Frau?«, flüsterte sie.

»Die kann überall sein. In einem Studio in Honolulu oder gleich hier hinter der nächsten Tür.«

»Los, finden Sie das raus!«

»… Tradition unserer Sendung, das Publikum ins Geschehen einzubinden«, fuhr Siegland fort.

Sofort schnellte ein Arm in der ersten Reihe in die Höhe. Jemand brachte ein Mikrofon an einer Teleskopstange. Katinka hörte nicht zu. Sie beobachtete, wie Dante, Entschuldigungen murmelnd, sich durch die eng bestuhlte Reihe schob, zu einem Typen an einem Mischpult ging und auf ihn einredete.

»Wenn sie das ist«, raunte Katinka, »muss ich sie festsetzen. Wenigstens für ein paar Minuten.«

Hardos Kiefer mahlten. Auch Sabine saß wie auf Kohlen.

»Handy auf Vibration!« Katinka sah Dante gestikulieren. »Ich sehe mich um.«

Empörtes Gemurmel setzte ein, als Katinka sich ebenfalls an den Zuschauern vorbeidrückte. Dante wartete im hinteren Teil des Foyers auf sie, seinen Presseausweis in der Hand.

»Sie ist hier. In einem von den Probenräumen, wo sonst die Symphoniker fiedeln.«

»Wie komme ich da hin?« Katinka lief schon Richtung Treppe. »Los. Wo bleiben Sie denn?«

Das Fernsehteam hatte auch das Erdgeschoss der Konzerthalle mit Beschlag belegt. Übertragungswagen mit imposanten Parabolantennen auf den Dächern parkten direkt vor dem Eingang. Überall lagen Kabel herum. Männer in schwarzen Jeans sprachen in ihre Handys oder machten sich an irgendwelchen Gerätschaften zu schaffen.

»Schauen Sie sich um, wo die Security steht«, murmelte Dante. »Da steckt Ihre Zielperson.«

Sie kamen nicht weit. Kaum hatten sie den erstbesten Korridor betreten, der zu den Probenräumen führte, verstellte ein Zweimetermann im schwarzen Overall ihnen den Weg.

»Hier ist zu«, sagte er.

»Wir suchen den Bratschisten. Es ist dringend.« Dante wedelte mit seinem Presseausweis.

»Von einem Bratschisten weiß ich nichts. Hier ist dicht.« Ein zweiter Gorilla gesellte sich hinzu. »Wir haben Order, niemanden durchzulassen. Sorry, Leute.«

Katinka drehte sich um und ging. Dante kam ihr nach.

»Sie geben zu schnell auf!«

»Unsinn. Ich rufe Hardo und Sabine runter. Die sollen uns einen Gebäudeplan zuschanzen.« Mit fliegenden Fingern tippte sie eine SMS.

Zwei Minuten später stand Hardo neben ihr. »Sabine hält oben die Stellung. Diese Hanne B. macht heftige Aussagen. Vom Mobbing zum Suizid ist es nur ein kurzer Schritt. Ist sie es, Katinka?«

»Die haben sie kolossal verpixelt! Bin mir nicht sicher. In natura hat sie eine überdeutliche Hakennase.«

»Könnte passen.« Hardo blickte auf sein Handy. »Ich habe den Gebäudeplan bekommen.«

»Leiten Sie ihn an mich weiter, ich habe mein Tablet dabei!«, rief Dante.

Hardo sah ihn zweifelnd an, bevor er die Mail weiterschickte.

»Super. Schon da.«

Sie beugten sich über den Grundriss.

»Wir müssen die Ausgänge beobachten«, sagte Katinka. »Irgendwo muss sie schließlich rauskommen. Selbst wenn sie einen Bodyguard dabei hat.«

»Sie muss ganz schön viel Angst haben«, murmelte Dante. »Seltsam, dass sie ihren richtigen Namen genannt hat.«

»Ja, durchaus.« Hardo runzelte die Stirn. »Das gehört allerdings zum Konzept von ›Verortet‹: Man lädt Gäste aus der Gegend ein, in der die Sendung aufgenommen wird. Eben gerade nicht globalisiert.«

»Okay, lasst uns schauen. Wenn Sabine zu uns runterkommt …«, begann Katinka.

»Hier kommt eine SMS von ihr.« Hardo blickte auf sein Handy. »Verdammter Mist!«

»Was?«

Er antwortete nicht, sondern zückte seinen Dienstausweis und stürmte auf den Korridor zu, wo die beiden Gorillas ihn erwarteten.

»Polizei!«

In den Kopfhörern der beiden Wächter schnarrte es. Sie pressten die Earbuds fester an die Ohren. Ihre Gesichter zerflossen vor Schreck.

»Männer, wo ist das Zimmer!«, brüllte Hardo die beiden an.

»Kommen Sie mit.« Einer rannte voraus, Hardo, Katinka und Dante hinterher.

»Was ist los?«, schrie Dante.

Eine Tür wurde aufgerissen. Ein Kameramann taumelte heraus. »Scheiße!«, keuchte er. »Die ist einfach zusammengeklappt. Bums, da war's vorbei! Ich kapier's nicht.«

Hardo hatte das Handy am Ohr. »Holt mir einen Arzt her!«

Katinka lief hinter ihm in den Probenraum. Auch hier dominierte die Technik. Zwei Kameras, Tontechniker. Ein Mann kauerte neben der Frau, die in einem Sessel saß. Leblos. In sich zusammengesunken. Er fühlte ihren Puls.

»Was ist?«, fragte Katinka ihn.

Er schüttelte den Kopf, das Gesicht leichenblass.

»Nichts. Da ist nichts.«

Katinka griff nach Hanne Brenkers anderem Arm. Sie war es. Die Hakennase ließ sich weder färben noch überschminken. Ihr Haar war länger als auf den Fotos, die Katinka kannte.

»Fuck! Ich glaube das nicht!« Verzweifelt suchte Katinka nach dem zartesten Hinweis eines Pulsschlages. Nichts. Von weit weg hörte sie Hardo rufen: »Polizei! Keiner verlässt den Raum.« Jemand meldete durch einen Lautsprecher, dass die Sendung abgebrochen sei.

»Sehen Sie zu, dass keiner stiften geht. Ich will Zeugenaussagen«, bellte Hardo in sein Handy. »Wenn es sein muss von allen, die heute Abend hier anwesend waren.«

Der Arzt kam.

Katinka und der Kameramann lösten sich von Hanne Brenker. Sie sahen einander an, nickten beide in stillem Einvernehmen.

Der Arzt leuchtete mit einer Maglite in Hannes Augen.

»Sie ist tot«, flüsterte Katinka. »Oder?«

Die Frage flirrte durch den Raum und ließ das aufgeregte Hin und Her der Fernsehleute verstummen. Von ganz weit weg hörte Katinka ein Martinshorn. Dann noch eines. Wenig später flackerte Blaulicht über die Wände des Probenraumes.

»Ja«, antwortete der Arzt.

23

Katinka schlüpfte in Latexhandschuhe, griff nach Hanne Brenkers Handtasche und nahm das Handy heraus. Letzte gewählte Rufnummer. Die Ziffernfolge kam ihr bekannt vor. Sie verglich mit ihrem Handy. Die Nummer ihres Sohnes Florian!

»Also wusste er, wo seine Mutter ist. Wahrscheinlich hat sie ihm verboten, irgendjemandem, der nach ihr fragt, Auskunft zu geben«, murmelte Katinka.

»Was?«, fragte Dante.

»Jemand muss den Sohn verständigen.« Sie winkte Hardo. »Soll ich das machen?«

»Ich mache das selbst.« Er wählte die Nummer.

Katinka fand eine halb mit Flüssigkeit gefüllte Plastikflasche in Hannes Handtasche. Schraubte sie auf. Schnupperte. »Riecht nach Tee. Grüntee.« Sie verzog das Gesicht. »Hat jemand gesehen, dass sie hieraus trank?«, rief sie.

»Ja. Kurz bevor wir auf Sendung gingen.«

Das Spurensicherungsteam stürmte herein. Hardo, der nach wie vor an seinem Handy hing, winkte ihnen zu. »Moment, Leute!«

»Ach, die Frau Palfy ist wieder mittendrin«, tönte eine überlaute Männerstimme.

»Na, der hat mir gerade noch gefehlt«, stöhnte Katinka leise.

»Wer ist das?« Dante sah begierig zwischen Katinka und dem Mann im weißen Overall hin und her.

»Lutz Fleischmann. Oberkriminaltechniker, Besserwisser, Nörgler, Macho.«

»Interessante Mischung.«

»Lenken Sie ihn ab, Wischnewski! Das gibt Bonuspunkte in Sachen Wohnung.«

Wie eine Hornisse schwirrte Dante auf den Mann zu. »Dante Wischnewski, Fränkischer Tag. Ich würde Sie gern live bei Ihrer Arbeit begleiten. Unsere Leser …«

Katinka blendete ihn aus. Kramte in Hannes Handtasche. Nichts weiter Interessantes. Tempos. Ein Brillenetui. Ein Schlüsselbund.

»Na, dann lassen Sie mal die Fachleute an die Arbeit.«

Lutz Fleischmann baute sich neben Katinka auf. Er hatte sich von Dante anscheinend nicht allzu lange aufhalten lassen.

»Wir brauchen die exakte Zusammensetzung dieser Flüssigkeit.« Katinka hielt ihm die Plastikflasche vor die Nase.

»Die kriegen der Herr Hauptkommissar und seine Leute sowieso.« Er griff nach der Flasche. »War nett, Sie mal wieder zu sehen, Frau Palfy.«

»Ganz meinerseits.« Sie hatte gesehen, was sie sehen musste. Der Arzt war im Aufbruch. Er füllte das letzte Formblatt aus.

Katinka packte Hardo am Ellenbogen. »Hast du den Sohn erreicht?«

»Er geht nicht dran. Ich überlege, ob ich ihn orten lasse. Vielleicht hat er noch nichts mitgekriegt. Kann sein, dass er in einer Kneipe sitzt.«

»Er nimmt den Anruf wahrscheinlich an, wenn er vom Handy seiner Mutter kommt.«

»Das machen wir nicht. Nur im absoluten Notfall.« Hardo wählte eine Nummer. »Eine Handyortung. Dringend.«

Katinka sah zu Fleischmann und seinen Leuten hinüber. Sie hatten einen Disput mit den TV-Leuten. Katinka griff nach Hannes Telefon. Im Adressbuch unter der Rubrik Familie war Florians Nummer gespeichert. Sie klickte darauf.

»Ja? Mom?«

»Hier spricht Katinka Palfy. Ich bin eine Freundin Ihrer Mutter. Sie hat mich gebeten, Sie anzurufen. Wo sind Sie im Augenblick?«

»Ich? Im Plückers. Neben der Konzerthalle.«

»Ich komme.« Katinka warf das Handy zurück in Hannes Tasche.

24

Hardo würde sie vierteilen. Das war nichts Neues. Üblicherweise beruhigte er sich nach kurzer Zeit. Sie musste es riskieren. Sie würde den Fall Hanne Brenker, soweit sie involviert war, abschließen und sich neuen Dingen widmen können.

Florian hockte an einem Tisch nahe der Theke und guckte nervös in alle Richtungen. Vor ihm lag ein Tablet-PC. Sie erkannte ihn sofort. Die gleiche riesige Nase wie seine Mutter.

»Florian Brenker? Katinka Palfy, Privatdetektivin.«

»Ich denke, Sie sind ...«

»Es tut mir sehr leid. Ich muss Ihnen eine traurige Mitteilung machen: Ihre Mutter ist tot.« Sie hasste sich in diesem Moment. Nachrichten wie diese zu überbringen, die das ganze Leben eines Menschen auf den Kopf stellten, fiel niemals leicht. Stets blieb etwas zurück. Wie eine Narbe.

Florian Brenker wurde bleich. »Quatsch.«

»Sie ist zusammengebrochen. Urplötzlich.«

»Aber … das kann doch nicht sein.«

»Warum haben Sie hier gewartet? Warum nicht im Publikum?«

»Sie wollte es nicht. Ich habe den Talk im Livestream geschaut.« Er zeigte auf das Tablet. »Die haben die Sendung abrupt abgebrochen. Ich habe gedacht, das WLAN ist ausgestiegen! Plötzlich wurde ein Konzert übertragen.«

»Was ist in der Flasche gewesen?«

»Welcher Flasche?«

»In der Handtasche Ihrer Mutter war eine Flasche mit Tee.«

»Ach das. Sie steht auf Grünen Sencha. Trinkt ständig von dem Zeug. Angeblich hält es sie wach, ohne sie nervös zu machen.«

»Wer außer Ihnen weiß das?«

»Ich glaube, das kriegen alle, die sie kennen, schnell mit. Sie schleppt ständig solche Flaschen mit sich herum. Andere schwören auf stilles Mineralwasser, sie trinkt Grüntee.«

»Alle, die sie kennen, wissen das?«

»Naja, weil sie ständig allen einredet, wie toll dieser Sencha ist. Das ist so was wie ihre Mission. Bekehrt die Welt zum Grünen Tee. Bei mir hat's nicht geklappt.« Seine Blässe vertiefte sich. »Aber …«

»Es ist bisher nicht bestätigt, reine Spekulation meinerseits. Ich vermute, dass jemand von diesem Tick wusste und ihr was in den Tee gemischt hat.«

Die Erkenntnis, dass seine Mutter tot war, ermordet,

wenn man dem Augenschein trauen konnte, kam allmählich in Florian Brenkers Bewusstsein an. Katinka musste schnell sein, wenn Sie noch etwas von ihm erfahren wollte.

»Wovor ist Ihre Mutter weggelaufen?«

»Sie …« Er schwieg. In seinen Augen loderte Panik auf. »Sie …«

»Reden Sie! Je schneller wir davon wissen, desto besser!«

»Wir?«

Mist. Sie hatte sich versprochen. »Die Polizei wird Sie ohnehin fragen. Hanne hat ihren Arbeitsplatz verlassen, sich bei Nacht und Nebel aus dem Staub gemacht, und außer Ihnen wusste niemand, wo sie ist. Warum haben Sie mich nicht zurückgerufen?«

»Sie wollte es nicht. Sie hatte Angst.«

»Warum trat sie dann in dieser Sendung in Erscheinung?«

»Die haben sie doch verpixelt. Sie würde anonym sprechen, das haben die vom Fernsehen versprochen.«

»Weshalb hat sie ihren richtigen Namen genannt?«

Hilflos zuckte er die Achseln. Unerwartet materialisierte sich eine Bedienung neben Katinka.

»Ich gehe gleich«, sagte sie unwirsch. »Wovor hatte Ihre Mutter Angst?«

Mit runden Augen machte sich die Bedienung an den Nebentisch davon.

»Hat es mit Wolfram Grät zu tun?«

Florian senkte den Kopf. Seine Hände lagen auf der Tischplatte. Schneeweiß.

»Haben Sie jemanden, der sich um Sie kümmert?«

Er antwortete nicht. Hardos Stimme war zu hören. Klar. Er hatte das Handy längst geortet.

»Rufen Sie mich an!« Katinka schob ihm ihre Karte zu. »Unbedingt.«

Dann machte sie, dass sie wegkam.

III. Macht & Kontrolle

Mein Definitionsversuch: Macht haben, bedeutet, X dazu zu bringen, Y zu tun.

Es geht also darum, Einfluss auf das Handeln anderer zu nehmen. Im Weiteren geht es darum, das Leben eines anderen komplett zu bestimmen (z.B. in einer Diktatur). Dazwischen gibt es viele Schattierungen: Macht benötigt Autorität, wobei Autorität allein noch nicht das Ausüben von Macht bedeutet. Machterhalt erfordert meist Zwang und Repression.

Macht kann durch Belohnung hergestellt werden. Die Belohnung kann darin liegen, dass (selbstverständlich geringe) Teilhabe an der Macht versprochen (und eventuell ermöglicht) wird. (Das Netz!)

Macht fühlt sich gut an. Das erhebende Gefühl, die anderen unter Kontrolle zu haben, kennen die meisten Menschen schon aus dem Kindergarten. Der Mächtige sät Furcht und fühlt sich toll dabei.

Macht sorgt für einen Vorsprung. Macht bedeutet, andere zu kontrollieren, ohne selbst kontrolliert zu werden. Der Mächtige muss dies immer wieder kontrollieren: Was wissen andere über mich? Der Wissensvorsprung (genauer: Informationsvorsprung) muss unter allen Umständen bestehen bleiben. Deswegen sind Whistleblower für Mächtige so gefährlich. Sie verschieben die Informationsbalance, indem sie Dritte mit Informationen versorgen, die Lügen, Unwahrheiten und für den Mächtigen Unvorteilhaftes ans Licht bringen.

Wer mächtig ist, wagt es, Normen zu überschreiten. Er hat ein enormes Überlegenheitsgefühl (welches ihm u.U. gefährlich werden kann, wenn er dazu neigt, einen Gegner zu unterschätzen).

Wer keine Macht hat, fühlt sich schnell diskriminiert. Es entstehen Frust, Scham, Arschkriechersyndrom. Machtlose fühlen sich gehemmt. Wenn Machtlose an Informationen kommen, löst das bei den Mächtigen Alarm aus. Lügen könnten entlarvt werden, Scheinwelten zusammenbrechen (siehe unter II.).

Reputation (starke!) kann davor schützen, demaskiert zu werden. Deshalb wird etwa in Unternehmen so viel Wert auf eine starke Corporate Identity gelegt. CI kontrolliert die Symbole. Nicht nur Jingles und Schriftzüge, sondern auch Aktivitäten können als Symbole dienen. Die Identifikation mit dem Symbol bindet an die Firma und verringert die Wahrscheinlichkeit, dass jemand sich gegen sie wendet.

Macht kann ausgeübt werden durch ›Deutungshoheit‹. Die Mächtigen erheben für sich den Anspruch, nur selbst ein Thema deuten zu dürfen. In der Religion ist dies ganz üblich. Die sogenannte Freie Wirtschaft bezieht sich in ihrer Argumentation und Deutung auf zu Standards gewordene Weltauffassungen, bspw.: Der Markt ist frei und reguliert sich selbst.

Macht kann man durch Zensur bzw. Denkverbote ausüben.

Macht geht einher mit Zugriff auf Ressourcen; auch menschliche Ressourcen. Macht manifestiert sich in Ideologien.

Die düsterste, hinterhältigste Form der Machtausübung besteht darin, Identifikation herzustellen. Die implizite

Aufforderung lautet: Identifiziere dich mit einer Idee, mit einer Partei, mit einer Kraft, mit einer Firma. Das Gefühl der Verbundenheit ruft positive Reaktionen hervor: Stolz, dazuzugehören. Verbundenheit zu einem Kollegen ersetzt u.U. echte Beziehungen im Privatleben. Macht durch Identifikation manipuliert die Machtlosen. Sie wollen dazugehören, weil das Dazugehören ihnen das (falsche) Gefühl gibt, sie könnten aus der Position der Machtlosigkeit aufsteigen und an der Macht teilhaben. Letztlich ist die Verlockung der Teilhabe jedoch eine Lüge: Das Interesse der (im Sinne von I.) Mächtigen, andere in ihren Kreis vorstoßen zu lassen, ist gering. Den Machtlosen werden niedere Rechte eingeräumt: Sie werden zu Stimmvieh, zu Mitläufern, manche eventuell zu Nachfolgern. Etliche geben das letzte Hemd, um dazuzugehören. Dazu benötigen sie eine Schutzfigur, die sie in die Zirkel der Leute einführt, die sich nehmen, was sie wollen: Patronage (Nepotismus, Klientelismus) wird zur gezielten Förderung bestimmter Gruppen oder Individuen. Elite wird man, indem man ›politisch‹ loyal ist.

Immun gegen Machtstreben ist nur jemand, der nichts werden will und deshalb innerlich frei ist.

Frage: Ist Macht immer destruktiv?

Mächtige prägen die Organisationsstrukturen von Betrieben oder Institutionen. Sie organisieren Strukturen und Prozesse so, dass nur wenige die Mächtigen behindern oder beobachten können. Wer Erkenntnis frühzeitig vereitelt, vereitelt Whistleblowing.

Wer Macht hat, trifft Entscheidungen, die Auswirkungen für viele haben. Von diesen vielen durchschauen die wenigsten, worum es bei einer Entscheidung überhaupt geht. Eventuell wissen sie nicht einmal etwas von der

einen Entscheidung (oder Entscheidungskette), die sie ins
Unglück gestürzt hat. Das Gleichgewicht zwischen Ent-
scheidern und solchen, über die entschieden wird, ist in den
Unternehmen vollends aus den Fugen geraten. (Siehe V.).

19.4.2015 – SONNTAG

25

»Verdammt, Katinka!«

Der Haussegen hing schief. Insofern fand Katinka es erleichternd, Hardo in seinem Büro zu treffen, das er seit gestern Nacht kaum verlassen hatte.

»Ich gebe zu …«

»Du hättest mit dem Sohn später sprechen können. Nach uns. Er stand unter Schock und hat uns so gut wie nichts Hilfreiches sagen können.« Hardo stampfte auf und ab wie ein zorniger Elefant.

»Mir auch nicht. Nur, dass in der Wasserflasche Grüntee sein muss, weil seine Mutter auf Grüntee abfährt. Dass jeder in ihrem Umfeld das weiß. Und dass sie Angst hatte.«

»Was hast du dir bloß dabei gedacht, ihn dermaßen brutal mit dem Tod seiner Mutter zu konfrontieren? Der Mann ist am Ende! Er liegt im Klinikum, zugedröhnt mit Beruhigungsmitteln. Verdammt noch mal, er ist ein wichtiger Zeuge für uns, und jetzt können wir ihn nicht vernehmen. Dank deiner Intervention.« Hardo sprühte der Frust aus allen Poren.

»Ich weiß, aber …«

»Dein Fall ist abgeschlossen, Katinka!« Hardos Laune war im Tiefkühlbereich angekommen. »Geh trainieren für deinen Halbmarathon, mach irgendwas, bloß lass mich in Ruhe meine Arbeit tun!«

Katinka biss die Zähne zusammen. Bislang hatte Hardo eher humorvoll durchblicken lassen, dass er den Sportseifer der Leute, die am Weltkulturerbelauf teilnehmen wollten, nicht teilte. Jetzt nutzte er diesen eigentlich heiteren Zwist zwischen ihnen als Waffe.

»Was sage ich meiner Klientin? Habt ihr eine Nachrichtensperre? Irgendwelche Dinge, die unter der Decke gehalten werden müssen?«

»Sei nicht albern. Wir geben Hanne Brenkers Identität natürlich bekannt. Die einschlägigen Leute, die die Talk-Runde sich jetzt bei Youtube anschauen, und da steht sie längst, werden die Frau sowieso identifiziert haben.«

Beruhigt lehnte Katinka sich auf ihrem Stuhl zurück. »Gib mir nicht die Schuld.«

»Ich will alle deine Unterlagen, die fallrelevant sein können.«

»Geht klar.« Sie zuckte die Achseln. »Das Problem ist bloß, dass ich keine habe.«

»Mit wem hast du gesprochen?«

»Mit ein paar Leuten bei Kvintu. Lukas Lurahn, der Pressesprecher, war darunter. Außerdem ein paar Frauen, mit denen ich gejoggt bin. Ihre Namen kenne ich nicht. Mit Hannes Nachbarin. Else Brand heißt sie. Mit Ben, dem Bruder von Marie. Hardo, Maries Fall muss wieder ins Rollen kommen!«

»Das lass meine Sorge sein. Marie ist beim Laufen tot umgefallen. Ein abschreckendes Beispiel, letzten Endes vielleicht ganz förderlich.« Er wies aus dem Fenster. Katinka sah hinaus. Es nieselte, die Blätter der Kastanien hingen traurig herab. Der Asphalt glänzte feucht.

Ein Trupp mittelalter Männer joggte die Starkenfeldstraße entlang. Einen deprimierenderen Anblick konnte Katinka sich nicht vorstellen.

»Marie und Hanne hatten beide denselben Liebhaber. Und jetzt sind sie tot. Das kannst du nicht außer Acht lassen!«

»Sag mir nicht, wie ich meine Arbeit zu machen habe!«

»Ihr müsst Marie exhumieren lassen. Kann sein, dass der Rechtsmediziner geschlampt hat …«

»Es ist genug.« Hardo hob die Hand. »Danke, Katinka, für deine Unterstützung.«

Katinka, bis vorhin einigermaßen zerknirscht, Hardo und seine Leute gestern Abend ausgebootet zu haben, um als Erste mit Florian Brenker zu sprechen, spürte, wie ihr der Kamm schwoll.

»Ebenso. Danke. Tschüss dann.« Sie sprang auf, ging zur Tür. Es war Sonntag. Normalerweise hätten sie irgendwas unternommen. Kino. Konzert. Es sah nun nicht mehr so aus, als würde es in nächster Zukunft dazu kommen. Nicht nur wegen des Falles.

Als sie die Treppen zum Eingang hinunterstieg, fiel ihr ein, dass sie Hardo nichts von Elvira Grät gesagt hatte. Die nämlich auch ein Motiv hatte. Obwohl sie behauptete, sich mit den amourösen Eskapaden ihres Mannes abgefunden zu haben.

26

Dante kauerte in der Hasengasse unter dem alten Torbogen, um sich vor dem Nieselregen zu schützen.

»Wo bleiben Sie denn?«

»Was machen Sie hier?«

»Sie haben doch ganz bestimmt Infos für mich. Morgen erscheint planmäßig eine druckfrische Zeitung, wissen Sie?«

Katinka lachte. Wenigstens Dante war nett zu ihr.

»Kommen Sie rein. Kaffee?«

»Das wäre in diesem Fall so etwas wie Erste Hilfe.« Er hievte seinen Rucksack auf einen der beiden Besuchersessel. Katinka ging in den Nebenraum. Er folgte ihr auf dem Fuß.

»Was sagt der Hauptkommissar?«

»Er hat mir die Freundschaft gekündigt.«

»Die Freundschaft? Ich dachte, Sie sind ein Paar.«

»Dachte ich auch.«

»So schlimm?« Dante sah sie mitfühlend an. Gespielt oder nicht, es tat gut.

»Hoffe ich nicht. Was soll ich machen? Er ist stinksauer, weil ich aus dem Garderobenraum abgehauen bin, um Florian Brenker zu sprechen. Ich habe ihn sogar vom Handy seiner Mutter angerufen. Nicht gerade die feine Art. Ich dachte, vielleicht erfahre ich noch was. Was wirklich Dienliches. Was natürlich Unsinn war. Ich hätte ihm die Nachricht vom Tod seiner Mutter nicht so überfallartig servieren dürfen. Für mich ist der Fall erledigt. Hanne Brenker ist wieder aufgetaucht. Leider ist sie jetzt tot.«

»Also scheint sie wirklich einen guten Grund gehabt zu haben, sich dünnzumachen.«

Katinka, die Dose mit dem Kaffeepulver in der Hand, hielt inne.

»Schauen Sie mich nicht so an wie ein Reh im Scheinwerferlicht. Sie ist in Deckung gegangen, hat sich überreden lassen, in dieser Sendung aufzutreten, als Hanne B., dumm genug, und verpixelt. Das konnte jemandem nicht gefallen.«

»Jemandem, der wusste, dass sie auf Grüntee steht.«

»Ach – in der Flasche war Grüntee?«

»Laut Florian ist Hanne abhängig von dem Zeug. Grüner Sencha. Kalt. Schleppt sie als Durstlöscher überall mit hin.«

Dante schlug die rechte Faust in die linke Hand. »Super, dann müssen wir nur noch rausfinden, wer das …«

»… wer das wusste, ja. Florian behauptet, dass alle das wissen. Unter Garantie all ihre Arbeitskollegen.«

»Sie meinen, wir müssen den Täter unter den Kollegen suchen?«

»Wie?« Endlich füllte Katinka löffelweise Pulver in den Filter. »Sie meinen wohl: die Polizei!«

»Haben Sie Ihre Klientin schon benachrichtigt?«

»Ich rufe sie gleich an. Das Desaster hat sich mit Sicherheit längst zu ihr herumgesprochen.«

Eifrig hastete Dante zu seinem Rucksack. »Ich habe mir die einschlägigen Seiten angesehen. Die Stelle, wo sie zusammenbricht, ist auf Youtube unzensiert zu sehen. Ich habe den Abschnitt abgefilmt, falls die das aus dem Netz nehmen.«

»Zeigen Sie!«

Das Filmsnippet von Hannes Knockout in der Sendung war ziemlich erschreckend. Hanne beantwortete eine Frage, danach kam Hans Baer zu Wort. Als Hanne wieder eingeblendet wurde, setzte sie an, etwas zu sagen, stürzte dann mit einem Mal vornüber und schlug mit der Stirn auf den Tisch. Man sah einen Mann, wahrscheinlich einen der Kameraleute, auf sie zugehen und ihre Schulter berühren, dann brach der Film ab.

Katinka schüttelte sich. »Scheußlich. Da war etwas in der Flasche, was superschnell gewirkt hat.«

»Als wir in den Raum kamen, lehnte sie im Sessel.«

»Ich schätze, jemand von den Fernsehleuten hat versucht, ihr zu helfen. Hat sie aufgerichtet. Vergeblich.«

»Frage: Wer hat Gift reingeschmuggelt und wann? Was, wenn sie bereits vor dem Beginn der Übertragung getrunken hätte?«

»Sie wäre viel früher umgekippt. Vor der Sendung. Die wäre abgesagt worden, vermutlich ohne Angabe des wirklichen Grundes. Jetzt muss der Sender damit umgehen, dass in seiner Show jemand ermordet wurde.«

»Oder einer von den TV-Leuten hat ihr was in die Flasche geschüttet.« Dante hüpfte auf und ab wie ein Gummiball. »Wie sieht's mit dem Kaffee aus?«

Katinka grinste. »Sie sind ja jetzt schon hyperaktiv.« Doch seltsamerweise tat ihr Dantes Springteufelmodus gut. Er nahm dem Streit mit Hardo, dem vermasselten Sonntag und dem Frust über das übereilte Ende ihres Falles das Deprimierende.

Sie warteten schweigend ab, bis die Kaffeemaschine mit einem asthmatischen Fauchen ihre erfüllte Pflicht signalisierte. Neben Faxgerät und Kühlschrank stehend, tranken sie in stiller Einigkeit Kaffee.

»Wissen Sie was? Etwas stimmt nicht.« Dante setzte seine Tasse ab. »Hanne Brenker hätte mit den Kameraleuten und Tontechnikern nicht allein im Raum sein sollen. Da muss ein Redakteur dabei gewesen sein. Jemand, der darauf achtet, dass die Schalte passt. Überhaupt, bei so einem Thema, da steht dem Mobbingopfer jemand zur Seite. Die lassen doch Hanne Brenker nicht allein mit den Knaben von der Technik.«

Katinka starrte ihn an. »Sind Sie sicher?«

»Also, es ist ziemlich wahrscheinlich, dass da noch jemand war.«

»Der aber nicht im Raum war, als wir reinschneiten.«

»Nee. Ich habe zwei Tonleute und zwei Kameraleute und einen Helfershelfer notiert. Sie?«

»Ehrlich gesagt …«

»Sie haben Ihre Hausaufgaben unvollständig gemacht. Gott sei Dank haben Sie mich. Ich fülle die Lücken. Geben Sie meinen Gedanken dem Hauptkommissar durch. Womöglich beruhigt es ihn.«

Katinka verengte die Lider zu Schlitzen. »Ein Redakteur.«

»Oder eine Redakteurin.«

»Klar. Warum haben die Techniker nichts gesagt?«

»Haben sie vielleicht. Es war ein enormer Aufruhr da drin. Eine Frau ist vor ihren Augen gestorben. Die waren alle im Ausnahmezustand. Um 14 Uhr gibt's eine Pressekonferenz in der Polizeidirektion. Danach weiß ich mehr.«

Katinka leckte über den Rand ihrer Tasse. Der Rechtsmediziner wüsste bald Bescheid, was die Todesursache betraf, und die KTU hatte längst den Tee in der Flasche analysiert. Doch würde Hardo sein Wissen mit ihr teilen? Das bezweifelte sie im Augenblick. Blieb Sabine als Informantin. Wenn Hardo ihr keinen Maulkorb verpasst hatte.

»Sie stimmen mir sicher zu«, meldete sich Dante zu Wort, »dass Wolfram Grät als Hannes Ex garantiert von ihrer Liebe zum Tee wusste.«

»Und seine Frau?«

»Hoppla!« Dante stellte seine Tasse ab. »Ein neuer Handlungsstrang.«

»Ich war am Freitag bei Elvira Grät. Ihr Mann hat Affären mit mehreren Frauen gleichzeitig, und zwischen den beiden ist der Ofen kalt. Sie behauptet, sie hätte sich damit arrangiert.«

»Glauben Sie das?«

»Ehrlich gesagt, als ich sie so reden hörte, beherzt und kühl und ziemlich sachlich, da habe ich es ihr abgekauft.« Dante blinzelte. »Und jetzt?«

Katinka biss sich auf die Lippen. Gerade jetzt war sie auf Hardo wütend, genauso wie auf sich selbst. Gerade jetzt brachte sie schon etwas viel Harmloseres als ein Seitensprung auf die Palme. Hardo hatte ja recht. Wahrscheinlich stieß ihr genau das so sauer auf! Sie hatte bei Florian Brenker nichts zu suchen gehabt. Ihr Auftrag war erledigt. Sie könnte die Papiere für Jana fertigmachen und sich nach neuer Arbeit umsehen. Angesichts der Rechnungen, die in Kürze für weitere Arbeiten am Haus auflaufen würden, wäre das die gebotene Reaktion. Aber sie konnte nicht. Sie hatte ihre Zähne in diese Beute geschlagen und wollte nicht loslassen. Ein destruktives Gefühlskonglomerat, das in Wut auf Hardo gipfelte.

Dante ließ den Blick nicht von ihr. »Rein rational vertritt Frau Grät also die Ansicht, dass sie sich arrangiert hat. Dass sie damit zurechtkommt. Trotzdem: Betrug bleibt Betrug und tut weh.«

»Und Schmerz wandelt sich irgendwann in Zorn.«

»Oder eine Depression.«

»Depressiv wirkte Elvira aber nicht. Im Gegenteil.«

Dante schoss ins Büro und schnappte seinen Rucksack.

»Halten Sie eine Weile ohne mich aus? Ich melde mich. Versprochen.«

Katinka verschränkte die Arme. »Angenehmen Sonntag, Wischnewski!«

27

Sabine kam in Zivil und mit dem Fahrrad in der Detektei vorbei. Der Abend sank über der regennassen Stadt herab. Es war schon nach sieben. Katinka hockte trübsinnig hinter ihrem Schreibtisch. Sie hatte Jana x-mal angerufen, stets nur die Mailbox erreicht. Die ehrgeizige Kvintu-Mitarbeiterin verkroch sich vermutlich vor der Welt. Mitbekommen musste sie haben, was gestern während der Live-Talkshow geschehen war. Die Medien spielten verrückt. Fernsehen, Radio und Internet walzten den Mord vor laufender Kamera genüsslich aus. Experten aus der ersten und zweiten Reihe wurden interviewt, Psychologen angezapft, Forensiker aus der Rente geholt. Katinka hatte im Netz ein paar Sendungen angeklickt, aber sehr schnell wieder ausgeschaltet.

»Schau nicht wie zehn Tage Regenwetter«, lachte Sabine.

»Wir haben seit mindestens drei Wochen Regenwetter. Ist Hardo noch stinkig?«

»Kann man so sagen.« Sabine setzte sich auf einen Besuchersessel. Katinka sah sie so selten ohne die Uniform, dass sie jedes Mal die Veränderung, die mit ihrer Freundin vor sich ging, bewunderte. In engen Jeans mit Schlag kamen Sabines lange Beine hervorragend zur Geltung. Sie trug das Haar nicht zum Pferdeschwanz gebunden, sondern offen, mit einer Glitzerspange über der Stirn zur Seite gesteckt. Unter der Regenjacke trug sie ein eng anliegendes violettes Shirt mit mutigem Ausschnitt. Seltsam, dass sie nach wie vor keinen Freund hatte. Frauen wie Sabine – gutaussehend, klug, mutig und mit Überzeugungen – gab es nicht unbedingt wie Sand am Meer.

»Du und Hardo, ihr seid beide stur wie Strudel. Das renkt sich schon wieder ein.«

»Dein Wort in Gottes Gehörgang …«

»Wir haben Hannes Identität preisgegeben. Die Medien wissen, dass sie bei Kvintu gearbeitet hat. Von ihrem Fehlen in den letzten Tagen haben wir nichts gesagt.«

»Der Pressesprecher rotiert vermutlich.«

»Tut er. Hardo hat ihn vorher angerufen und durchgegeben, dass bei ihm in Kürze die Telefone heiß laufen werden. Er war dankbar für den Tipp.«

Katinka schnaubte. Sie kannte Hardo eher nicht als gutmütigen Tippgeber.

»Was ist mit dem Tee?«

»Blausäure. Eindeutig. Das rechtsmedizinische Gutachten haben wir spätestens morgen auf dem Tisch. Mündlich ist das Gift bestätigt.«

»Wie kommt das Gift in die Flasche?«

»Die Fingerabdrücke auf der Flasche stammen alle von Hanne Brenker selbst.«

»Ein Täter kann Handschuhe tragen.«

»Allerdings wäre es aufgefallen, wenn einer der Techniker in dem Probenraum Handschuhe übergestreift hätte.«

»Klar. Welche Motive sollten die Jungs denn haben!«

»Wir konzentrieren uns auf diesen Grät. Hardo und ich waren bei ihm.«

»Und?«

»Er ist clever und sagt rundheraus, er kann so viel Spaß mit Frauen haben, wie er will. Die sind alle volljährig. Mit seiner Frau würde er schon einig.«

»Habt ihr mit ihr geredet?«

»Sie ist mit der kleinen Tochter heute Vormittag zu ihren Eltern nach Gerolzhofen gefahren.«

»Ein Motiv hätte sie.«

»Aber nicht die Möglichkeit. An Blausäure kommst du nicht so einfach ran.«

»Du meinst, es war jemand, der Zugang zu einem industriell hergestellten Produkt hatte?«

»Wir kriegen die genaue Konzentration bald aus der KTU. Als Nächstes forschen wir nach, woher die verwendete Substanz genau kommen könnte.«

»Komisch, Hannes Haut zeigte überhaupt nicht die typische Rotfärbung.«

»Die hellrote Färbung entsteht oft gar nicht, wenn die Dosis sehr hoch ist. Dann treten sofort Atemstillstand und Bewusstlosigkeit ein. Bei Hanne Brenker war das der Fall.«

»Also hat sie aus der Flasche getrunken und ist Minuten danach gestorben?«

»Die Kameraleute haben ausgesagt, dass sie, als sie kurz nicht auf dem Bildschirm zu sehen war, weil die Kamera die Bilder von Hans Baer auf dem Podium im Foyer übertrug, einen Schluck getrunken hätte.«

»Wie geht's Florian? Konntet ihr ihn inzwischen befragen?«

»Die Ärzte vertrösten uns. Frühestens Dienstag oder Mittwoch.«

»Was ist mit Marie? Hat der Rechtsmediziner was übersehen?«

»Wir denken drüber nach.«

Danke, dachte Katinka, dass du es mir so schonend beibringst. Ich weiß es ohnehin. Ich bin draußen aus den Ermittlungen. Und ich habe es selber vermurkst.

20.4.2015 – MONTAG

28

8.30 Uhr. Katinka joggte das Mühlwörth hinunter. Die Morgensonne glitzerte auf der Regnitz. Das Rauschen des Wassers über den Turbinen wurde leiser, je weiter sie flussaufwärts lief.

Rennen gegen den Frust. Hardo war spät am Abend heimgekommen, hatte jedoch nicht bei ihr geklingelt, wie er es sonst meist tat. Sie war wirklich froh, ihre eigene Wohnung zu haben. Schlimmeres als gegenseitiges Anschweigen konnte es kaum geben! Den Abend hatte sie vor dem Fernseher verbracht, einen TV-Krimi nach dem anderen konsumiert und versucht, nicht an Hanne Brenker zu denken. Nicht an ihren Sohn Florian. Nicht an Jana. Nicht an Elvira Grät und ihren Mann. Irgendwann war sie vor der Flimmerkiste eingeschlafen.

Das Joggen richtete sie auf. Körperlich wie seelisch. Jeder Schritt, jeder Atemzug pumpte Kraft in ihr Dasein zurück. Der Halbmarathon war ihr Ziel! Der Fall Hanne Brenker war gelöst, ohne ihr Zutun. Katinka würde sich nachher im Büro mit dem liegen gebliebenen Schreibkram befassen, privat Hardo aus dem Weg gehen und nichts mehr fragen. Nichts zu den Ermittlungen, nichts zu den

Fortschritten. Sie würde nicht einmal die Zeitung lesen. Da konnte Dante Flic-Flacs schlagen!

Sie passierte das Bootshaus und joggte weiter am Fluss entlang. Radfahrer kamen ihr entgegen, Leute mit Hunden. Andere Läufer. Kurz vor dem Weltkulturerbelauf glühte die Leidenschaft. Endlich nahmen alle das Training ernst, knapsten sich morgens und abends Zeit zum Laufen aus dem Terminkalender.

Sie beschleunigte noch ein wenig, um ihre Grenzen auszutesten. Das vergangene Wochenende hatte sie das Training vernachlässigt. Das würde nicht mehr passieren. Sie wollte den Halbmarathon schaffen, und zwar in einer guten Zeit. Soviel Ehrgeiz musste sein.

Unter der Hainbrücke, die den Münchner Ring hoch oben über Fluss und Park hinwegführte, wurde sie wieder langsamer. Auf dem Ring stauten sich die Autos, sie hörte ein Martinshorn. Die mehrspurige Schneise im stillen tiefen Grün des Hains schien ihr wie ein Sakrileg. Heutzutage würde so eine Straße vermutlich nicht mehr genehmigt werden. Bamberg kämpfte seit Jahren mit dem anschwellenden Verkehr, Kompromisse zwischen vielen Überzeugungen mussten gefunden werden. Katinka stand meinungsmäßig eher jenen Leuten nahe, die den Umweltschutz vor den Autoverkehr und die individuelle Mobilität stellten. Neue Straßen mochten eine Zeit lang Erleichterung bringen; doch bereits wenige Jahre später stellte sich meist heraus, dass sie ebenfalls nicht mehr ausreichten. Irgendwann musste die Spirale des Immer-mehr-immer-schneller gebrochen werden. Nur: wie?

Sie selbst lebte im Grunde genauso! Sie wollte mehr Fälle bearbeiten, mehr Geld verdienen, das Haus weiterrenovieren, mehr Wohnungen vermieten. Kaum gab es eine kurze Durststrecke, wurde sie nervös. Als würde ihr die Macht über ihr eigenes Leben genommen.

Ich stecke genauso in der Monopoly-Ideologie wie alle anderen, dachte sie, als sie die Schillerwiese erreichte und im Vorbeijoggen das zarte Grün der alten und neu gepflanzten Eichen bewunderte, die die Wiese einfassten. Wenige Meter weiter stand ihr Lieblingsbaum am Wegrand: ein völlig zerklüfteter, von Schwämmen und Moos besiedelter Stamm, der von etlichen Wesen des Waldes zur Wohnstatt erklärt worden war. Er trieb seit Jahren nicht mehr.

Jemand trat hinter dem Baum hervor. Erschrocken wich sie aus. Geriet aus dem Rhythmus.

Ein Jogger. In einem schwarzen Shirt und schwarzen Hosen. Dennoch erkannte sie ihn. An seinem Piratentuch.

»Frau Palfy?« Er lief locker neben ihr her.

Sie fasste sich schnell. »Der Pressesprecher von Kvintu. Sie müssten doch seit spätestens fünf im Büro sitzen.«

»Die Privatdetektivin. Die mit der großen Sonnenbrille.«

»Die gehört Jana. Ich wollte ihr das Teil längst zurückgeben.«

»Und woher hatten Sie das Trikot?«

Katinka wurde langsamer. Lukas Lurahn musste auf sie gewartet haben. Oder ihr gefolgt sein. Oder wusste er um ihre morgendliche Rennstrecke? Hatte er sie beobachtet? Wann?

»Betriebsgeheimnis. Was kann ich für Sie tun?«

»Sie arbeiten doch für Jana.«

»Diskretion ist mein Job.«

»Sie ist am Boden zerstört.«

»Kein Wunder.«

»Besonders erfolgreich waren Ihre Aktivitäten ja nicht.«
Katinka tänzelte auf der Stelle. »Sie haben ein Problem.
Sie müssen sich mit den Medien und der Polizei herumschlagen. Die haben nämlich längst auf dem Zettel, dass in Ihrer Firma auf Teufel komm raus gemobbt wird. Dass Mitarbeiter abtauchen, um zu sich zu finden. Wie viele Kollegen haben in den vergangenen Monaten und Jahren eine Kur bekommen? Ein Sabbatjahr? Eine Auszeit? Um sich zu erholen und nachher in dieselbe Tretmühle zurückzukehren?«

Lukas wischte sich den Schweiß von der Stirn. »Ich müsste Sie sprechen. Aber ohne mir Vorwürfe anzuhören.«

»Kommen Sie in mein Büro.«

»Das halte ich nicht für opportun.«

»Ach nein?« Katinka setzte sich wieder in Bewegung. Der sonnige Einstieg in den Tag war Vergangenheit. Neue graue Wolken bedeckten den Himmel. Der Wind frischte auf.

»Jana hat Sie beauftragt, aber sie hat einen Fehler gemacht.«

»Welchen?«

»Sie hat Ihnen nicht alles gesagt.«

»Habe ich gemerkt.«

»Sie hat Angst.«

»Haben Sie was mit Jana?«

»Ist das wichtig? Im Sinne der Sache?«

Katinka schnaubte. »Sehen Sie, das ist der Punkt. Die Auftraggeber entscheiden selbst, was wichtig ist und was nicht. Ist ihr gutes Recht. Aber dadurch schicken sie mich unter Umständen auf die falsche Fährte. Und machen danach despektierliche Bemerkungen, wenn ich zu spät komme.«

»Jana und ich haben etwas herausgefunden. Wir sind uns nicht sicher. Ob es etwas Wichtiges ist oder nicht. Ob wir uns täuschen oder nicht. Wir haben da etwas im Hinterkopf.« Er senkte die Stimme.

Sie kamen zur Buger Spitze. Katinka schwenkte nach rechts, über die Brücke, um auf der anderen Uferseite zurückzujoggen.

»Und was wäre das?«

»Es geht nicht um Mobbing.«

»Also geht es um die Liebe. Amour fou, Eifersucht und Bettgeschichten.«

»Vergessen Sie die Liebe. Sie ist ausnahmsweise nicht der Punkt.«

»Apropos, wie geht es Alke?«

»Warum haben Sie eigentlich immer Alke auf dem Zettel?«

»Ich habe nicht Ihre Freundin auf dem Zettel, sondern Sie und Jana.«

»Wir sind kein Paar!« Er lachte auf. »Könnten wir etwas langsamer …?«

Katinka war selber froh, das mörderische Tempo drosseln zu können.

»Danke«, japste Lukas. »Jana und ich verstehen uns gut. Wir mögen unsere Firma und identifizieren uns mit ihr. Wir hätten bis vor Kurzem alles für Kvintu gegeben. Die Sache mit dem Sport ist doch nur ein äußeres Zeichen. Ein Symbol, in dem wir uns wiederfinden. Der Versuch, als Firma die Bamberger zu erreichen. Nach außen zu treten, auf einer anderen Ebene als der professionellen wahrgenommen zu werden.«

»Sie reden wie mein PR-Berater.«

»Haben Sie einen?«

»Was dachten Sie denn!«

Sie trabten ruhig nebeneinander her, lauschten auf den keuchenden Atem des anderen.

»Hier irgendwo ist Marie gestorben«, murmelte Lukas nach einer Weile.

Sie näherten sich wieder der vierspurigen Brücke.

»Ja. Kann sein.«

»Ich glaube, sie hat etwas herausgefunden.«

»Was?«, fragte Katinka scharf. Weit weg kam ihnen ein Mann mit einem riesenhaften Hund entgegen. Das Tier lief ohne Leine und baute sich angriffslustig auf, als es die beiden Jogger entgegenkommen sah.

»Was läuft. In der Firma. Wir wissen freilich noch nicht genau, worum es sich handelt. Es gibt Hinterzimmerabsprachen. Leute werden zu besonderen Treffen eingeladen. Wolfram Grät spielt eine Schlüsselrolle. Wir nehmen an, dass Hanne davon Wind bekam. Sie ging von der Fahne, weil sie sich in Gefahr wähnte. Nicht wegen Mobbing.«

Katinka wurde langsamer. »Nehmen Sie den Hund an die Leine!«, rief sie nach vorn.

Der Köter stand nun starr auf dem Weg, den Schwanz aufgerichtet. Ein Paket aus Muskeln, Sehnen und Leidenschaft. Er knurrte.

»He, Hund an die Leine!«, rief Lukas.

»Mein Hund hat das Recht, sich frei zu bewegen«, mäkelte das Herrchen.

»Shit, das ist ein Pitbullverschnitt. Das Vieh müsste sogar einen Maulkorb tragen«, stöhnte Katinka leise. Sie blieb stehen. Ihr Herz jagte.

Auch Lukas stoppte. »Wir haben nichts gegen Ihren Hund. Aber …«

Der Hund raste los. Wie ein Jet jagte er auf Katinka und Lukas zu.

Katinka fischte ihr Handy aus der Tasche und wählte Sabines Nummer.

»Sabine, Verstoß gegen die Kampfhundeverordnung. Wir sind am Leinritt, unterhalb des Berliner Rings. Schick eine Streife.«

Sie und Lukas standen stocksteif.

»Nicht in seine Augen sehen«, zischte Lukas.

»Es ist ernst, Sabine, das Vieh zerfleischt uns gleich.«

»Ich kümmere mich drum.«

Katinka wagte nicht, ihr Handy zurück in die Tasche ihres Softshells zu schieben. Nur den Hund nicht reizen.

Der Besitzer schlenderte indessen grinsend auf sie zu. »Na, Schiss?«

»Die Kollegen sind unterwegs«, sagte Katinka.

»Kollegen. Da lache ich ja. Diese Nummer ist ziemlich beliebt.«

»Wie Sie wollen. Nehmen Sie Ihren Hund an die Leine und gehen Sie Ihrer Wege!«

Die feuchte Hundeschnauze mit den gebleckten Zähnen war Zentimeter von Katinka entfernt.

»Wie gesagt, mein Hund hat das Recht, sich frei zu bewegen.«

»Die Gesetzgebung sieht das anders. Die können Ihnen das Tier wegnehmen, wenn Sie uneinsichtig sind.«

Der Pitbullverschnitt ließ ein tiefes Knurren hören.

»Pah!« Er lachte. »Ist bequem so, mit dem Handy am Ohr?«

»Wie alt ist er?«, schaltete Lukas sich ein.

»Vier. Komm, Chang.«

Chang rührte sich nicht von der Stelle. Stattdessen

knurrte er ausgiebig. Tänzelte auf den Hinterpfoten, bereit, zum Sprung anzusetzen. Es fehlte nur noch das letzte Quäntchen Ermutigung.

»Komm, bei Fuß.«

Chang machte keine Anstalten, seinem Herrchen zu folgen.

Katinka begann zu frösteln. Der Wind frischte auf. In Kürze würde der April sich wie so oft einen Spaß draus machen, Regen und Graupel niedergehen zu lassen. Ihr Zorn kochte. Aus den Augenwinkeln sah sie einen Radfahrer aus Stadtrichtung näherkommen. Der klingelte schon weit im Voraus, um für Platz auf dem engen Uferweg zu sorgen.

Abgelenkt drehte Chang sich um, ging in Startposition. Sein Herrchen griff beherzt zu und packte ihn am Halsband. Böse begann Chang zu bellen, stieg auf die Hinterbeine. Geifer spritzte. Gleichzeitig hörte Katinka ein Martinshorn. Die Streife würde gleich da sein.

»Wir reden später«, raunte sie Lukas Lurahn zu.

Der Streifenwagen kam über den Uferweg. Die Beamten stiegen aus, die Hand an der Waffe.

»So, junger Mann«, sagte einer von ihnen. »Dann sehen wir mal.«

29

»Die Redakteurin heißt Annika Wender.« Dante thronte wie der frisch gekrönte König der Welt auf Katinkas Besuchersessel. »Für den Fall, dass Ihnen die Info nützlich ist.«

»Ich bin raus aus der Sache.«

»So schnell geben Sie auf?«

Katinka zuckte die Achseln. Sie wusste selbst nicht, warum sie einfach losließ. Man las ständig davon. Wie wichtig das Loslassen war. Ballast abwerfen, schmerzhafte Gefühle überwinden.

»Der Hauptkommissar kriegt sich schon wieder ein. Eine Spur hat er nicht.«

Katinka sah auf die Uhr. Kurz nach fünf. Dante war frisch von der Polizeipressekonferenz bei ihr reingeschneit. Er legte eine Ausgabe des FT vor ihr auf den Tisch. »Studieren Sie meinen Artikel und Sie werden Antworten auf viele Fragen finden.«

»Heute früh habe ich mein Training gemeinsam mit Lukas Lurahn absolviert.«

»Der Mann hat echt Stress. Sein Telefon klingelt wahrscheinlich ohne Pause.«

»Mich wundert, warum Kvintu die Presse noch nicht zusammengerufen hat.«

»Sie geben eine Mitteilung nach der anderen heraus. Zwei Kondolenzbücher für Hanne Brenker liegen aus. Ein echtes. Und eines online. Sie haben sogar einen Link auf ihre Webseite gesetzt, der zu einer Art Zusammenfassung führt. ›Was wir bisher wissen‹ oder so ähnlich ist sie überschrieben.«

»Das ist nicht viel.« Katinka nahm die Zeitung und überflog Dantes Artikel. »Cyanidvergiftung, verabreicht in Hannes eigenem Teeproviant. Sehr hohe Dosierung. Tod trat sofort ein. Finita la commedia.«

»Die Polizisten lassen sich nicht in die Karten gucken. Verweisen auf die laufenden Ermittlungen und bitten um Verständnis. Kein Wort über Florian. Stattdessen reiten sie auf der Frage herum, ob es einer vom Filmteam war. Die Antwort lautet: eher nicht. Keiner der Leute war allein mit Hanne Brenker im Zimmer. Sie waren immer mindestens zu zweit, und die Zeugenaussagen, so sagt Polizeiobermeisterin Kerschensteiner, scheinen nicht abgesprochen. Das ist so gut wie sicher.«

»Ach, Sabine hat die Pressekonferenz gehalten?«

»Und der Hauptkommissar saß still daneben. Die Zeiten ändern sich.«

Katinka biss die Zähne zusammen.

»Seien Sie nicht eifersüchtig!« Dante lächelte. »Also, warum haben Sie mit Lurahn trainiert?«

»Er hat mir aufgelauert. Wollte mich sprechen. Nebenbei hat uns beinahe ein Hund zum Frühstück verspeist.«

»Schande!«

»Die Frage ist, warum Lurahn nicht zu mir ins Büro kommt!«

»Weil er Angst hat, dabei beobachtet zu werden. Weil er sowieso jeden Morgen läuft, so wie Sie.«

»Laufen Sie eigentlich nicht? Ich kann mir kaum vorstellen, dass Sie das Großereignis einfach so an sich vorbeiziehen lassen!«

»Das werde ich keinesfalls! Vergessen Sie nicht: Wir sind die vierte Gewalt im Staat!«

Katinka grinste. »Wie konnte mir das entfallen. Lurahn hat ein paar seltsame Dinge erzählt. Er und Jana hätten nachgeforscht. Außerdem hätte Marie etwas herausgefunden.«

»Was denn?«

»So weit kamen wir nicht. Dieser Pitbullmix hat uns an unsere Grenzen geführt.«

Dante schürzte die Lippen. »Sie haben etwas herausgefunden. Sie müssen natürlich ausfindig machen, was!«

»Ich bin am Überlegen, wie ich Lurahn noch mal treffen kann.«

»Beim Joggen natürlich. Kvintu joggt jeden Abend geschlossen über die Tag- und Nachttrainingsstrecke am Kanal.«

»Habe ich mitgekriegt. Allmählich geht mir dieser offen zur Schau gestellte Sportsgeist echt auf den Wecker.«

»Er ist die ideale Tarnung. Wann immer Sie einen von denen erreichen wollen – laufen Sie! Niemand wird Verdacht schöpfen, und belauscht werden können Sie auch nicht.«

Sein Handy gab drei Signaltöne von sich. Wie das Tuten eines Schiffshorns. »He!« Er guckte auf sein Display. »Ja, Wahnsinn!«

»Was?«

»Es ist ein Erpresserschreiben an die Stadt Bamberg aufgetaucht. Der Pressesprecher hat mir gerade gesimst. Ich muss los.«

»Was für ein Erpresserschreiben?«

»Steht hier nicht genau. Ich melde mich.«

Er sprang auf, schwang den Rucksack über die Schulter und glitt wie ein Geist durch die enge Gasse davon.

30

Katinka starrte eine Weile missmutig auf die Hauswand gegenüber. Schließlich raffte sie sich auf und rief Jana an.

»Hallo, Frau Palfy. Nein, sagen Sie nichts. Ich habe Ihre Anrufe nicht beantwortet. Ich konnte nicht.«

»Können Sie jetzt?«

»Ich habe mich krankschreiben lassen. Für ein paar Tage. Wollen Sie bei mir zu Hause vorbeikommen? Ich wohne an der Oberen Rathausbrücke, im Hinterhaus des Café Riffelmacher.«

Katinka hatte sowieso nichts Besseres zu tun. Es wäre ein echter Fortschritt, den Fall auch innerlich zu beenden. Das abschließende Gespräch mit der Klientin zu führen und einen Schlussstrich zu ziehen. Ein Minispaziergang ins Herz der Altstadt täte ihr gut.

»Ich bin in ein paar Minuten da.«

Sie schloss die Tür ab und ging los. Durch die Austraße, wo sie sich durch Grüppchen fröhlich schnatternder Studentinnen schob, an trotz des lausigen Wetters vollen Kaffeehaustischchen vorbei. Klar, auch als Studentin hatte sie Frust geschoben, hatte sie einsehen müssen, dass die Welt nicht gerecht war. In ihrem aktuellen Leben jedoch trug das Versagen einen Namen in Neonbuchstaben: Katinka Palfy. Verdammt dumme Entscheidung, Privatdetektivin zu werden. Sich außerdem mit einem Polizeibeamten in Sachen Privatleben einzulassen. Sie würde stets aufs Neue vor seinem langen Arm kapitulieren müssen. Jemand rempelte sie an; sie achtete gar nicht darauf. In dem Gedränge kam man sowieso kaum vorwärts, und wenn dann noch ein paar Superschlaue mit Mountainbikes durch den Tumult rollten …

Die Austraße mündete in die Lange Straße, und hier änderten sich die Verhältnisse. Die Studenten verschmolzen mit den Touristen, die jungen Leute verloren sich in einem endlosen Strom an älteren Herrschaften in Allwetterjacken mit Schildchen um den Hals, die nicht nur deren Namen bekannt gaben, sondern auch den Namen der Reisegesellschaft, mit der sie unterwegs waren. Bambergtouristen traten gern in Gruppen auf. Spazierstöcke wurden energisch auf den Asphalt gestemmt, Reden geschwungen, Souvenirtüten geschleppt.

Katinka überquerte die Straße und steuerte auf die Obere Rathausbrücke zu. Das mitten in die Regnitz gebaute Alte Rathaus stellte *das* touristische Muss der Stadt dar. Hier drängten sich mindestens ebenso viele Besucher wie vor dem Dom, schossen Fotos von der bunten Rokokofassade und drehten sich um die eigene Achse, bis sie die Fischerhäuser am Ufer der Regnitz entdeckten, die sich mit dem Attribut ›Klein Venedig‹ schmückten.

Katinka schnappte englische und russische Wortfetzen auf. Die Sonne kam heraus, und einige Touristen klappten beglückt die zerfledderten Regenschirme ein. Sofort füllten sich die im Freien stehenden Tische und Stühle der Cafés mit Gästen. Katinka navigierte an den runden Tischchen vor dem Riffel vorbei, kämpfte sich bis zum Haus vor und drückte auf die Klingel mit dem Namen ›J. Perl‹.

»Kommen Sie rauf, durch den Innenhof und in den zweiten Stock«, schnarrte Janas Stimme aus der Gegensprechanlage.

Sie wartete an der Wohnungstür. Sah völlig zerknautscht aus. Rotgeränderte Augen, Bademantel, barfuß.

»Ihnen geht's beschissen«, stellte Katinka fest.

»Beschissen ist noch geprahlt.«

Jana schloss die Tür hinter Katinka und drehte den Schlüssel zweimal um. »Möchten Sie was? Kaffee? Tee?«

»Ein Wasser wäre okay.«

»Man traut sich ja nicht mehr, irgendwo was zu trinken. Vielleicht ist Gift drin«, bemerkte Jana. Sie bat Katinka in ein großes Zimmer mit Küchenzeile. Eine Glastür führte auf einen winzigen Balkon über den Dächern. Traumhaft.

»Tolle Wohnung.«

»Ja. So was gibt's nur in Bamberg.« Sie drehte am Wasserhahn, füllte zwei Gläser. »Sorry, Mineralwasser habe ich nicht.«

»Schon in Ordnung. Sie sind auf dem Laufenden?«

»Ich checke alle Seiten im Web durch.« Sie wies auf ein geöffnet dastehendes Notebook. »Kontinuierlich. Wahrscheinlich täte es mir besser, zu arbeiten, aber ich kann nicht.«

»Was haben Sie herausgefunden?«

»Herausgefunden?«

»Die meisten Menschen lügen schlecht.« Katinka nahm Jana ein Glas aus der Hand. »Übrigens: Ihre Brille.« Sie legte die Sonnenbrille mit den Megagläsern auf den Couchtisch.

Jana sah nicht mal hin. Sie setzte sich aufs Sofa, klappte den Laptop zu und barg ihr Gesicht in den Händen. Katinka setzte sich ihr gegenüber. Jana steckte in einer höllischen Krise. Irgendetwas marterte sie. Etwas, das höchstens am Rand mit Hanne zu tun hatte.

»Haben Sie eine Idee, wer Hanne umgebracht haben könnte?«

Jana nickte. Katinka musste zweimal hinsehen. Jana bewegte tatsächlich den Kopf. Kaum wahrnehmbar.

Aufseufzend lehnte Katinka sich zurück. Sie musste warten. Jana brauchte Zeit. Geduldig sah sie zu, wie die Sonne ihre Strahlen ins Zimmer warf, eine Wolke kurz darauf das Licht schluckte. Ein Windstoß fegte durchs gekippte Fenster, eilig guckte die Sonne durch. Ein winziger Spalt Blau am Himmel, der in wenigen Sekunden wieder verschlossen sein würde.

»Ich habe meinen Job über ein Assessment-Center bekommen. Wir, die Bewerber, wurden auf Herz und Nieren geprüft. Es dauerte mehrere Tage. Wir waren im Thüringer Wald in einem Hotel. Im Skigebiet, mitten im Sommer. Absolut JWD. Sechs Leute für eine Stelle.«

»Sechs?«

»Ich habe mit 20, 30 gerechnet. Die haben vorher mächtig ausgesiebt.«

»Verstehe.«

»Sechs Leute waren da, alle ehrgeizig. Super ambitioniert. Die wollten diesen Job. Ich auch.« Jana rieb sich die Augen. »Die Situation war total seltsam. Wir wussten, dass wir gegeneinander antraten. Am Anfang haben wir uns verhalten wie in einem Seminar an der Uni. Man quatscht, redet, stellt sich vor. Doch innerhalb der kommenden Tage entfernten wir uns immer mehr voneinander. Wir trauten einander nicht. Jeder wusste: Entweder kriege ich den Job. Oder ein anderer. Ich gebe zu: Ich wollte den Job. Und die Prüfer und Trainer haben das sehr clever gemacht. Uns ausgespielt. Aufeinander gehetzt. Es fing harmlos an, dann wurden die Aufgabenstellungen immer unfairer. Ich weiß nicht, wie ich das beschreiben soll. Wenn du eine Aufgabe wirklich gut erledigen wolltest, implizierte das, dass ein anderer dumm dastand. Bloßgestellt. Schikaniert. Abgehängt. Ein Mädchen ist früher abgereist. Sie hat es nicht ausgehalten. Ich war damals dankbar drum. Eine weniger im Rennen.« Jana trank von ihrem Wasser. »Ich hielt sie für schwach. Dabei war sie die Starke, die Menschliche.«

Katinka nickte. Janas arrogante Fassade war zerbröckelt. Dahinter trat zu Katinkas Beruhigung ein Mensch in Erscheinung, der aus mehr bestand als aus Ehrgeiz und Arbeitswilligkeit.

»Ich blieb als einzige Frau unter vier männlichen Kandidaten zurück. Die Trainer hatten uns komplett unter Kontrolle. Videokameras überall. Heute könnte ich wetten, es waren sogar welche in unseren Zimmern. Wir hatten WLAN vom Hotel aus. Wahrscheinlich haben sie das auch angezapft. Als wenn sie unsere Gedanken unter Kontrolle hätten kriegen wollen! Ich war sowieso vorsichtig. Habe mit niemandem außerhalb telefoniert, nur einmal meinen Vater angerufen, um zu sagen, dass ich gut angekommen bin. Und wissen Sie was, Frau Palfy? Ich glaube, ich habe den Job gekriegt, weil ich keine Außenkontakte hatte. Das war ein Pluspunkt. Ich war ganz auf das Assessment-Center konzentriert.«

Katinka schwieg. Ihr Blick fiel auf das Notebook. Sie dachte an ihr Handy und die Möglichkeiten der modernen Kommunikation. Lukas Lurahn kam ihr in den Sinn. Wie er neben ihr herjoggte. Sie hätte ihn abhängen können. Was wollte er wirklich?

»Naja, ich habe ein paar von den Aufgaben ganz gut gelöst. Heute bin ich mir sicher: Die wollten wissen, wer am meisten gibt für die Firma. Wie sehr du deine mitgebrachten Prinzipien über Bord wirfst, um zu einem Teil der Firma zu werden. Die Gruppenaufgaben sind so konzipiert, dass man vordergründig für ein gemeinsames Ziel kämpft. Letzten Endes wollen sie sehen, ob man sich durchsetzt. Ob man aggressiv ist. Sie testen nicht Teamfähigkeit, sie testen Kompromisslosigkeit. Sie wollen keine Sachlichkeit; es kommt vielmehr gut an, wenn man schwächere Kandidaten auf die eigene Seite zieht und sie daraufhin fallen lässt.« Jana verschränkte die Arme vor der Brust. »Es war zum Kotzen.«

»Aber Jana, das wissen wir doch längst, oder? Fairness ist nur bedingt gefragt, und Kompromisse sind unerwünscht in der Jobwelt da draußen.«

Jana lachte auf. »Sie mögen das gewusst haben. Ich bin auf einer anderen Welle geschwommen. Ich wollte so gern diesen Job. Hatte wochenlang alles über Kvintu aus dem Netz gesaugt. Und ich wollte nach Bamberg. Das war mein höchstes Ziel. Als ich den Brief bekam, in dem mir mitgeteilt wurde, dass ich es geschafft hatte, da habe ich einen Tanz hingelegt. Vor Freude. Ich dachte wirklich, ich wäre auf der Sonnenseite gelandet.«

»Und jetzt glauben Sie das nicht mehr?«

»Ich habe hinter die Kulissen gesehen. Die haben im Assessment-Center letztlich getestet, wer am korrumpierbarsten ist. Wer am ehesten bereit ist, von seinen Überzeugungen zu lassen und zu einem anderen Menschen zu mutieren. Wer sich durch attraktive Angebote wie Geld, mehr Geld, Macht, mehr Macht und so weiter ködern lässt. Und ihre Wahl fiel auf mich. Nicht gerade ein Kompliment, oder?«

»Dass Sie das jetzt so sehen, spricht eher dafür, dass Sie eine innere Moral haben.«

»Aber sie war überdeckt. Wovon, das weiß ich nicht.«

Katinka überschlug ihre eigenen destruktiven Gedanken, die sie den ganzen Tag lang überschwemmt hatten.

»Hadern hilft nicht, Jana. Die Welt ist ungerecht. Es gibt Menschen, die sind die reinsten Brechmittel. Da beißt die Maus keinen Faden ab.«

»Sagen Sie mir nicht, ich sollte auf das Positive schauen. Das kann ich nämlich nicht. Denn die Geschichte geht ja weiter. Und ich bin ein Teil von ihr, irgendeine Figur in diesem Plot. Und Hanne auch.«

»Erklären Sie.«

»Kvintu ist nicht nur dieser tolle IT-Konzern mit den sportlichen Mitarbeitern. Kvintu hat Probleme. Finanzielle. Die Firma steht so gut nicht da.«

Katinka stieg das Blut in den Kopf. Verdammt, warum war sie nicht auf die Idee gekommen, nach dem Geld zu fragen? Geld war immer die erste Priorität, wenn Widerliches passierte.

»In den letzten vier Jahren hat sich einiges gebessert. Die Gewinne steigen, die Schulden nehmen ab. Es bleibt mehr vom Umsatz übrig.«

»Wo ist dann das Problem?«

»Warum bleibt mehr vom Umsatz übrig? Denken Sie mal nach! Entweder sinken die Ausgaben, aber das ist nicht der Fall. Oder sie buttern Geld ins Unternehmen.«

»Letzteres?«

»Ich bin mir nicht sicher. Ich glaube, dass im Hintergrund was läuft. Was Illegales. Irgendwo wird Geld aus der Firma gezogen. Nicht versteuert. Später wieder reingepumpt.«

»So eine Art Neben-Unternehmen?«

»Kvintu agiert weltweit. Der deutsche Zweig ist nominell selbstständig, aber die Strukturen sind da, um an anderen Orten in der Welt geschäftlich tätig zu werden. Vorkehrungen zu treffen. Ich weiß aber nichts Genaues.«

Katinka formulierte behutsam: »Sie werfen Kvintu vor, illegale Geschäfte zu betreiben, mit dem Ziel, die Firma zu sanieren?«

»Machen Sie sich nicht lächerlich. Sanieren? Das ist ein politisch korrektes Wort. Während man saniert, weil man den Wirt, von dem man sich ernährt, nicht abtöten kann, geht es im Kern natürlich darum, sich selbst die Taschen vollzustopfen. Wenn du etwas willst, nimm es dir.«

»Hanne Brenker wusste etwas darüber.«

»Ja. Und deswegen hat Grät dafür gesorgt, dass sie gemobbt wird. Mich haben sie außen vor gelassen. Ich stehe gut da in der Firma. Wenn die rausbekommen, dass ich jetzt auch nachforsche, sieht es schlecht für mich aus.«

»Grät hat befohlen: Mobbt Hanne Brenker?«

»Es gibt subtilere Wege, aber im Prinzip lief es so!«

»Haben Sie Beweise?«

Jana schüttelte den Kopf.

»Sie und Lukas haben doch nachgeforscht, oder?«

»Nichts Konkretes. Lediglich Andeutungen, verschwommene Erinnerungen. Wir haben niemand, den wir namentlich auf seine Aussagen festlegen können. Notfalls leugnen die Leute, jemals mit uns gesprochen zu haben.«

»Warum haben Sie mich wirklich engagiert?«

Jana knetete ihre Finger. »Ich hatte Angst um Hanne. Das war zwar nur so ein unklares Gefühl …«

»Sie wollten Ihr Gewissen erleichtern? Indem Sie mich auf die Suche schicken? Mit ungenauen Informationen?«

Jana stöhnte. »Es tut mir leid. Ich habe Mist gebaut. Ich bekam plötzlich Schiss, als ich bei Ihnen im Büro saß. Ich merkte, hej, jetzt wird es ernst.«

»Wurde es ja auch.«

»Ich habe das alles nicht so richtig an mich rangelassen.«

»Verdrängung ist eine starke Kraft.« Katinka schüttelte den Kopf.

»Hätten Sie sie denn gefunden, wenn ich Ihnen alles gesagt hätte?«

Katinkas Ärger verrauchte. Vielleicht hätte sie. Sie wäre anders an die Dinge herangegangen. Sie hätte die Firma selbst unter die Lupe genommen. Hätte, hätte. Hanne musste in ein fettes Hornissennest gestochen haben.

Anders ließ sich ein Mord vor laufender Kamera nicht erklären.

»Das lässt sich nicht mehr feststellen, Jana. Denken wir in die Zukunft: Was wollen Sie jetzt tun?«

Jana sah Katinka hilflos an. »Ehrlich gesagt, ich habe keine Ahnung.«

31

Katinka hastete zu ihrer Detektei zurück. Der Wind fegte durch die Gassen. Eisig, zu kalt sogar für April. Als sie den Schlüssel ins Schloss steckte, ließ sich die Tür sofort öffnen.

Aber sie hatte abgeschlossen!

Katinka stieß die Tür mit der Schulter auf. Sah sich um. Ließ den Raum auf sich wirken. Der Schreibtisch stand da, davor die Sessel, unordentlich, Dante drehte sie bei seinen Besuchen vor lauter Eile und Dynamik in die unmöglichsten Positionen. Katinkas Blick fiel auf den Papierkorb. Am Überlaufen. Der Nebenraum. Die Tür war angelehnt. Sie blickte durch den Spalt in das kleine Zimmer. Es lag düster im Zwielicht eines weiteren wolkigen Tages.

Katinka berührte ihre Waffe. Sie trug sie fast immer bei sich. Schlechte Erfahrungen. Sie schloss die Eingangstür und ging auf den Nebenraum zu. Es war ganz still, die Geräusche der Stadt schienen verschluckt worden zu sein oder aufgesaugt von einem gigantischen lärmfrei arbeitenden Exhaustor.

Niemand war hier. Das Faxgerät hatte ein Blatt ausgespuckt. Eine Werbung für juristische Fachseminare.

Katinka griff danach, zerknüllte es. Staub tanzte vor dem Fenster im spärlichen Licht. Sie blickte in den engen Hinterhof hinaus.

100-prozentig hatte sie abgeschlossen. Erschöpft schloss sie für einen Augenblick die Augen. Wenn die Räume ihr nur Auskunft geben könnten! Manchmal funktionierte das. Räume teilten sich mit. Wenn man aufmerksam war und nicht zu spät kam.

Wusste jemand, dass sie Jana angerufen hatte?

Der Kühlschrank sprang an.

Katinka setzte sich an den Schreibtisch. Ließ ihren Blick durch den Raum schweifen.

Sie konnten ihr Handy nicht angezapft haben. Sie hatte es in der Jackentasche, als sie bei Jana war. Höchstens eine Software konnten sie ihr unterjubeln, aber sie hatte ein passendes Anti-Spy-Programm auf dem Mobiltelefon. Anders das Festnetztelefon.

Sie betrachtete die Schnur des Basisteils. Folgte ihr bis zur Steckdose. In dem Wust aus Kabeln und Mehrfachsteckdosen, mit denen sie die vorsintflutliche Ausstattung ihrer Büroräume aufgerüstet hatte, fiel das winzige weiße Kästchen nicht sofort auf. Die Typen mussten sie für eine Stümperin halten.

Das kleine Gerät war clever konstruiert, so simpel wie effektiv zwischen Basisteil und Telefonbuchse installiert. Sie kroch unter den Schreibtisch. Seitlich waren ein Slot für eine Micro-SD-Karte und einer für eine Handy-Karte. Sobald Katinka mit ihrem Telefon telefonierte oder einen Anruf entgegennahm, würde ihr Gespräch an ein Handy weitergeleitet.

Macht durch Information, schoss es ihr durch den Kopf. Jemand teilte ihr mit: Wir kennen dich. Wir wissen ziemlich viel über dich. Und bald werden wir noch mehr wissen.

Schaudernd tauchte Katinka aus dem Staub aus. Wenn sie die Wanze entfernte, wäre den Leuten am anderen Ende klar, dass sie sie durchschaut hatte. Es wäre besser, die Ahnungslose zu spielen.

Sie rief Dante an.

»He, Frau Palfy, noch auf der Pirsch?«

»Ich würde Sie gern mal zum Essen einladen. Nicht beruflich.«

»Geht's um die Wohnung?«

»Genau. Wann haben Sie Zeit?«

»Heute Abend.« Dante klang ziemlich überrascht.

»Super, bei der Gelegenheit besprechen wir alles, was mit der Renovierung zusammenhängt. Ich brauche vor allem einen Installateur und einen guten Elektriker. Vielleicht könnten wir uns die Kosten teilen, und Sie zahlen im ersten Jahr weniger Miete.«

»Wow.«

»Also um acht im Pelikan?«

»Jep!«

»Bis dann.«

Katinka legte auf. Sie stellte sich vor, wie jemand das Gespräch am PC wieder und wieder abspielte, um darüber zu befinden, ob irgendeine geheime Nachricht in dieser kurzen Konversation versteckt war.

32

Mit dem Bug Detektor in der Faust macht sich Katinka auf die Suche nach Abhörgeräten in ihrer Wohnung. Das Gerät hatte eine Detektionsreichweite von 20 Metern und spürte Funkwanzen, Kameras und Videowanzen in einem Frequenzbereich von 100 MHz bis 6 GHz auf. Sie fand nichts. Sie schnappte sich Hardos Schlüssel und überprüfte seine Wohnung. Negativ.

Sie schaltete ihr Handy aus, nahm den Akku raus, legte alles in den Kühlschrank und wiederholte den Check.

Reine Luft.

Auch ihre Außenvideoaufzeichnungen waren keine Hilfe. Außer zweien der drei Studenten, die bei ihr wohnten, war heute niemand zum Haus gegangen. Katinka musterte die Technik in ihrer Diele argwöhnisch. Den ganzen Sicherheitskram hatte sie sich vor einiger Zeit angeschafft, als sie im Innenhof überfallen worden war. Gebracht hatte ihr die Hightech in Sachen Verbrechensaufspürung bisher nichts.

Von ihrem privaten Festnetzanschluss aus rief sie Dante an.

»Schon wieder Sie?«

»Sorry. Könnten wir unseren Treffpunkt verlegen? Können Sie später? Um zehn?«

»Zum Essen? Bis dahin bin ich verhungert.«

»Dann treffen wir uns eben nicht zum Essen. Hauen Sie vorher rein. Im Orlando in der Austraße?«

»Na gut.« Jemand rief im Hintergrund seinen Namen. »Ich muss Schluss machen.«

Katinka stieg die Treppen hinauf, in der einen Hand

den Bug Detektor, in der anderen das Telefon. Setzte sich in eine der beiden leeren Wohnungen. Der Wanzenfinder empfing kein Signal.

Sie rief Ben an.

»Ja?«, antwortete er unwirsch.

»Katinka Palfy hier.«

»Was wollen Sie?«

»Haben Sie es gehört?«

»Das mit Hanne Brenker? Klar. Das Netz ist voll von Infos zu dem Mord. Mein Gott.«

»Ich möchte mich mit Ihnen treffen. Sofort, wenn's geht.«

»Warten Sie zwei Minuten«, spottete Ben. »Ich checke meinen Terminkalender durch.«

»Selbe Stelle wie am Freitag?«

»Okay.«

Sie legte auf.

Katinka nahm das Fahrrad. Es begann zu regnen. Sie zog sich die Kapuze ins Gesicht. Eine Kirchturmuhr schlug fünf.

Als sie an der ›Symphonie an der Regnitz‹ vorbeifuhr, zog sich ihr Magen zusammen. Nichts war mehr zu sehen von dem Aufgebot an Übertragungswagen, Equipment und Menschen, die hier am Samstag zur Fernsehübertragung aufgelaufen waren. Ein Golf parkte direkt vor dem Eingang.

Hardo.

Vor Überraschung geriet Katinka ins Schlingern. Ein Hupen riss sie aus ihren Gedanken. Der Autofahrer, der sie akustisch zur Seite geschoben hatte, schüttelte, als er sie überholte, wütend die Faust.

»Selber Idiot«, murmelte Katinka.

Hardo hatte also in der Konzerthalle zu tun. Das ging sie nichts mehr an. Sie war außen vor. Schluss. Der Fall war nicht mehr ihrer.

Fragt sich bloß, warum ich mich trotzdem mit Ben treffe, dachte sie. Auf Höhe des angrenzenden Hotels rollte sie auf den Gehsteig, blieb eine Weile stehen. Sah zurück. Hardo und Sabine kamen aus dem Haupteingang und stiegen in den Golf.

Etwas Fieses fraß sich in Katinka fest. Ein bösartiger Nager. Einer, der, von ansteckenden Krankheitserregern befallen, seine Bakterien in ihren Körper übertrug. Der Golf startete. War binnen Sekunden aus ihrem Blickfeld verschwunden.

Katinka trat in die Pedale. Nur weg von dem Nager. Dem hinterhältigen Pochen in der Magengegend. Nur weg von den Gedanken, die sie aufzufressen drohten. Etwas war zerstört, und doch weigerte sie sich, die Schuld bei sich selbst zu suchen. Oft genug hatte sie in ihrem Beruf in Konkurrenz zu Hardo gehandelt und dabei das eine oder andere Mal knapp neben dem Gesetz gelegen. Aber nie zuvor hatte sich ein derartiges Schweigen zwischen sie und Hardo gedrängt. Stimmte, was Sabine behauptet hatte? Waren sie beide einfach zu stur, um nach dieser Zwangspause aufeinander zuzugehen?

Der Regen peitschte ihr ins Gesicht. Passend zur Stimmung.

Ben lehnte, Schutz vor dem Regen suchend, am Stamm einer dicken Akazie.

»Hi«, rief Katinka und sprang vom Rad.

»Blöder Treffpunkt. Gehen wir in die Uni?«

»Warum nicht.« Sie würden dort nicht auffallen.

»Wieso wollten Sie mich treffen?«

»Sind Sie so nett: Nehmen Sie den Akku aus Ihrem Handy.«

»Was?«

»Es ist mir ernst.«

»Okay.« Er fummelte an seinem Handy.

Katinka schob die Hände in die Taschen. Sie fühlte das Gewicht ihrer Pistole. Ihr eigenes Handy hatte sie zu Hause gelassen. Niemand konnte sie hier überwachen.

»Es geht um den Mord an Hanne Brenker. War die Polizei bei Ihnen?«

»Ach – interessieren die sich jetzt doch für Marie? Warum sie starb?«

»Meine Quellenlage ist zurzeit nicht besonders gut.«

»Bei mir war keiner.«

»Wir haben neulich über Ihre Schwester gesprochen. Sie haben berichtet, dass sie vor lauter Liebeskummer nicht mehr sie selbst war.«

»War sie auch nicht.«

»Worüber haben Sie mit Marie geredet, wenn Sie sich trafen? Hatte sie Themen, die ihr wichtig waren?«

»Themen?«

Katinka wäre ihm vor Ungeduld am liebsten an die Gurgel gegangen. Stattdessen steuerte sie auf die Cafeteria zu. »Was Warmes zu trinken?«

»Klingt verlockend.«

Sie kauften zwei Kaffee und setzten sich in eine ruhige Ecke.

»Also: Haben Sie Ihre Schwester oft gesehen, bevor sie starb? Sie haben sich doch gut verstanden. Haben Sie mit ihr geredet?«

»Na, wie ich schon sagte, über ihren Typen wollte sie nicht reden.«

»Abgesehen von dem Typen.«

»Was anderes hatte sie ja nicht im Kopf.«

Katinka musterte den jungen Mann mit der späten Akne. Als hätte eine bittere Traurigkeit sich in seinem Gesicht festgebissen.

»Wissen Sie, Ben«, sie senkte die Stimme, »ich habe Anlass zu glauben, dass Marie nicht von ihrer Affäre so erschüttert war, sondern von etwas ganz anderem. Bei Kvintu läuft ein linkes Ding, und es könnte sein, dass Marie davon Wind bekommen hat.«

»Was für ein linkes Ding?«

Sie sah ihn ernst an. »Können Sie schweigen?«

Er nickte.

»Ich weiß noch nichts Genaues. Es ist unheimlich schwer, aus den Leuten, die was wissen könnten, auch nur die dünnsten Informationen rauszupressen. Vermutlich haben einige höhere Tiere einen Weg gefunden, illegal Kapital in die Firma zu pumpen. Und wieder abzuziehen.«

»So eine Scheiße!«

»Ich muss mich darauf verlassen können, dass Sie erst mal niemandem etwas sagen.«

»Mache ich nicht. Meinen Sie, Marie ist denen auf die Schliche gekommen?«

»Womöglich hat sie sogar aktiv nachgeforscht.«

Ben stützte den Kopf in die Hände. »Sähe ihr ähnlich.«

»Echt?«

»Naja, sie war ein umtriebiger Typ. Und neugierig! Sie hat ihre Nase in alle möglichen Angelegenheiten gesteckt. Hat oft gesagt, hej, Ben, man muss sich einmischen. Es kann uns nicht egal sein, wenn ein paar Menschen in unserer Gesellschaft die Regeln aufstellen und uns andere als ihre Verfügungsmasse verstehen.«

»War sie irgendwo engagiert, bei *attac* zum Beispiel?«

»Nein, nicht so richtig. Sie wollte Journalistin werden und deswegen Abstand halten. Kritisch beobachten, nicht mitmachen, hat sie gesagt.« Er rührte in seiner halb leeren Tasse. »Wir haben ab und zu drüber geredet, dass in der Welt draußen das Recht des Stärkeren gilt. Dass es keine Ethik gibt. Zumindest in der Wirtschaft nicht. Wirtschaft und Ethik passen nicht zusammen, fand Marie. Sind unvereinbar. Es gibt eine dünne Schicht Leute, die nehmen sich einfach, was sie wollen. Haben keine Skrupel. Komisch. Dass mir das jetzt wieder einfällt ...«

»Und weiter?«

»Naja, wir haben gern diskutiert. Auch mit meiner Mutter. Die ist ohnehin links eingestellt. Eine richtige Sozialistin, die, seit sie denken kann, auf die bessere Welt wartet. Für meine Mutter bedeutet Marktwirtschaft eine Herabwürdigung der Menschen. Menschen werden zu Waren. Marie schloss sich dieser Meinung an, wenn auch weniger aus dem Bauch raus als Mutter. Einmal meinte sie, die Wirtschaftler aus den USA, die hätten nichts anderes gelernt. Die glauben, dass sie richtig handeln, wenn sie einzig und allein nach Zahlen gehen und nicht danach fragen, ob jemandem die Existenzgrundlage wegbricht. Arroganz pur.« Er starrte in seine Tasse.

»Nehmen wir an, Kvintu geht genauso menschenverachtend vor, wie Marie es verurteilt. Nehmen wir weiter an, dass Marie davon etwas aufschnappt. Wie hätte sie reagiert?«

»Sie wäre der Sache auf den Grund gegangen.«

Katinka schlug mit der flachen Hand auf den Tisch, dass ihre Kaffeetasse hüpfte. »Da haben wir's.«

»Was?«

»Sie hat geschnüffelt, ist jemandem bei Kvintu in die Quere gekommen.«

Ben runzelte die Stirn. »Ist das Fantasie? Oder nur die logische Konsequenz aus dem, was wir wissen?«

»Beides. Wo sind Maries Sachen?«

»Ihre Sachen?«

»Unterlagen, Dokumente, Laptop. Sie muss doch einen Laptop gehabt haben.«

»Den benutze ich jetzt.«

»War da nichts drauf?«

»Ich habe die Files nicht angerührt. Konnte ich nicht.«

Katinka atmete tief durch. »Haben Sie Zugang zu ihrem Mail-Postfach?«

»Ich habe ein Heft gefunden, da stehen all ihre Passwörter drin. In die Mailbox habe ich nie reingeschaut.«

»Ihr Handy?«

Ben griff in seine Hosentasche. »Hier. Ich hab's übernommen. Konnte mir kein Smartphone leisten. Jetzt habe ich ihres.«

Es klang beinahe betreten.

»Okay.« Katinka nahm das Handy. »Darf ich das auswerten? Sie kriegen es zurück.«

Er sah skeptisch drein.

»Ben, wenn ich etwas finde, das darauf hindeutet, dass Marie in ein Wespennest gestochen hat, kann ich die Infos der Polizei vorlegen und sie vielleicht überzeugen, dass Marie umgebracht wurde.« Sein hoffnungsvoller Blick schmerzte. »In Ordnung?«

Er nickte langsam.

»Ich kann nichts versprechen. Die Chance immerhin besteht.«

»Na gut.«

»Morgen um die gleiche Zeit hier. Sprechen Sie mit niemandem darüber.«

»Kriege ich das Handy morgen zurück?«

»Auf alle Fälle.« Katinka stand auf. »Hatte Marie Arrhythmien? Herzstolpern? Hat sie was gesagt?«

»Hatte sie definitiv nicht. Sie hat sich durchchecken lassen. Da war nichts. Fragen Sie Doktor Oberer, der war ihr Hausarzt.«

»Mache ich. Bis morgen.«

33

»Ich mache Schlösser.« In tiefem Oberbairisch klang der Satz bedrohlich.

»Gustl, erzähl mir nicht die Story vom Pferd! Von dir habe ich den Bug Detektor.« Katinka legte Bens Handy auf den Tresen. »Check mir das Teil durch und krame alle Files und Prozesse und ich weiß nicht was raus. Besonders die Vorgänge vor dem 28. März.«

Gustl Reimer rieb sich die Hände an seiner Latzhose ab. Auf dem Latz stand: ›Schließ- und Schlössertechnik zu Ihrer Sicherheit‹. Er hatte ihr bei der Ausstattung des Hauses in der Concordiastraße geholfen. Außerdem beriet er sie technologisch bei allem, was man unter dem Stichwort ›Abhörschutz‹ zusammenfassen konnte.

»Weil du's bist.«

»Ihr Oberbayern seid halt doch zu was zu gebrauchen!«

»Hör auf damit, mir Honig ums Maul zu schmieren!«

»Freu dich doch! Ist schließlich ein Verdienst, es als Oberbayer in Oberfranken auszuhalten.«

Er zeigte ihr einen Vogel. »Wo bist du denn dran? Beruflich?«

»Hast du von dem Mord in der TV-Talkrunde gehört?«

»Ich hab's gesehen. Live. Ziemlich schockierend. Habe mir erst mal ein Bier geholt.«

»Ein fränkisches, hoffe ich.«

Er lachte laut. »Sieh zu, dass du Land gewinnst. Ich mache mich über das Handy her. Dann melde ich mich.«

»Ich komme lieber vorbei. Keine Anrufe.«

Katinka fuhr in die Detektei und widmete sich ihrem Papierkram. Sollte sie jemand observieren, würde er sie dabei beobachten können, wie sie am Schreibtisch saß.

Um zehn schloss sie ab. Die Hasengasse lag im Dunkeln. Vom Fluss her hörte sie testosterongeschwängertes Grölen. Saufen war offenbar zu jeder Jahreszeit der trendigste nächtliche Zeitvertreib.

Zwei Minuten später saß sie im Orlando und bestellte einen Espresso. Kaum stand die Tasse vor ihr, stürmte Dante das Lokal.

»Frau Palfy! Meine spärliche Freizeit …«, begann er.

»Trotzdem danke, dass Sie kommen konnten.« Sie senkte die Stimme. »Könnte sein, dass jemand mithört.«

»Trinken wir was und ziehen weiter!«

»Ihr Handy?«, raunte Katinka.

Er schaltete es aus und nahm den Akku raus. Schob es ganz unten in seinen Rucksack. Die Bedienung kam. Dante bestellte eine Orangina.

»Wer beobachtet Sie?«

»Jemand hat mir eine Wanze ins Telefon gebastelt. Ich habe mit Ihnen nur ein Telefongespräch über ein unverfängliches Thema führen wollen, damit die mit den Lauscheohren am anderen Ende keinen Verdacht schöpfen und merken, dass ich die Wanze gefunden habe.«

»Da habe ich mich auf ein Thai-Essen gefreut ...« Weinerlich verzog Dante das Gesicht.

»Ein andermal. Mein Handy liegt sicherheitshalber zu Hause im Kühlschrank. Könnten Sie mir eine anonyme SIM-Karte besorgen? Für ein 08-15-Handy? Kein Smartphone.«

»Geht klar. Mache ich gleich morgen früh. Prepaid.«

»Gut.«

»Wer, Frau Palfy?«

Sie zuckte die Achseln. »Gehen wir.«

Sie zahlten und verließen das Orlando. Kreuzten durch die Fußgängerzone. Es nieselte leicht.

»Niemand zu sehen.« Verstohlen blickte Dante sich um.

Katinka war nicht überzeugt. Clevere Verfolger achteten darauf, ihrem Zielobjekt vorauszugehen und nicht treudoof nachzulaufen.

»Marie scheint bei Kvintu etwas aufgestöbert zu haben.« Katinka berichtete von ihrem Gespräch mit Ben. »Gustl checkt gerade Maries Handy. Morgen bringt mir ihr Bruder ihren Laptop mit. Ich hoffe inständig, irgendwo was Hilfreiches zu finden.«

»Sie meinen, sie hat das Nest beschmutzt, in dem sie sitzt?«

»Im Moment ist es Spekulation, das gebe ich zu. Warten wir ab, was die Geräte hergeben.«

»Und haben Sie mir nicht mal erzählt, Marie wäre auf

eine sichere Stelle in der PR aus? Stattdessen hat sie plötzlich Sehnsucht, Investigationsjournalismus zu betreiben?«

»Wer jung ist, ändert seine Meinung andauernd.«

Dante wiegte den Kopf. Er trug die Ohrenklappenmütze. Das ließ darauf schließen, dass der Frühling keineswegs nach seinem Geschmack war. »Machen Sie das jetzt gratis?«

Katinka seufzte.

»Oder wischen Sie dem Hauptkommissar eins aus?«

»Die Polizei hat Marie nicht mehr auf dem Zettel. Aber irgendwas stinkt da.«

»Sieht so aus. Jetzt hat jemand Sie im Visier. Jemand von Kvintu?«

Katinka hob die Hand. »Denken Sie mal nach: Marie hat eine Affäre mit diesem Grät. Kann die Liebelei sie so dermaßen aus den Schuhen hauen, dass sie fast depressiv wird? Sich niemandem mehr anvertraut? Oder ist das nicht ein Zeichen, dass sie viel tiefer in der Bredouille steckt, als wir bislang angenommen haben?«

»Seltsam, dass auch Hanne mit Grät … ich bin keine Frau, aber so ein toller Hecht ist der nicht.«

»Stimme zu.« Katinka grinste. Sie liefen über die Kettenbrücke. Unter ihnen glitt ein Frachtschiff durch den Kanal. Die Positionsleuchten schienen grell in der Schwärze der verregneten Nacht.

Dante lehnte sich ans Geländer. »Kennen Sie diese Filmszenen? Einer springt von einer Brücke auf ein Schiff. Keiner kriegt's mit. Er bricht sich nichts und fällt nicht ins Wasser. Stattdessen rettet er die Welt.«

»Geheimnisse der Filmindustrie.«

»Marie könnte etwas Kompromittierendes entdeckt

haben, genauso wie Hanne. Deshalb mussten beide sterben.«

»Möglich. Wobei Maries Tod kein Mord war.«

»Sie starb den plötzlichen Herztod. Eine junge Frau, die trainiert wie nicht gescheit. Super Tarnung für einen Mörder! Er musste sie nur hetzen!«

Katinka starrte Dante an. Im Licht der Brückenbeleuchtung wirkte sein Gesicht bleich. Ein fahler Mond direkt vor ihr. »Das meinen Sie jetzt ernst, oder?«

»Dass die Leutchen da alle laufen in diesem Betrieb, ist hinlänglich bekannt. Wer mitjoggt, kriegt schnell spitz, wer von den Kollegen sich im Vorfeld absetzt und wer nicht mithält.« Dante malte Kringel auf das nasse Brückengeländer. »Marie geht ständig an die Grenze. Jemand merkt das. Plant. Hetzt sie.«

»Wischnewski, ich weiß nicht. Das ist eine extrem unsichere Mordmethode.«

»Vielleicht wollte Mr. Unbekannt sie nicht umbringen. Sondern sie erschrecken, einen Warnschuss abgeben. Sie ist sozusagen zufällig gestorben. Angst kann einem Herzen was antun, wissen Sie!«

»Das muss ich erst mal verdauen.«

»Trinken wir noch was? Im Kino?«

Sie lösten sich von ihrem Aussichtsposten. Unter ihnen schwemmte der Kanal einen Baumstamm nach Westen. Der ständige Regen hatte die Wasserstände anschwellen lassen.

»Wenn es blöd läuft, kriegen wir wieder ein Hochwasser«, sinnierte Katinka.

»Manches läuft eben blöd.«

Sie schlenderten Richtung ›Lichtspiel‹. In der Kinolounge sammelten sich allabendlich echte Nachtschwärmer, die in Bamberg sonst kaum auf ihre Kosten kamen. Zu früh stellten die alteingesessenen Wirtsleute die Stühle hoch und löschten das Licht.

»Jana und Lukas forschen auch nach.«

»Sieht so als, als müssten wir nur warten, bis der Nächste abkratzt.«

»Verdammt, Wischnewski, das ist nicht komisch!«

»Nein, ganz und gar nicht. War Galgenhumor. Sie sollten trotzdem auf die beiden ein Auge haben.«

Oder auf mich selbst, überlegte Katinka, während sie Dante ins ›Lichtspiel‹ folgte.

IV. Nestbeschmutzer

René Girard war Kulturanthropologe und Religionsphilosoph. Er schrieb darüber, dass die Ausbreitung von Gewalt in einer Gesellschaft durch das Opfern eines Sündenbocks unterbrochen wird. In einer Gesellschaft, in der alle die Gewalt aller nachahmen, braucht man einen Schuldigen. Der wird geopfert, und danach sind die Verhältnisse wieder klar. Man schleudert alle Aggression auf dieses Opfer, ein einmütig als schuldig betrachtetes Individuum. Stoße den Schuldigen aus, und die Gruppe ist vom Gewaltpotenzial gereinigt. Es gibt keine Nuancen mehr, nur noch schuldig oder nicht schuldig. Dabei wird nur über das Individuum geurteilt, nicht aber über die Grundlagen des Machterhalts der Institution, die sich reinigen will. Das Individuum wird zum Bauernopfer.

Herkunft des Begriffs Sündenbock: jüdisch/biblisch. Der Hohepriester machte am Tag der Sündenvergebung die Sünden Israels bekannt und übertrug sie auf einen Ziegenbock, den man anschließend in die Wüste jagte. Man kennt den idiomatischen Ausdruck ›jemanden in die Wüste schicken‹.

Besteht in einer Gesellschaft über längere Zeit ein Zustand der Frustration, richtet sich die Aggression auf Individuen und Gruppen, die machtlos, unbeliebt oder leicht auszumachen sind. Dies sind z.B. Menschen, die isoliert dastehen, weil sie ihre Protektion verloren haben.

In Unternehmen gehören traditionsgemäß Praktikanten, Neue, Frauen, Leute ohne Netz sowie Befristete und Mitarbeiter mit geringem Gehalt zu den Machtlosen. Außerdem von Zeitarbeitsfirmen geschickte Leute. Whistleblower. Solche, die sich nichts gefallen lassen wollen. Solche, die hinter die Kulissen schauen. Solche, die nicht bei allem mitmachen.

Die Machtelite produziert ein Feindbild, das bestimmte Eigenschaften dieser Gruppen einschließt. Die Stigmatisierung hat begonnen.

Die Machtelite muss verhindern, dass andere, Unbeteiligte, ihre Hinterzimmeraktivitäten durchschauen. Noch mehr, dass ihre Hinterzimmeraktivitäten bekannt werden. Sie scheut Transparenz. Deswegen wird jemand, der Wissen und Information zu Machenschaften im Schatten und Korruption veröffentlicht, diskreditiert, unglaubwürdig gemacht. Man kürt ihn zum Sündenbock, statuiert ein Exempel. Man wirft ihm Rufschädigung vor. Anzeigen wegen Verleumdung werden erstattet. Skandale (und tieferes Interesse, etwa der Medien) müssen unbedingt vermieden werden. Daher wird der Whistleblower als Nestbeschmutzer (unter Kriminellen (vgl. I.) auch als ›Singvogel‹ bezeichnet) gebrandmarkt und in die Wüste geschickt (s.o.). Tatsächlich gab es schon Fälle von Falschinformationen, die von falschen Whistleblowern an die Öffentlichkeit gebracht wurden, mit dem Ziel, Whistleblowing als solches zu diskreditieren. Die Gesellschaft führt Krieg, ihre Waffen sind Information und Desinformation.

Dem Zuträger wird, wenn er angefangen hat, Dinge publik zu machen, eingeredet, er könnte zunächst die firmeninternen Mechanismen nützen, anstatt gleich an die Presse zu gehen. Wer so argumentiert, vergisst, dass viele Whistleblower genau das versuchen, aber gegen Mauern des Schweigens, der Lüge (s. II.), gegen Gewalt und Racheaktionen anrennen. Zivilcourage, die man ansonsten in der Gesellschaft so oft in den Himmel hebt, ist ein Begriff, den die Mächtigen in diesem Zusammenhang nicht kennen wollen. Dabei handeln Whistleblower uneigennützig. Der Begriff ›Nestbeschmutzer‹ zieht diese positiven Eigenschaften wortwörtlich in den Dreck. Gegen den Nestbeschmutzer wird aktiv gearbeitet: Er wird diffamiert, angezeigt, gemobbt. Je größer der mögliche Verlust ist, der durch den Geheimnisverrat entsteht, desto härter fallen die Aktionen gegen den Zuträger aus, bis hin zum Mord.

Im Nachkriegsdeutschland wurden noch Menschen, die auf Nazi-Verstrickungen bestimmter Politiker hinwiesen, als Nestbeschmutzer beschimpft. Es gab einmal einen ideologisch eingefärbten Begriff, der letztlich beinahe das Gleiche bezeichnete: ›Volksverräter‹. Dieses Wort ist heute nicht mehr in Gebrauch. Womöglich, weil die ›Völkerfrage‹ durch die ›Geldfrage‹ abgelöst worden ist.

21.4.2015 – DIENSTAG

34

Katinka joggte im Schnürlregen ihre morgendliche Trainingsstrecke. Hatte sie nicht gestern erst geschworen, den Fall Hanne Brenker abzuschließen? Sich um nichts mehr zu kümmern, was auch nur entfernt mit Kvintu zu tun hatte? Jetzt steckte sie tief im Morast. Im übertragenen Sinn, wenn sie an die Abhörwanze dachte. Und im wörtlichen Sinn sowieso, denn der Regen hatte über Nacht Bamberg endgültig aufgeweicht.

Zwischen Hardo und ihr herrschte nach wie vor Funkstille. Keiner von ihnen ließ sich zum ersten Schritt zur Versöhnung herab.

Sie hielt Ausschau nach Lukas Lurahn. Doch auf der gesamten Strecke begegnete sie nur einer Frau, die ebenfalls trainierte – sie lief Katinka entgegen, die Beine bis zum Po mit Schlamm bespritzt.

Der Regen rauschte. Auf dem Fluss bildeten sich Blasen, die platzten, neu wuchsen, platzten. Tausende und Abertausende.

Katinka hielt Augen und Ohren offen. Sie durfte nicht melodramatisch werden. Man bildete sich allzu schnell Dinge ein und wurde Opfer der eigenen Angst.

An der Buger Spitze lief sie wie gestern über die Brücke und joggte am gegenüberliegenden Ufer zurück. Dem Knaben mit seinem Pitbullverschnitt lag vermutlich nichts an einem verregneten Spaziergang. Sofern der Köter überhaupt noch in seinem Besitz war. Unter der Brücke, die den Münchner Ring durch den Hain führte, stand ein einsamer Angler in Ölzeug und hielt mit stoischem Gleichmut seine Angel in den Fluss. Ob bei einem solchen Wetter irgendein Fisch Interesse hatte, wagte Katinka zu bezweifeln. Sie joggte an dem Mann vorbei. Für Sekunden hatte sie ein eigenartiges Gefühl. Dabei würdigte er sie keines Blickes. Er hatte den Kragen seiner Jacke hochgeschlagen, nur die Nase guckte raus.

50 Meter weiter drehte Katinka sich um. Der Mann sah ihr nicht nach.

Um neun schneite sie bei Gustl Reimer rein.

»Du bist ja schneller, als die Polizei erlaubt.« Er nahm ein paar Blätter aus dem Drucker. »Hier, ich habe dir das Wichtigste zusammengesucht. Angerufene Nummern, eingegangene Telefonate. SMS. Ich konnte die ID überlisten und bin auf die Google-Seite gekommen, die sämtliche Handydaten speichert und synchronisiert. Über den Google-Account hat sie jedoch nicht gemailt. Das Adressbuch habe ich rausgesaugt, hättest du selbst kopieren können. Es waren keine Fotos auf dem Teil. Entweder hat sie nicht fotografiert oder das Zeug sofort ins Netz hochgeladen und die Spuren professionell verwischt. Ansonsten war nichts Seltsames drauf. Keine Abhörsoftware, falls du darauf scharf warst, keine Prozesse, die nicht mit Anrufen, SMS oder Adressbuch zu tun haben.«

»Stell mir eine Rechnung, Gustl. Beratung in Sachen Abhörschutz. Aus gutem Grund.«

»Mache ich. Schönen Tag!«

Katinka kaufte einen ›Fränkischen Tag‹ und radelte in die Detektei. Der Regen wurde weniger, im Süden der Stadt schienen die Wolken durchsichtiger zu werden. Diffuses Licht suchte sich Raum. Es erinnerte entfernt an Sonnenstrahlen.

Im Büro checkte sie alle Räume mit dem Bug Detektor. Bis auf die Wanze, die das Telefon mit der Buchse verband, fand sie nichts. Na gut.

Jetzt zur Zeitung. Dantes Artikel wurde auf Seite 1 groß angekündigt.

›Rätsel über Rätsel um den Mord an Hanne B.‹, lautete die Schlagzeile. Wenn man von diversen stilistischen Schleifen absah, waren die Informationen mehr als dürr. Es gab keine weiteren Erkenntnisse. Angeblich ermittelte die Polizei im privaten Umfeld. Das musste sie, schließlich waren das Private und Familiäre die Wurzel alles Bösen. Die Frage, die zu klären war, lautete: Wer hatte Zugang zu Hannes Teeflasche? Und wer hatte die Mittel und Möglichkeiten, Cyanid hineinzumischen?

Marie wurde in dem Text nicht erwähnt, dafür war Katinka dankbar. Neue Nachrichten überdeckten das Grauen eines Mordes vor laufender Kamera bereits. Und natürlich das immergrüne Thema ›Weltkulturerbelauf‹. Auch dazu hatte Dante ein Artikelchen verfasst, und eine Praktikantin war losgeschickt worden, um Stimmen auf dem Maxplatz einzufangen. »Freuen Sie sich auf den Weltkulturerbelauf?«, fragte sie Passanten und Einkäufer auf dem Markt. Vier Männer und drei Frauen lieferten brav eine Antwort ab; unterschiedliches Alter, unterschiedliche Herkunft, unterschiedliche Meinungen. Ordentlich gemacht und dabei stinklangweilig.

Katinka warf die Zeitung in den Papierkorb. Sie hätte gern Sabine angerufen, aber das verwanzte Telefon kam nicht infrage, und ihr Handy lag weiterhin im Kühlschrank. Sie musste warten, bis Dante ihr die anonyme SIM-Karte brachte. Wenn sie in die Polizeidirektion fuhr, lief sie womöglich Hardo über den Weg.

Müdigkeit überflutete sie. Das fahle Licht entzog ihr das letzte Quäntchen Energie. Dennoch raffte sie sich auf und checkte die Unterlagen durch, die Gustl ihr gegeben hatte. Die angerufenen Nummern waren nichtssagend. Es war niemand dabei, der im Umfeld des Falles im Rampenlicht stand. Das Adressbuch jedoch enthielt an die 500 Adressen. Katinka suchte nach bekannten Namen. Fand Ben, Grät, Brenker, Lurahn, Perl.

Perl?

Marie hatte Janas Nummer in ihrem Adressbuch. Katinka markierte die Stelle auf dem Ausdruck. Anschließend ging sie systematisch alle Nummern durch. Als ihr bereits die Augen tränten, blieb sie bei W hängen. ›Wischnewski‹ stand da. Sonst nichts.

Katinka holte tief Atem. Marie hatte Dantes Handynummer. Sie erkannte sie sofort, sie endete auf drei Siebener.

Katinka suchte nach einem Eintrag auf den Namen Alke Josbach, doch die war nicht im Adressbuch. Lurahn hatte vermutlich recht – sie klammerte sich zu sehr an die Theorie, dass Liebschaften einen Großteil des Terrors in der Welt bestimmten. Katinka seufzte. Okay, es ging nicht um Beziehungen. Jedenfalls nicht um Liebesbeziehungen.

Sie checkte die Kvintu-Webseite durch, schrieb die Namen der Vorstände raus und verglich sie mit Maries

Adressbuch. Nur ein Name stand in Maries Handy: Harry Vogler. Er war der Vorstandsvorsitzende. Eine Praktikantin hatte die Nummer des Vorstandsvorsitzenden gespeichert.

Katinka machte sich an die SMS. Über den Herbst gab es Unmengen, die zwischen ihr und Wolfram Grät hin und her gingen. Verabredungen, Uhrzeiten. Nichts Persönliches, bis auf eine Menge Smilies in Maries Nachrichten. Außerdem SMS an Ben und ihre Mutter. ›Hab dich lieb, Mama. Besos.‹ – ›Ich küsse dich, Bruderherz.‹

Katinka schluckte. Wut überkam sie und im selben Moment das zermürbende Gefühl von Hilflosigkeit.

35

Kurz darauf schneite Dante herein, eine Bäckertüte in der Faust.

»Ich dachte mir, ein Croissant am Morgen vertreibt Kummer und Sorgen!« Er zwinkerte.

»Merci.« Sie packte die Tüte aus. Tatsächlich, ein Schokocroissant von ihrer Lieblingsbäckerei. Und die versprochene Prepaid-Karte.

»Tja, ich muss dann.«

»Warten Sie, ich begleite Sie.« Katinka nahm ein uraltes Handy aus dem Schreibtisch, steckte es ein, zusammen mit der SIM-Karte, und folgte Dante nach draußen. »Gehen wir zum Fluss?«

»Warum nicht.«

Sie mischten sich in das Gedränge der Touristen, die

gerade an Bord des Ausflugsschiffes drängten. Katinka ließ sich auf eine Bank fallen. Sie löste den Verschluss an der Rückseite des Handys und fummelte die SIM-Karte hinein. Das beiliegende Formular mit dem Hinweis, die Nummer auf ihren Namen umzuschreiben, weil dies in Deutschland Pflicht sei, ignorierte sie.

»Die Karte ist schon freigeschaltet. Und anonym«, sagte Dante. »Keine Gefahr.«

»Super. Erklären Sie mir eins: Wie kommt Ihre Handynummer in Marie Santaríns Adressbuch?«

»Wie bitte?«

Katinka schielte zu den Touristen hinüber. Sie machten einen ziemlichen Lärm. Die ›Christl‹ schaukelte unter dem steten Anstrom an Fahrgästen. Dieselgestank trieb über dem Wasser.

»Sie hat Ihre Nummer in ihrem Handy gespeichert. Eindeutig Ihre. Mit Ihrem Nachnamen verknüpft. Wischnewski.«

Perplex starrte Dante Katinka an. »Sie müssen mir das jetzt glauben: Ich habe nie mit dieser Marie telefoniert.«

»Ich glaube Ihnen ja. Wissen Sie was? Ich denke, Marie wollte Sie anrufen. Nicht sofort, aber bei Gelegenheit.«

»Sie meinen, sobald sie ausreichend Material gegen Kvintu in der Hand hatte?«

»Wäre doch logisch. Sie hat sich die Nummer eines Journalisten besorgt, den sie für fähig hält, ihre Geschichte aufzugreifen.«

Dante schlug sich auf den Schenkel. »Fällt Ihnen was auf? Es regnet seit ungefähr einer Stunde nicht mehr.«

Katinka lachte. »Nachher treffe ich Ben. Er übergibt mir Maries Laptop. Dann werden wir sehen.«

Die Anlegestelle war leer, die ›Christl‹ drehte bei. Aus

dem Lautsprecher schallte die Stimme des Kapitäns, der die Highlights des bevorstehenden Ausflugs bekannt gab. Nur eine Frau in einem Regencape stand noch am Anleger und studierte die Abfahrtszeiten.

»Was war mit dem Erpresserschreiben?«

»Kommt nicht an die Öffentlichkeit. Die Polizei kümmert sich drum.«

»Worum ging's?«

»Worum wohl. Um das nächste Großereignis.«

»Den Weltkulturerbelauf?«

»Klar. Jemand will ihn hopsnehmen. Erinnern Sie sich an die Versorgungsstationen entlang der Laufstrecke? Man muss nur das Wasser vergiften, schon hat man die Kacke am Dampfen.«

»So einfach ist das nicht.«

»Je nachdem, wo man anfängt. Wo bestellt die Stadt das Wasser, das sie an die Läufer verteilt? Wie gesagt: Die Polizei ist dran.«

»Hat der Verfasser etwas Konkretes angedeutet?«

»Eben nicht.«

»Wurde eine Gegenleistung gefordert?«

»Nichts.«

Katinka seufzte. Jemand wollte Angst erzeugen und darüber Macht ausüben. Manche Leute standen auf so was.

»Wie gehen wir weiter vor?«, fragte Dante.

»Schauen Sie, ob Sie was über Harry Vogler rausfinden. Vorstandsvorsitzender bei Kvintu. Seine Nummer war auch auf Maries Handy.«

»Roger.«

»Ich rufe Sie an.«

»Übrigens habe ich mir auch so eine anonyme Karte besorgt«, lächelte Dante. »Tauschen wir die Nummern?«

36

Um Punkt fünf betrat Ben die Uni-Cafeteria und ließ sich neben Katinka auf die Bank sinken. Aus einer Einkaufstüte zog er den Laptop seiner Schwester.

Katinka hätte sich am liebsten allein über den Computer hergemacht, aber Ben blieb sitzen, und so beschloss sie, den Rechner mit ihm gemeinsam durchzuchecken.

»Haben Sie die Passwörter?«

»Hier.« Er legte ein Notizheftchen auf den Tisch. »Sie hat alles darin notiert.«

Ein ganzes Leben in online-Zugangscodes, dachte Katinka. E-Mail-Konto, Zugänge zu Facebook, Twitter, einer Flugbuchungs-Seite, Kundennummern von Telekom, Zalando und ein paar anderen Anbietern.

»Okay. Kann ich das ausleihen?«

Ben nickte. »Wo ist das Handy?«

»Hier.« Sie drückte es ihm in die Hand.

»Danke.«

Normalerweise hätte sie die Seiten mit ihrem Smartphone abfotografiert. Mittlerweile erschien es ihr sicherer, die wichtigsten Dinge nicht digital zu erfassen. Maries Mails konnte sie ebenso gut von ihrem eigenen Rechner aus lesen. Sie betrachtete die Files, die Marie angelegt hatte.

»Ich habe all ihre Sachen in einem Ordner zusammengeführt, damit ich mich auf der Festplatte ausbreiten kann«, erklärte Ben in entschuldigendem Ton. »Hier.«

»Gut gemacht.« Während Katinka ein paar Befehle eingab, sagte Ben zögernd:

»Ich glaube, mir folgt einer.«

»Wer!«

Er hob die Achseln. »Ein Typ mit einem Basecap und Lederjacke.«

»Herrje!«

»Gestern Abend stand er vor meiner Tür, als ich heimkam. Tat so, als würde er was suchen.«

»Und heute? Drehen Sie sich nicht um.«

»Er ist irgendwo hier. Ich spüre das. Ich kann ihn nicht sehen, aber ich habe ganz deutlich das Gefühl, dass mich jemand beobachtet.«

»Haben Sie sich Maries Sachen schon angeschaut?«

Er schüttelte den Kopf.

Sie gingen die Dateien durch. Im Ordner ›Uni‹ fanden sie Stoffsammlungen für Seminararbeiten und Mitschriften. Die waren schnell abgegrast. Außerdem gab es einen Ordner mit dem Titel ›Privat‹. Einzelne Themen waren in Unterordnern zusammengefasst.

Katinka sortierte die Dateien nach Datum. Die neuesten stammten vom 27. März. Letzte Änderung: 20.00 Uhr.

»›Fall Kobener‹.« Irritiert sah sie Ben an. »Sagt Ihnen das was?«

Er schüttelte den Kopf. Katinka öffnete die Datei.

Ernst Kobener, Obmann, gestorben am 17.7.2014 in Schottland. Autounfall??? Kobener war Whiskeyliebhaber und auf einer Rundreise. Mit seiner Frau.

»Das ist der ganze Text?«, staunte Ben.

»Scheint so.« Katinka sah aus dem Fenster. Es hatte den ganzen Tag nicht mehr zu regnen angefangen, und tatsächlich wagten ein paar Sonnenstrahlen den Durchbruch. Sie rief das Internet auf und überprüfte die Chronik. Gelöscht.

»Ja, das hat sie mir beigebracht. Immer den Verlauf löschen. Das habe ich von ihr übernommen.«

Katinka nickte. »Ich muss los. Einen Moment.« Sie sammelte ein paar Gratiszeitschriften ein und steckte sie in Bens Einkaufstasche. »So sieht es aus, als wäre der Laptop drin.«

Eine Gruppe Studenten verließ lärmend die Cafeteria.

»Da hänge ich mich besser an!«, bemerkte Ben. »Tschüss!«

37

Katinka hatte die Nummer der Kobeners schnell herausgefunden. In diesem Fall half ihr das alte Telefonbuch des letzten Jahres. Sie hatte es mitsamt Maries Laptop mit ins Cador genommen. Umgeben von Touristen, Studenten und vereinzelten Bambergern, die ein schnelles Bier trinken wollten, fühlte sie sich eindeutig sicherer als in ihrer Detektei. Mit dem Latte-macchiato-Glas in der Hand wälzte sie das Druckwerk.

Unter ›Ernst Kobener‹ gab es genau einen Eintrag. Eine Telefonnummer und eine Adresse in der Gartenstadt.

Mit dem anonymen Handy rief sie an. Eine Frauenstimme antwortete.

»Ja bitte?«

»Frau Kobener?«

Sofortiger Rückzug. »Wer ist da?«

»Mein Name ist Katinka Palfy. Ich bin Privatdetektivin und war mit dem Verschwinden von Hanne Brenker befasst. Sie haben davon gehört?«

»Wer hätte nicht davon gehört.« Pause. »Frau Brenker ist tot.«

»Darüber würde ich gern mit Ihnen sprechen.«

»Mit mir?«

Sie war misstrauisch. Das allein stellte eine wichtige Information dar.

»Wenn Sie möchten, komme ich zu Ihnen nach Hause.«

»Auf keinen Fall.«

»Wohnen Sie nicht mehr in der Gartenstadt?«

»Woher haben Sie diese Nummer?«

»Aus dem Telefonbuch.«

»Es war ein Fehler, sie mitzunehmen. Die Nummer, meine ich. Als ich umgezogen bin.«

»Frau Kobener, es ist wirklich wichtig. Am Telefon möchte ich aber nichts Genaues sagen. Ich treffe mich gern in einem Café mit Ihnen, wenn Ihnen das recht ist. Im Augenblick bin ich im Cador. Obere Rathausbrücke. Für Sie besteht keine Gefahr.«

»Warum … na egal. Ich komme.«

Sie legte so schnell auf, dass Katinka ihr Telefon verwundert ansah. So ein altes Handy hatte etwas für sich. Richtige Tasten zum Drücken und wenig Ablenkung durch Apps. Sie steckte es ein.

Frau Kobener fegte 20 Minuten später ins Café. Zielsicher ging sie auf Katinkas Tisch zu. »Frau Palfy, nehme ich an?«

»Und Sie sind Frau Kobener?«

»Evi Kobener, ja. Darf ich?« Sie war groß, schlank, mager fast. Um die 50. Das Gesicht war gekonnt geschminkt, das nussbraune Haar zu einem Pferdeschwanz gebunden. Wenige silbergraue Strähnen wanden sich darin.

»Bitte.«

Ein, zwei Minuten saßen die beiden Frauen einander gegenüber. Schließlich sagte Evi Kobener:

»Sie wissen von der Sache mit meinem Mann?«

»Er ist gestorben.«

»Nein. Sie haben ihn umgebracht. Das ist meine Meinung. Sollten Sie damit an die Öffentlichkeit gehen, werde ich leugnen. Ich will nicht auch noch ins Gras beißen.«

»Erzählen Sie!«

»Ernst – mein Mann – wollte eine Whiskey-Reise durch Schottland machen. Das ist der letzte Schrei geworden, so vor drei, vier Jahren. Alle tranken plötzlich Whiskey und faselten über Single Malt. Ernst an vorderster Front. Ich fand das okay, dass er endlich über was anderes redete als über seinen Job und diese perverse Firma.«

»Kvintu.«

»Hören Sie auf! Ich kann nicht mal den Namen aussprechen, ohne eine Gallenkolik zu kriegen.«

»Die Whiskey-Reise war ein Urlaub, nehme ich an?«

»Ernst ging seit ein paar Monaten zu Whiskey-Verkostungen, da lernte er Gleichgesinnte kennen, die ihm vorschwärmten, wie toll es in Schottland wäre. Daraufhin rotierte diese Idee in seinem Kopf. Eine Reise nach Schottland war plötzlich sein Lebensziel. Er wollte unbedingt, dass ich mitkomme. Ich mache mir nichts aus Whiskey und bin eher der Typ für die Städtetouren. Ernst versprach mir, dass wir ein paar Tage in Edinburgh bleiben. Also flogen wir hin und sahen erst mal die Stadt an, bevor wir Richtung Norden weiterfuhren.«

Die Bedienung kam an den Tisch. »Darf es etwas sein?«

Der Moment der Unterbrechung brachte Evi Kobener aus dem Konzept. »Okay. Okay. Ein Radler.«

»Für mich dasselbe«, sagte Katinka.

Sie saßen schweigend da, bis die Getränke kamen.

»Tja. Ich wusste ja nicht, dass ich ihn bald verlieren würde. Irgendwo ganz im Norden Schottlands. Wir hatten Whiskey verkostet – das heißt, Ernst hatte verkostet, ich war die Fahrerin – und fuhren in einen Ort, der ungefähr 20 Kilometer weiter lag. Dort wollten wir in einem Bed&Breakfast übernachten. An einer Engstelle krachte ein Felsbrocken auf unseren Wagen. Auf Ernsts Seite. Also links. In Schottland fahren sie links.«

Katinka nahm einen Schluck Radler. Evi Kobeners Blick war stahlhart.

»Ich muss Sie wohl nicht fragen, ob Sie verstanden haben, was passiert ist?«

»Ihr Mann kam ums Leben.«

»Es war Mord. Jemand hat an der Engstelle gelauert. Die Straße war schmal, obgleich neu angelegt. Es passte immer nur ein Wagen durch, entgegenkommende Fahrzeuge mussten warten. Die Straße führte an einem Berghang entlang. Einem sehr felsigen Berghang. Deswegen war da eine Engstelle, der Berg bewegte sich offenbar, und man hatte von der Straße ein Stück gesperrt. Man musste sehr langsam fahren. Gelegenheit genug für jemanden am Berghang, einen Felsen auf ein Auto zu schmeißen.«

»Einen Felsen.«

»Einen Brocken. Er hatte in etwa einen Durchmesser von einem Meter. Es krachte Geröll hinterher, das nahm ich wie durch Watte wahr. Ich war so erschrocken, als der Stein durch die Windschutzscheibe brach. Unser Mietwagen geriet ins Schleudern und ich setzte ihn mit der Schnauze voran gegen den Hang. Mir ist nichts passiert, ich fuhr ja ganz langsam. Zuerst dachte ich, mit Ernst ist alles okay. Er hatte gedöst, wir waren schweigend gefahren. Wahrscheinlich hat mich der Schock umnebelt. Ich starrte geradeaus, staunte, dass die Windschutzscheibe nicht mehr da war. Als ich endlich nach links sah, saß er da, mit eingeschlagenem Schädel. Überall Blut. Und Gehirnmasse. Ich habe geschrien. Wie am Spieß. Bis ich merkte, dass ich die Person bin, die schreit, hat ein anderer Wagen gehalten, und jemand hat die Polizei und einen Krankenwagen verständigt. Sie konnten nichts mehr für Ernst tun.« Evi Kobener fuhr mit dem Finger über den Bierkrug. »Wissen Sie, heute denke ich, Ernst hatte so viele Ängste. Krebs zu kriegen oder einen Herzinfarkt oder Parkinson. Oder dement zu werden … das bleibt ihm jetzt alles erspart. Der Bruchteil einer Sekunde hat gereicht, um ihn vor all dem zu bewahren.«

»Hat die Polizei den Unfall untersucht?«

»Klar. Für die Polizei war es einfach nur ein Unfall. Tragisch.« Sie beugte sich vor. In ihren Augen glitzerten Tränen. Und noch etwas anderes. Auflehnung. Trotz.

»Sie glauben nicht, dass es ein Unfall war?«

»Nein. Ich glaube, dass jemand Ernst aus dem Weg räumen wollte. Bisher habe ich mit niemandem darüber geredet. Nur einmal. Mit meiner Tochter. Sie wollte sofort eine ganze Lawine an Aktivitäten lostreten. Die schottische Polizei verrückt machen, Experten beauftragen, eine Exhumierung veranlassen. Ich habe ihre Ideen zu Kleinholz gemacht. Wollte nicht, dass Katja in Gefahr kommt. Alles, nur das nicht. Nun ja, sie hat sich letzten September verliebt, und der nette junge Mann hilft ihr, die Trauer über den Tod ihres Vaters zu verwinden.«

»Wie alt ist Ihre Tochter?«

»22. Sie studiert in München Theaterwissenschaften. Damit wird sie zwar verhungern, aber wenigstens entkommt sie den internationalen Konzernen.«

»Hatte jemand in der Firma«, Katinka senkte die Stimme, »Grund, Ihren Mann umzubringen?«

»Er war Vertrauensmann der Belegschaft. Ernst starb im Juli, und schon seit Januar gab es Stunk. Die Firma stand finanziell miserabel da. Allerlei Gerüchte machten die Runde. Dass es Spitz auf Knopf steht, dass soundso viele Leute entlassen werden. Man hatte Angst. Die Firmenleitung legte sich mächtig ins Zeug, um das Image aufzupolieren. Fortbildungen wurden angeboten, Incentives veranstaltet, es gab Einladungen zu tollen Wochenenden in Wellness-Hotels, um die Motivation zu steigern. Das Wir-Gefühl hochleben zu lassen. Bislang waren die Chefs und Chefchefs auf dieser Schiene nicht besonders rege. Bis sie merkten, dass Mitarbeiter umsorgt werden wollen. Menschen sind zu vielem bereit, wenn ihnen Honig ums Maul und Haselnussöl auf den Body geschmiert wird.«

»Die Firma hat die Loyalität gefördert.«

Evi Kobener lehnte sich zurück. »Schön gesagt, Frau Palfy. Kvintu kümmert sich seither intensiv darum, die Identifikation jedes Mitarbeiters mit der Firmenphilosophie zu fördern. So untergräbt man das Bedürfnis Einzelner, sich vom Betrieb ab- und sich vielleicht sogar gegen ihn zu wenden.«

»Einsichtig.«

»Dann allerdings kamen die oberen Zehntausend auf die Idee, den Sport als Teil des firmeninternen Teamgeistes draufzubügeln. Es gab Vergünstigungen und Anreize, wenn jemand in einer Sportgruppe mitmachte. Das reichte von Volleyball für die jungen Programmierer bis zu Pilates für die Damen in den Vorzimmern.«

»Keine dumme Idee.«

»Eben. Und eine Idee, die nicht dumm ist, funktioniert wie eine Schlaftablette. Alle sind zufrieden, haben etwas, worüber sie klatschen können, und kriegen ansonsten nichts mehr mit von den wirklich wichtigen Dingen.«

»Den Schulden der Firma.«

»Und den Machenschaften, die dafür sorgen sollten, dass die Schulden weniger werden.«

Katinka trank ihr Radler aus. Es schmeckte warm und matt. »Wissen Sie etwas über diese Machenschaften?«

»Wenn Sie so fragen: Ich habe Ihnen schon viel zu viel erzählt.«

»Ihr Mann war Vertrauensmann. Leute kamen mit ihren Problemen zu ihm. Was waren das für Probleme? Ist Ihr Mann irgendwie aktiv geworden und Leuten dabei auf die Zehen gestiegen?«

»Kein Kommentar.«

»Frau Kobener, tief drinnen wollen Sie doch, dass der Tod Ihres Mannes aufgearbeitet wird.«

»Legen Sie mir nichts in den Mund.«

»Ich habe es in Ihren Augen gesehen. Sie lassen sich nichts vormachen. Sie sind bereit zu kämpfen.«

Evi Kobener lachte auf. »Sehen Sie, das ist das Leben. Nichts ist einfach.« Ihr Blick wanderte in die Ferne.

»Sie meinen: Ihre Tochter?«

»Wenn Katja etwas passiert … Sie ist das Einzige, was mir geblieben ist. Das ideale Faustpfand. Ich bin erpressbar. Aber meine Tochter gebe ich nicht auf.«

»Kennen Sie Marie Santarín?«

»Nie gehört.«

»Sie ist die junge Frau, die tot im Fluss aufgefunden wurde.«

»Ach. Die Sportsnatur?«

»Sie war Praktikantin bei Kvintu, Geliebte des Finanz-
vorstands, und ich glaube nicht an einen natürlichen Tod
durch Herzstillstand beim Sport.«

Mit offenem Mund starrte Evi Kobener Katinka an.
»Sie meinen …«

»Als Nächste war Hanne Brenker dran. Haben Sie die
Sendung gesehen?«

»Nein. Nachher habe ich mir auf Youtube die Szene
angeschaut. Grauenvoll. Allerdings ist das Video mittlerweile von der Plattform verschwunden.«

»Wen wundert's.«

»Sicher nicht aus Gründen der Pietät, Frau Palfy. Pietät ist nichts als ein Vorwand, den man bei Bedarf gut einsetzen kann, um Informationen zurückzuhalten oder sie
verschwinden zu lassen.«

»Kennen Sie Jana Perl?«

»Nein.«

»Lukas Lurahn?«

»Der Knabe spricht ab und zu im Radio.«

»Wolfram Grät?«

Sie hob beide Hände. »Wenn ich einmal rede, Frau Palfy,
gibt es keinen Weg zurück mehr.«

»Niemand wird erfahren, dass ich die Auskünfte von
Ihnen habe.«

»Ha. Ha. Ha.«

»Harry Vogler? Sagt Ihnen der Name was?«

Evi Kobener lehnte sich zurück. »Vogler«, murmelte
sie. »Vogler.«

»Was hat Ihr Mann herausgefunden?«

»Sie lassen nicht locker, wie?«

Katinka seufzte. »Selten.«

Evi Kobener musterte sie. »War nett, mit Ihnen ein Bier

zu trinken.« Sie erhob sich. »Mit Vogler liegen Sie nicht falsch. Übrigens: Liebeleien gibt es überall im Berufsleben. Nicht nur in IT-Firmen.«

Katinka sah auf die Uhr, als ihre Gesprächspartnerin das Cador verließ. Halb neun.

38

Katinka ging geradewegs nach Hause. Das Gewicht ihrer Beretta beruhigte sie. Sie zählte die Toten: Ernst Kobener, Marie Santarín, Hanne Brenker. Eventuell noch andere. Wie weit Hardo mit seinen Ermittlungen wohl gekommen war?

In seiner Wohnung brannte kein Licht. Sie schloss ihre Tür auf. Schaltete das Licht ein. Das Fenster im Wohnzimmer stand halb offen. Sie schloss es. Obwohl es nicht mehr zu regnen begonnen hatte, fühlte sich die Luft in der Wohnung klamm und kalt an.

Sie legte den Laptop auf den Tisch und ging in die Küche. Öffnete die Kühlschranktür.

Ihr Handy war nicht mehr da. Ein paar Minuten stand sie vor dem offenen Kühlschrank.

Als sie die Tür zuwarf, hörte sie ein Scharren irgendwo. Vielleicht nur in ihrem Kopf. In höchster Alarmbereitschaft überprüfte sie die Aufzeichnungen der Videoüberwachung im Schnelldurchlauf. Kein Unbekannter war seit heute Morgen in den Hof gekommen. Lediglich die Studenten waren ausgeflogen und wieder zurückgekehrt.

Aber ein Bekannter hatte sich gezeigt: Ben Santarín. Gegen drei Uhr am Nachmittag. Um kurz nach vier war er wieder gegangen. Verdammt. Hatte sie ihn so völlig falsch eingeschätzt? War sie zu gutgläubig?

Katinka löschte das Licht in der Wohnung. Die Stille nagte. Sie schnappte sich Maries Laptop, ihre Waffe, eine Flasche Höllensprudel und eine Tafel Schokolade. Aus dem Schlafzimmer nahm sie Decke und Kissen mit.

Auf Zehenspitzen stieg sie die Treppen in den zweiten Stock hoch. Sie wählte die Wohnung, deren großes Zimmer ein breites Fenster zum Innenhof hatte. Dort richtete sie sich häuslich ein. Mit Maries Laptop ging sie ins Internet.

Zunächst aktivierte sie die Handy-Wiederfinde-Funktion. Das Programm meldete ihr ihre eigene Adresse. Himmel Herrgott! In ihrem Mailprogramm setzte sie die Zugriffsdaten für das Mobiltelefon zurück. Wahrscheinlich zu spät.

Nicht verrückt machen.

Sie googelte nach Harry Vogler. Auch von ihm hatte Kvintu einen Lebenslauf ins Netz gestellt. Der Vorstandsvorsitzende war ein Seiteneinsteiger. Er hatte nach seiner Ausbildung als Bankkaufmann ein Reisebüro in Fürth aufgemacht, war anschließend als Geschäftsführer einer Eisdiele in Augsburg tätig gewesen, um über diverse Umwege in kleineren Firmen schließlich bei Kvintu im Vorstand zu landen. Katinka stieß auf ein Interview, in dem Vogler gebeten wurde, einen vorgegebenen Satzanfang zu beenden.

Mein Tag beginnt mit …
… einer großen Tasse Kaffee mit Karamellsirup.
Mein größtes Glück ist es …
… Erfolg zu haben.

Meine größte Herausforderung war …

… eine schwierige Entscheidung zu treffen und sie dann auch durchzuhalten.

Es folgte eine Reihe weiterer Aussagen von ähnlicher philosophischer Tiefe. Angewidert starrte Katinka auf den Laptop. Das bläuliche Licht des Bildschirms warf gespenstische Schatten in den leeren Raum. Sie schraubte die Wasserflasche auf und trank ein paar Schlucke.

Erst Bankkaufmann, daraufhin Eisdiele. Geschäftsführer verschiedener Firmen. Sie rief Dante an.

»Schlafen Sie eigentlich nie?«, maunzte er.

»Haben Sie schon geträumt?«

»Quatsch, natürlich nicht. Ich sehe fern.«

»Wie spannend.«

»Nee. Ist langweilig. Was gibt es Neues?«

»Harry Vogler. Ich habe ihn mal unter die Lupe genommen. Wollten Sie nicht …«

»Wollte ich. Bin aber ehrlich gesagt nicht dazugekommen. Bislang. Weil …«

»Halb so wild«, unterbrach Katinka. »Er hatte einst ein Reisebüro und später eine Eisdiele.«

»Das war's?«

»Meine Quelle zu den Behörden tröpfelt momentan sehr schwach.«

»Ergo müssen wir uns wohl mit dem abgeben, was wir wissen. Und erste Fragen formulieren.«

»Formulieren Sie!«

»Geht klar. Also … hm … ich frage mich, wenn er in flottem zeitlichen Abstand immer wieder neu angefangen hat …«

»… heißt das, wir haben es mit einem ehrgeizigen und begabten Unternehmer zu tun.«

»Naja«, erwiderte Dante gedehnt. »Womöglich will er sich genau so inszenieren.«

»Das Reisebüro besaß er genau vier Jahre. Danach die Eisdiele. Drei Jahre. Und so weiter.«

»Wenn man gemein ist, könnte man sagen, er hat nie lange durchgehalten.«

»Sie meinen, er ging pleite?«

»Glaub ich nicht, wenn er sich quasi Stück für Stück verbessert hat. Steht da irgendwas davon, wer die Geschäftspartner waren?«

»Nein.«

»Okay. Ich forsche nach.«

»Prima. Wischnewski …«

»Ja?«

»Ach nichts. Viel Spaß beim Fernsehen.« Sie legte auf. Die Stille im Haus tat weh. Dennoch würde sie Hardos Nummer nicht wählen. Würde sie nicht. Und wegen Ben Santarín … sie wusste nicht weiter. Wahrscheinlich hätte sie ihm nicht vertrauen dürfen.

Sie machte es sich auf dem Estrichboden so bequem wie möglich, platzierte den Laptop auf ihren Knien und begann, Maries Texte zu lesen.

V. Neoliberalismus

Es geht nicht um exakte Definitionen. Es geht um eine Grundströmung, die alle vorher schon geschilderten Sachverhalte (I.-IV.) in sich vereint. Machiavellismus (Taktik ohne Überzeugung zum eigenen Vorteil), Lügen (Manipulationen), Machtausübung und Kontrolle, das Mundtotmachen von sog. Nestbeschmutzern und schließlich die Maximierung des eigenen Gewinns (um des eigenen

Gewinns willen). Neoliberalismus ist eine Denke, die suggeriert, der freie Markt würde sich selbst regulieren. Was natürlich stimmt. Doch er reguliert sich einem Naturgesetz gemäß: Der Stärkste, der Unverfrorenste, der Gewiefteste, der Manipulativste macht das Rennen. Wer nicht mithalten kann, wer nicht entsprechend rücksichtslos handelt und sich in die passenden Zirkel vorarbeitet, geht zugrunde.

Zudem geht der Neoliberalismus davon aus, dass alles Ware ist. Das trifft jedoch nicht zu. Es muss Bereiche geben, die aus dem an sich sinnvollen Marktgeschehen herausgenommen werden: Kultur, Religion, Gesundheit und Krankheit (also das Gesundheitssystem) sowie die Pflege alter Menschen, Erziehung und Bildung (Kindergarten bis Universität). Neoliberalismus endet im Totalitarismus, obwohl seine Befürworter stets bekunden, er sei die einzige legitime Wirtschaftsform (Machtstrukturen sollen durch Ideologien, die als Standard-Weltauffassungen gelten, erhalten werden, s. III.). Es wird behauptet, entsprechendes Wirtschaften wäre das Beste für das Gemeinwohl. Mitunter hört man Argumente, die sich in einer Abgrenzung zu anderen Systemen erschöpfen: »Wollt ihr etwa den Sozialismus zurück?«

Neoliberalismus vollzieht sich im Großen weltweit, er vollzieht sich im Kleinen in jedem Betrieb. Die Führungselite muss Strukturen schaffen, die unmenschliche Auswirkungen des neoliberalen Prinzips abfedern. Dies geschieht jedoch nicht. Im Gegenteil: Die Arbeitskraft des Einzelnen wird ausgebeutet, gleichzeitig wird Furcht gesät. Da draußen, so bekommt man zu hören, lauern Hunderte und Aberhunderte darauf, deinen Job zu machen. Der Einzelne im System ist ersetzbar. (Es sei denn, er ist Teil einer eingeschworenen Gruppe, die die Strukturen kontrolliert). Neoliberale Vorgehensweisen in der Welt begünstigen die

Hegemonie und Vormachtstellung einiger Weniger, während die übergroße Mehrheit der Menschen an der Macht und der Verteilung der Ressourcen nicht beteiligt wird. Dies ist genauso firmenintern zu beobachten: Mitarbeiter werden von vornherein ausgegrenzt, da sie als nicht würdig betrachtet werden, am Wissen und an den Vorteilen (auch wirtschaftlicher Art) des inneren Zirkels teilzuhaben. Alle Lebensbereiche innerhalb des Betriebs werden dem Marktmechanismus unterworfen. Sogar was wir in unserer Freizeit tun, gerät zum Symbol der Firma als suggerierte ›Gemeinschaft‹. Unsere Kleidung, unsere Hobbys, unsere Aktivitäten in Sozialen Netzwerken. Unser Aussehen. Die Marken, die wir mögen. Möglicherweise unsere Freunde und Familien. Um einen solchen Einfluss aufbauen zu können, muss die Kontrolle (s. III.) der Mitarbeiter sehr früh beginnen. Am besten, bevor sie Mitarbeiter werden, denn diese Leute sind noch nicht fest im Gefüge, also schwach. Man kann sie locken mit dem Versprechen des Dazugehörens.

Eines darf ein Mitarbeiter, der einmal in den engsten Zirkel aufsteigen soll (und schon bald dafür ausgewählt ist), jedenfalls nicht haben: Skrupel. Darum wird in Einstellungsverfahren getestet, inwieweit ein Kandidat gefestigte Wertvorstellungen hat und bis zu welchem Grad er korrumpierbar ist. Die nicht Korrumpierbaren, die mit den Zweifeln, den Vorbehalten, dem Gewissen, sind von Beginn an keine Anwärter für die Netze der Mächtigen.

Während im Hintergrund der Machtzentralen strengste Kontrolle und Überwachung herrschen, postulieren Anhänger des Neoliberalismus öffentlich die Freiheit des Handelns. Diese impliziert, dass der Einzelne für die Konsequenzen seines Tuns verantwortlich ist. Exakt diese Ver-

antwortung wird aber abgelehnt. Nicht die Banken bügeln ihre Fehler aus, sondern die Staaten springen für sie ein. Zwischen Freiheit und Verantwortung jedoch muss es eine Balance geben. Dies impliziert, dass neben individueller Freiheit auch individuelle Verantwortung existiert. Man sollte sich nicht in der Masse verstecken und jegliche Schuld an Fehlentwicklungen und -entscheidungen weit von sich weisen können.

Unsere wirtschaftliche Ordnung funktioniert auf Dauer weder global, noch national, noch in den einzelnen Unternehmen, wenn wir nicht dafür sorgen, dass Individuen Verantwortung übernehmen und für ihre Taten haften.

22.4.2015 – MITTWOCH

39

Als der Morgen graute, fuhr Katinka aus einem unruhigen Schlaf hoch. Vom Liegen auf dem harten Boden schmerzte ihr Rücken. Im fahlen Licht des frühen Tages tanzte der Staub. Der Laptop stand zugeklappt neben ihr.

Das Haus lag still da. Nichts und niemand rührte sich, nur die Vögel draußen waren längst auf und machten einen Heidenradau. Katinka kämpfte sich hoch und trat ans Fenster. Der Himmel färbte sich hellgrau, die Wolken hingen tief, wie fast immer in diesem April. Sie blickte in den Innenhof.

Bruchstücke ihrer Nachtlektüre kehrten zurück, fügten sich nach und nach zu einem großen Ganzen. Globale Auswüchse der Bankenwirtschaft, Machtansprüche, Zuträger, die Leib und Leben riskieren, das Netz ... Katinka rieb sich die Augen. Das Netz?

Jana und Lukas hatten vor etwas Angst, das mit Kvintu zu tun hatte. Bei Kvintu musste irgendetwas laufen, dem Marie, Hanne und schließlich Jana und Lukas nahegekommen waren. Hannes Name wurde sogar mehrmals genannt. Katinka hatte keine weiteren Aufzeichnungen auf Maries Laptop gefunden. Schrieb sie an einer Seminararbeit zum Thema ›Neoliberalismus‹? Ben hatte erzählt, seine Schwester wäre auf die Sicherheit einer festen Anstellung aus gewesen, doch der Duktus ihrer Texte vermittelte ein anderes Bild. Weit davon entfernt, ein zusammenhängender Aufsatz zu sein, eher eine Ideensammlung, fügte sich dennoch ein Teil ins andere. Marie sezierte die Zustände der globalen Wirtschaft und brach diese schließlich herunter auf die Ebene einer einzelnen Firma, selbst wenn deren Name nicht explizit genannt wurde: Kvintu.

Katinka brach ein Stück Schokolade ab und ließ es auf der Zunge schmelzen. Sie selbst war längst ins Visier der Leute geraten, die etwas zu verbergen hatten. Wenn sie allein an die Abhörtechnik in ihrer Detektei dachte … Und wer hatte das Handy aus dem Kühlschrank genommen? Konnten diese Leute sich überall Zugang verschaffen?

Sie sammelte ihre Sachen auf und ging hinunter in ihre Wohnung. Als sie die Tür schloss, kam es ihr vor, als würde die Stille in den Räumen sie vollständig umfassen. In Watte packen. Festnageln. Sie legte Laptop und Waffe auf dem Küchentisch ab und sah erneut in den Kühlschrank. Wer würde ein Handy im Kühlschrank suchen? Und warum zeigten die Videoaufnahmen keinen einzigen Eindringling im Innenhof? Anders konnte man sich dem Haus nicht nähern. Es sei denn, man kam von der Flussseite und arbeitete sich über die Dächer vor. Spektakuläre Filmaufnahmen würde das geben, ähnlich denen von Cary Grant als ›die Katze‹ in ›Über den Dächern von Nizza‹. Realität sah anders aus. Zumindest hatte sie das bis vor Kurzem angenommen.

Sie hockte sich vor die Monitore und spielte die Videoaufzeichnungen neuerlich ab. Beinahe hätte sie die entscheidende Stelle verpasst: Gegen vier verließ Ben Santarín den Innenhof. Und dann fehlten knappe 20 Minuten.

Die digitale Uhr am oberen Bildschirmrand sprang von 16.23 auf 16.43. Sie hatte es gestern nur nicht bemerkt, weil sie im Schnelldurchlauf genau auf die Ziffern hätte schauen müssen, sich aber mehr auf das Bild selbst konzentriert hatte.

Kurz, nachdem Ben gegangen war, musste jemand in den Innenhof gekommen sein und nachher die kompromittierenden Aufzeichnungen gelöscht haben. Wer schaffte das? Vor allem: wie? Er musste schließlich durch den Innenhof gehen, um das Haus zu verlassen. Wenigstens schien sie sich in Ben nicht getäuscht zu haben!

Katinka sah auf die Uhr. Halb acht mittlerweile. Sie setzte Kaffee auf und rief Gustl an.

»Hast du noch geschlafen?«

»Bist du irr? Ich bin Selbstständiger.«

»Ich habe ein Problem mit der Videoüberwachung.« Sie berichtete.

»Hm«, machte Gustl. »Ich nehme an, da hat jemand die Kameras ans Internet angeschlossen und die fraglichen 20 Minuten im Nachgang online gelöscht.«

»Das geht so einfach?«

»Einfach nicht. Aber jemand, der sich auskennt, kann das machen. Schalte deine Kameras aus. Ich komme vorbei und checke.«

»Okay. Übrigens: Ich lege einen Laptop in meine Küche. Könntest du … danke.« Katinka legte auf und drückte den Off-Schalter der Security-Ausrüstung. Sie trank ihren Kaffee aus und zog sich für ihr Morgentraining um.

40

Janas Anruf kam, als Katinka gerade aus der Dusche stieg.
Sie angelte nach dem Telefon.

»Machen Sie weiter?«

»Wie – weiter!« Einhändig rubbelte Katinka sich das
Haar trocken. Der morgendliche Lauf durch den Hain
hatte ihr gutgetan. Endlich eine Tätigkeit, die sich real
anfühlte.

»Lukas und ich würden Sie gern briefen. Es gibt da ein
paar Dinge, die wir herausgefunden haben.«

Katinka betrachtete das Telefon in ihrer Hand. Der Bug
Detektor hatte nichts Verdächtiges mehr in der Wohnung
aufgespürt, aber in der Zwischenzeit wusste sie nicht mehr,
worauf sie sich verlassen sollte.

»Im Moment kann ich nicht sprechen«, sagte sie. »Ich
melde mich.«

Sie legte auf, schlüpfte in frische Klamotten und packte
ihren Rucksack.

Aus Hardos Wohnung drang kein Laut, als sie bei sich
abschloss und kurz auf dem Treppenabsatz stehen blieb,
um zu lauschen. Entweder war er gestern Nacht gar nicht
heimgekommen oder er hatte sich, während sie weg war, in
die Polizeidirektion aufgemacht. Katinka sah auf die Uhr.
Schon nach neun. Logischerweise war er längst im Büro.

Seufzend stieg sie die Treppen hinunter. Zoff mit Hardo
war völlig ungewohnt. Normalerweise lief ihr Leben nicht
so. Sie stritten, steckten ihre Reviere ab, polarisierten und
zogen sich gelegentlich in den Schmollwinkel zurück,
wenn sie einander in die Schranken weisen wollten. Tage-
langes Schweigen hingegen war nicht vorgesehen.

Katinka klingelte bei den Studenten. Niemand kam an die Tür. Entweder waren die drei bereits ausgeflogen oder sie schliefen nach einer anstrengenden studentischen Nacht den Schlaf der Gerechten.

Im Innenhof warf sie einen unauffälligen Blick auf die nun blinden Kameras, die Gustl vor geraumer Zeit in günstig gelegenen Winkeln angebracht hatte. In einem alten Gebäude gab es ausreichend Verstecke. Man musste sehr genau hinschauen, um die Kameras überhaupt zu bemerken.

Trotz des wenig einladenden Wetters waren bereits etliche Touristengruppen in der Altstadt gestrandet und bewegten sich auf die strategischen Ziele zu. Dom, Neue Residenz, Sandstraße, Obere Rathausbrücke. Geschickt navigierte Katinka durch die Pulks und klingelte bei Jana. Die antwortete über die Gegensprechanlage.

»Können Sie runterkommen?«, fragte Katinka.

Jana trat drei Minuten später aus ihrer Tür. Bleich im Gesicht, seltsam farblos, sichtbar übernächtigt.

»Ich nehme an, Ihr Telefon ist verwanzt«, erklärte Katinka.

Jana riss die Augen auf. »Echt?«

»Besorgen Sie sich ein neues Handy. Eine anonyme SIM-Karte. Legen Sie möglichst wenige Spuren aus.«

Jana griff in ihre Tasche und holte ihr Handy hervor.

»Akku raus und zurück in die Wohnung damit.«

Jana nickte, drückte ihre Tasche Katinka in die Hand und lief in die Wohnung hinauf. Als sie kurz darauf zurückkam, wirkte sie noch blasser als zuvor.

Sie schlugen ihr Hauptquartier im Café Luitpold am Schönleinsplatz auf. Hier herrschte ausreichend Tumult und ein Lärmpegel, der das Belauschtwerden weitgehend verunmöglichte. Sie bestellten Frühstück, dann rief Katinka Dante Wischnewski an.

»Wollte meinen Standort durchgeben. Bin im Luitpold.«

»Geht klar. Ich hänge dummerweise in der Redaktion fest. Mache mich auf die Socken, sobald keiner mehr auf mich achtet.«

»Tschüss.« Sie wandte sich Jana zu. »Also: Was haben Sie herausgefunden?«

Jana sah sich um, bevor sie sich vorbeugte und leise fragte: »Sind Sie sicher, dass uns keiner hört?«

»So sicher, wie man sein kann. Hier in den Ecken werden wohl keine Wanzen nisten.«

»Das ist alles so … durchgeknallt. Ich hätte nie gedacht, dass ich mal in so eine Lage komme. Mich verstecken muss.«

»Sind Sie immer noch krankgeschrieben?«

»Ja. Hat der Arzt anstandslos gemacht.«

Das Frühstück kam: Brötchen, Omelette, Bamberger Hörnla, Marmelade, Honig, Schinken. Kaffee. Jana blickte erschöpft auf die Teller. »Ich weiß gar nicht, wie ich das alles essen soll.«

»Essen hat mit Wissen wenig zu tun.« Katinka knurrte der Magen. Sie griff zu. »Also?«

»Hanne hat«, Jana ging mit Messer und Gabel auf ihr Omelette los, »eine Liste von Leuten angelegt, die Kvintu in den letzten drei Jahren verlassen haben. Offenbar, weil sie dermaßen gemobbt wurden, dass sie lieber die Nachteile der Kündigung in Kauf genommen haben, als noch schlimmer zu leiden. Bei der Mobbingberatung heißt es immer, man soll bloß nicht kündigen. Aber Beratung ist nicht Leben. Man muss das erst mal aushalten, diese Wichsereien jeden Tag. Irgendwann geht man zur Arbeit und wartet jede Minute darauf, dass wieder das Unglück über einen hereinbricht, Gemeinheiten, Dinge, die nach Kindergarten klingen. Tägliche Nickligkeiten.«

»So wie das mit der Pizza.«

»Zum Beispiel.«

»Wie lang ist diese Liste?«

»Fünf Namen. Lukas hat sie ausgegraben.«

»Wie das?«

»Also«, Jana schob den leeren Teller weg und machte sich über die Brötchen her, »er hat sich an Hannes Sohn gewandt.«

»Und der hatte eine Namensliste?« Katinka schüttelte den Kopf. »Soweit ich weiß, liegt er ausgeknockt von einer gehörigen Dosis Sedativa im Krankenhaus.«

»Lukas hat ihn besucht. Sich als sein Freund ausgegeben. Hat funktioniert. Ausgeknockt war er nicht.«

»Pfff!« Katinka stöhnte leise. Wenigstens würde Hardos Zorn diesmal nicht über sie hereinbrechen.

»Ja, und Lukas und ich haben etwas geahnt, deswegen konnte er ihn konkret fragen. Ob seine Mutter ihm irgendwas gegeben hat. Vor der TV-Sendung. Es war eine handgeschriebene Liste.«

Katinka hätte Jana am liebsten geschüttelt. »Nun sagen Sie schon: Welche Namen stehen drauf?«

Jana legte einen Zettel neben Katinkas Teller.

»Hier. Marius Kaiser, Helga Brandenstein, Elias Burgis, Sina Kant, Christa Schleyer. Die Adressen stehen dabei.«

»Woher wissen Sie, dass diese Leute Mobbingopfer sind?«

»Von Florian. Er hat es Lukas gesagt.«

»Hat Florian Brenker die Liste auch an die Polizei weitergereicht?«

»Ich weiß es nicht.«

Katinka legte ihr angebissenes Schinkenbrötchen beiseite.

»Warum brauchen wir die Polizei?«, fragte Jana verzagt.

»Möchten Sie nicht weitermachen?«

Katinka seufzte. »Der Punkt ist doch: Es wird höchstens dann einen Gerichtsprozess gegen Kvintu oder bestimmte Leute bei Kvintu geben, wenn wir Beweise haben, die wir vor Gericht verwenden können. Dieser handgeschriebene Zettel wäre ein Teilstück. Das muss in trockene Tücher, da wird es ein grafometrisches Gutachten geben, ob wirklich Hanne Brenker diese Namen notiert hat. Wir müssen dafür sorgen, dass die Beweise den Behörden in die Hände kommen.«

»Hanne ist ermordet worden.«

»Und ihre Namensliste könnte der Grund sein. Jemand hatte ein Motiv, dass diese Liste nicht ans Licht kommt. Nun hat der Sohn die Liste. Was, wenn er auch abgemurkst wird? Einen seltsamen Unfall hat?«

Jana gab einen verkümmerten Laut von sich.

»Kennen Sie den Fall Ernst Kobener?«, fragte Katinka.

»Lukas hat davon gesprochen.«

»Ernst Kobener ist in Schottland bei einem Autounfall ums Leben gekommen. Der Unfall war, so sagt seine Frau, inszeniert. Mit der klaren Absicht, Kobener um die Ecke zu bringen.«

»Fuck!«

»Seine Frau will nicht reden. Sie hat Angst um sich und ihre Tochter.«

Jana kramte die übergroße Sonnenbrille aus ihrer Tasche und setzte sie auf.

»Jana, Sie müssen sich nicht hinter getönten Gläsern verstecken! Entweder wir ziehen das durch, dann bin ich auf alle Informationen angewiesen, die ich kriegen kann. Vor allem aber auf Zeugen! Außer Ihnen und Hanne muss auch anderen etwas aufgefallen sein. Wer kann zum Beispiel bezeugen, dass Hanne gemobbt wurde? Und gibt es Kollegen, die bezeugen können, dass das Mobbing von oben angeordnet wurde?«

»So simpel ist das nicht. Obwohl viele etwas mitgekriegt haben, wollen sie damit nicht rausrücken. Und glauben Sie denn, dass Leute wie Grät in die Abteilungen marschieren und durchs Megafon durchgeben, dass Frau Hanne Brenker zu mobben ist? So was läuft subtil. Zwischen den Zeilen. Manche Leute sind so dumpf, die kriegen überhaupt nicht mit, was abgeht. Da werden gezielt Neid und Eifersucht geschürt. Affären angedeutet oder begonnen.«

»Ich bleibe dabei. Es muss möglich sein, solchen Kungeleien beizukommen. Glaubwürdige Zeugen aufzutreiben.«

Jana zuckte die Achseln. »Ja. Vielleicht. Aber Sie wissen doch: Der Gesetzgeber und seine Organe wollen die Bestrafung des Täters. Am Ende wird irgendein Tropf für irgendwas verurteilt. Ein Mobber, mag sein. Die wirklichen Strippenzieher bleiben fein raus. Die wollen den Schaden für die Firma begrenzen und lenken den Kram so, dass ein Exempel statuiert wird. Auf dem Level unter ihnen. Mehr nicht. Ich habe Ihnen übrigens einen weiteren Vorschuss überwiesen.«

Katinka steckte die Liste ein. »Mord ist das schwerste Verbrechen überhaupt. Kobener kam in Schottland ums Leben. Marie Santarín starb auf ihrer Trainingsstrecke.

Hanne Brenker wurde vor laufender Kamera ermordet.«
Sie beugte sich vor: »Übrigens: Ihre Telefonnummer war
in Maries Handyspeicher.«

»Meine?«

»Keine Erklärung dafür?«

Stumm schüttelte Jana den Kopf.

»Womöglich wollte sie in absehbarer Zeit Kontakt
mit Ihnen aufnehmen. Ich denke, Marie wurde ebenfalls
umgebracht. Mir ist noch nicht klar, wie man das beweisen
kann, aber ich will mich nicht mit der Diagnose ›plötzlicher Herztod beim Sport‹ abfinden.«

»Sie sollten derart empfindliche Themen nicht so laut
besprechen«, ertönte eine Männerstimme hinter ihnen.

Katinka und Jana fuhren herum.

»Shit, Wischnewski! Können Sie sich nicht normal einem
Tisch nähern? Müssen Sie schleichen wie ein Panther?«

»Ich bin nicht geschlichen.« Dante nahm sein Basecap
ab. »Sorry, Sie beide waren so vertieft …« Er reichte Jana
die Hand. »Dante Wischnewski.«

»Das ist Jana Perl. Meine Klientin. Wischnewski ist mein
Mitarbeiter«, beruhigte Katinka Jana.

Dante zwinkerte ihr belustigt zu. »Darf ich?«

Katinka wies auf den Stuhl neben ihr. »Bitte. Mitgekriegt haben Sie ja sowieso schon alles.«

»Nicht ganz.«

»Hanne hat bei ihrem Sohn eine Liste mit fünf Namen
hinterlassen. Mobbingopfer.«

»Wer sind diese fünf Leute?«

»Alles Mitarbeiter bei Kvintu, die in den letzten Jahren
gegangen wurden.«

»Easy«, erklärte Dante. »Wir finden sie und quetschen
sie aus.«

»Ich denke nicht, dass sie sehr redselig sein werden«, murmelte Jana.

»Das werden wir sehen.«

»Gegebenenfalls könnten Sie mit Ihrem Charme sogar Evi Kobener gesprächig bekommen.« Katinka grinste. Dante hielt sich interviewtechnisch für unwiderstehlich.

»Erst mal zu den Fakten.« Er kramte einen Block aus der Tasche. »Ich vernichte nachher alles. Aber wenn ich denken soll, muss ich schreiben.«

41

»Ben, hier spricht Katinka Palfy. Können Sie mir verraten, was Sie gestern Nachmittag in der Concordiastraße wollten?« Katinka saß, das Handy zwischen Kinn und Schulter eingeklemmt, am Schönleinsplatz auf einer Bank am Brunnen. Dante hockte vibrierend neben ihr. In einem Affenzahn hatte er die Kontaktdaten der fünf Leute auf Janas Liste ausfindig gemacht.

»Concordiastraße?«, kam es aus dem Hörer. »Ach, dieses baufällige Anwesen mit dem Kopfsteinpflaster im Innenhof. Warum fragen Sie?«

»Beantworten Sie *meine* Frage zuerst.«

»Da wohnen drei ausländische Studenten. Und ich habe mich als Tutor beworben. Beim akademischen Auslandsamt der Uni. Meine Aufgabe ist es, die Neulinge in Bamberg herumzuführen, Insidertipps zu geben und ihnen zu helfen, wenn sie was brauchen. Ganz und gar ehrenamtlich.«

»Uff«, machte Katinka, während sie ganz langsam ausatmete.

»Was?«

»Schon in Ordnung.«

»Woher wissen Sie, dass ich dort war?«

»Das spielt keine Rolle.«

Ben machte eine Pause, versuchte, seine Verwirrung in den Griff zu kriegen, bevor er fragte: »Haben Sie etwas rausgefunden?«

»Ich bin dran. Passen Sie auf sich auf.«

»Geht klar.«

Katinka legte auf. »Er ist Tutor. Himmelschimmel, da muss man erst mal drauf kommen!«

»Also, wie geht's jetzt weiter?«

»Wir müssen mit diesen fünf Leuten reden. In Anbetracht der Dringlichkeit der Lage teilen wir uns auf. Sie übernehmen die Frauen. Ihr Liebreiz ist unwiderstehlich.«

»So gern ich mit von der Partie wäre: Mein momentaner Workload erlaubt mir maximal den Besuch bei einer einzigen Person.«

»Akzeptiert. Nehmen Sie Marius Kaiser«, schlug Katinka vor. »Der wohnt am Berliner Ring, da müssen Sie auf dem Weg zum Medienzentrum sowieso vorbei.«

Dante kratzte sich am Kopf: »Worauf wollen wir hinaus? In den Gesprächen, meine ich?«

»Wissen die Leute etwas über den Mord an Kobener? Das wäre ein Detail.«

»Damit können wir doch nicht ins Haus rumpeln. He, da ist jemand ermordet worden, wissen Sie was darüber? Da machen die sofort dicht! Wir müssen anders anfangen. Wir arbeiten für die Mobbing-Beratung. Wollen Informationen über Formen von Mobbing erfassen. Ab wann die Betroffenen sich überhaupt darüber klar sind, dass sie gemobbt werden. Wie das funktioniert, wenn man sich Hilfe sucht. Wir sagen, wir wollen unser Angebot verbessern, dazu sind wir auf genaue Informationen angewiesen. Selbstverständlich bleibt alles anonym.«

»Die werden schön doof gucken«, entgegnete Katinka. »Was sollen wir sagen, wenn sie uns fragen, woher wir überhaupt wissen, dass sie gemobbt wurden?«

»Wir können nur hoffen, dass sie irgendwann mal Hilfe gesucht haben.«

»Besser, wir lassen das im Dunkel. Auf geht's, Wischnewski!«

Katinka besuchte zuerst Helga Brandenstein in der Geyerswörthstraße. Sie war eine füllige Dame von 61 Jahren, wie sie Katinka stolz unter die Nase rieb, und vor zwei Jahren in Frührente gegangen. Seitdem lebte sie mit drei Katzen und einem Tablet-Computer in ihrer Wohnküche mit Blick auf die Straße und das gegenüberliegende Hotel. Auf dem Bildschirm sah man ihr Facebook-Profil. Permanent meldete der Computer neue Kommentare.

»Worüber posten Sie so?«

»Tierrechte! Irgendwer muss sich für die armen Geschöpfe ernsthaft einsetzen.«

Katinka nickte. Sie fand Tierrechte wichtig. Noch wichtiger war ihr im Augenblick jedoch, ihre Geschichte möglichst glaubwürdig vorzubringen.

»Wie schon angedeutet arbeite ich für die Mobbing-Beratung. Wir würden gerne herausfinden, wie wir den Betroffenen besser helfen können. Dazu könnten Ihre Hinweise beitragen.«

Helga Brandenstein runzelte die Stirn. »Meine Hinweise?«

»Immerhin haben Sie eine enorme Berufserfahrung.«

»Ich war nur eine bescheidene Sekretärin, und die wollten irgendwann eine jüngere Dame im Vorzimmer sitzen haben. Also, mein Chef und dessen Chef. Und deswegen legten sie mir vor gut zwei Jahren nahe, ich sollte gehen. Altersteilzeit und so. Ständig fand ich irgendwelche Informationsblätter auf meinem Schreibtisch. Ich habe mir dann einen Termin bei meinem alleroberisten Chef geben lassen und ihm gesagt: Wenn Sie mich loswerden wollen, warum sagen Sie es nicht einfach? Logisch, er konnte nicht, ich war bereits viele Jahre bei ihm.«

»Kvintu gibt es doch noch gar nicht so lange!«

»Nein, ich habe in seinem Reisebüro gearbeitet, und als er zu Kvintu wechselte, nahm er mich mit.«

»Wer war ihr direkter Chef?«

Helga Brandenstein war bereits ins Plaudern geraten. Eine grau getigerte Katze kam angeschlichen und sprang auf ihren Schoß. Geistesabwesend begann sie, das Tier zu kraulen.

»Simon Jensen. Eigentlich ein netter Kerl, leider etwas zu ambitioniert. Wenn er nur irgendwo ein paar Euro mehr rausholen konnte.«

»Kannten Sie Hanne Brenker?«

»Ach, das berühmte Opfer. Vom Sehen, ja.« Sie warf einen kurzen Blick auf das Tablet, klickte ein paarmal auf ›Gefällt mir‹ und schob den Computer weg. »Jensen und sein Chefchef, die beiden wollten mich loshaben. Es ging ums Image. Sie meinten, eine Frau über 60 verträgt sich nicht mit dem Wahn von Sportlichkeit, den sie damals allmählich anfingen aufzubauen. Es gab zu der Zeit keine gemeinsamen Pflichttrainings, so wie das heute der Fall zu sein scheint, bei allem, was man so hört. Nun, ich habe eine hübsche Abfindung bekommen.«

»Sie sind nie gemobbt worden?«

»Nein. Bin ich nicht.«

Katinka überlegte, ob ihr Gegenüber ein anderes Verständnis von Mobbing hatte als sie selbst.

»Kannten Sie Ernst Kobener?«

»Den Mann, der in Schottland umkam? Ich hatte nie mit ihm zu tun. Von seinem Tod habe ich in der Zeitung gelesen. Traurig.«

»Und Hanne Brenker? Hatten Sie mit ihr zu tun?«

»So gut wie nie. Einmal saßen wir auf einer Betriebsfeier am selben Tisch. Sie hatte in der Firma ihren eigenen Freundeskreis, und ich auch.«

Katinka stand auf. »Danke.«

Helga Brandenstein begleitete sie zur Tür. »Denken Sie nicht, ich wäre abhängig von diesem bescheuerten Facebook. Ich kann mich halt nicht dran gewöhnen, zum Alteisen zu gehören. Keinen mehr zum Reden zu haben. Sehe ich aus, als könnte ich nichts Nützliches mehr schaffen?«

»Im Gegenteil«, erwiderte Katinka. »Sie haben mich gerade ein gutes Stück weitergebracht.«

Sie machte sich auf die Socken zu Christa Schleyer, die nicht weit von Helga Brandenstein in der Richard-Wagner-Straße wohnte. Eine verweinte junge Frau Mitte 20 öffnete und überfiel Katinka sofort mit der Nachricht, dass ihre Mutter Christa Anfang letzter Woche an einem Schlaganfall gestorben sei.

»Das tut mir sehr leid«, antwortete Katinka. Fieberhaft suchte sie nach Worten. »Kann ich Ihnen dennoch ein paar Fragen stellen?«

»Kommen Sie rein. Entschuldigen Sie. Ich bin Caren. Meine Mutter ... naja, also, meine Eltern leben getrennt. Mein Vater hat wieder eine Frau gefunden und will heiraten. Also ... ich stehe jetzt allein da. Mit der Wohnung und allem.« Sie führte Katinka in ein Wohnzimmer, dessen Möbel seltsam allein herumstanden. Bücher, Nippes, die Dinge des täglichen Gebrauchs waren bereits in Kisten gepackt.

»Hübsche Wohnung.«

»Ich habe leider keine Verwendung für sie.«

»Wohnen Sie auch in Bamberg?«

»Nein. Ich studiere in Berlin. Maschinenbau.«

Würde man nicht draufkommen, dachte Katinka. Laut sagte sie: »Gute Wahl.«

»Nicht besonders spannend, aber nützlich.« Caren schnäuzte sich. »Was möchten Sie wissen, haben Sie gesagt?«

»Also, ich arbeite für die Mobbing-Beratung, und wir erkundigen uns von Zeit zu Zeit bei Betroffenen nach deren Erfahrungen in konkreten Fällen, um unser Hilfsangebot weiter zu verbessern.«

»Mobbing? Ich wüsste nicht, dass meine Mutter gemobbt wurde.«

»Hatten Sie Einblick in das Berufsleben Ihrer Mutter?«

»Nur wenig. Ich bin vor drei Jahren nach Berlin gezogen, und sie fing frisch bei Kvintu an. Ich fand das cool. Dass sie was Neues probiert.«

»Darf ich fragen, wie alt Ihre Mutter war, als sie wechselte?«

»45. Letztes Jahr im Dezember verließ sie plötzlich die Firma.«

»Wissen Sie, warum?«

»Sie sagte, sie wäre das Arbeitstempo nicht mehr gewöhnt. Seitdem lebte sie vom Unterhalt meines Vaters.«

»Könnte Mobbing der wahre Grund gewesen sein, warum sie ausstieg?«

»Ich weiß nicht. Weiß gar nicht mehr, was ich denken soll … Sie hatte mit nicht mal 50 einen Schlaganfall. Wahrscheinlich lag sie ein paar Stunden hier in der Wohnung, hilflos, bis sie starb. Als eine Nachbarin klingelte und klingelte und keine Antwort bekam, wurde sie nervös und rief die Hausverwaltung an. Naja, meine Mutter war schon drei Tage tot, als man sie fand.« Caren biss sich auf die Lippen. »Man fragt sich, wie viel Schuld man auf sich geladen hat.«

Katinka wartete eine Weile, bis sie nachfragte: »Hat es Ihrer Mutter bei Kvintu gefallen?«

»Sie hat nie viel erzählt.«

»Wo hat Ihre Mutter vorher gearbeitet?«

»Jahrelang gar nicht. Bevor ich zur Welt kam, war sie als Fremdsprachenkorrespondentin beschäftigt. Als klar wurde, dass ich wegziehe, suchte sie sich den Job bei Kvintu, weil sie fürchtete, ihr würde die Decke auf den Kopf fallen.«

Aus Caren war nicht mehr viel herauszubekommen. Sie kämpfte mit den Tränen, während sie unaufhörlich den Kopf schüttelte und sagte: »Ich habe nie gefragt. Verstehen Sie? Ich habe sie nie irgendwas gefragt.«

42

Katinka sank auf den Sockel der E.T.A. Hoffmann-Skulptur auf dem Schillerplatz und rief Dante an.

»Ich bin untröstlich«, jammerte er. »Echt, ich kann nichts machen. Wirklich. Die haben mich hier in der Redaktion festgenagelt.«

»Was war denn mit Marius Kaiser?«

»Der war bis vor einem knappen halben Jahr bei Kvintu angestellt und ist aus heiterem Himmel zu seinem Bruder nach Namibia geflogen, wo er seitdem lebt. Wahrscheinlich hat er alle Brücken hinter sich abgebrochen. Meint der Nachbar. Sorry, Frau Palfy, echt ...«

»Ist er ausgewandert, weil er ...«

»Der Nachbar sagt, als Kaiser die Kündigung bekam, brach für ihn eine Welt zusammen. Zum Glück lud sein Bruder ihn ein.«

»Namibia ist ein bisschen weit.«

»Soll sehr schön sein. Ich melde mich.« Dante legte auf.

Seufzend machte Katinka sich auf den Weg zu Elias Burgis. Er wohnte in der Pödeldorfer Straße genau über dem Café Abseits. Der Geruch nach frisch frittierten Pommes, der aus dem Café strömte, ließ Katinka das Wasser im Mund zusammenfließen. Insofern nahm sie es fast nicht tragisch, dass Elias Burgis auf ihr Klingeln nicht reagierte. Sie ging ins Café, bestellte Pommes rot-weiß und fragte den Studenten, der ihr das Essen brachte, nach dem Nachbarn aus dem ersten Stock.

»Der Burgis? Der ist schon vor einem halben Jahr

gestorben. Ganz plötzlich. Ist hier im Treppenhaus kopfüber die Stufen runtergestürzt.«

»Unfall?«

»Was denn sonst? Solche Sachen passieren.«

»War er irgendwie gebrechlich oder so?«

»Tsss … der Typ war maximal Mitte 30.«

»Sein Name steht noch an der Tür.«

»Seine Freundin konnte sich bisher nicht entscheiden, die Wohnung aufzulösen. Vielleicht zieht sie ein. Noch was zu trinken?«

»Nein, zahlen.« Katinka ließ die Hälfte der Pommes übrig. Ihr war der Appetit vergangen.

Sina Kants Sohn war zehn, trug ein Darth-Vader-Outfit und fuchtelte mit einem grausige Töne absondernden Laserschwert vor Katinkas Nase herum.

»Schluss, Leon!« Sina Kant bildete sich hinter dem Schwarzen Ritter im Türrahmen ab. »Womit kann ich helfen?«

Katinka stellte sich vor. Sie blieb bei ihrer gefaketen Geschichte, und Sina Kant bat sie herein, während sie den weiter mit dem Laserschwert die Welt zerschmetternden Sohn mit einem leichten Stoß den Flur hinunterbeförderte. Die Katzenmusik aus dem Schwert verstummte.

»Seltsam, dass Star Wars immer noch nicht aus der Mode ist«, lachte Sina. »Leon ist ein Mega-Fan. Möchten Sie einen Kaffee?«

Sie setzte eine Kaffeemaschine in Betrieb, während Katinka sie darum bat, ihr Konkretes zum Thema Mobbing zu erzählen.

»Ich bin nie gemobbt worden«, erklärte Sina. »Ich habe vor einem Dreivierteljahr gekündigt, weil ich mehr Zeit für Leon haben wollte. Vor einem Jahr hat mein Mann uns verlassen. Alles ging drunter und drüber, Leon war total verstört. Ich wollte daheim sein, um ihm Stabilität zu vermitteln.«

»Kannten Sie Hanne Brenker?«

»Wir haben eine Weile zusammengearbeitet.«

»Schlimme Sache, nicht wahr?«

Sina legte den Kopf schief. »Wie meinen Sie?«

»Naja, vor laufender Kamera ermordet zu werden, ist nicht gerade das, wovon die meisten träumen.«

Sina stellte zwei Tassen Kaffee auf den Tisch. »Sie sind nicht von der Mobbing-Beratung.«

Katinka war baff. Sie nahm einen Schluck Kaffee, verbrannte sich die Lippen. »Wie kommen Sie drauf?«

»Diese sozial gesinnten Typen, die fragen ganz anders. Die haben so eine Art, um den heißen Brei herumzureden …«

Aus dem Kinderzimmer ertönte ein wüster Radau. Unbeeindruckt fuhr Sina fort: »Sie dagegen gehen schnurstracks auf Ihr Ziel zu.«

»Na gut. Offensive.« Katinka stellte die Tasse ab. »Was wissen Sie über Hanne Brenker?«

»Nichts. Außer, dass sie ermordet wurde.«

»Ich bin Privatdetektivin. Es gibt ein paar Leute, Mitarbeiter von Kvintu, die sich gefährdet fühlen.«

»Ich kann Ihnen da nicht weiterhelfen. Mein Freundeskreis ist außerhalb meiner Arbeitswelt angesiedelt.«

»Sagt Ihnen der Name Ernst Kobener etwas?«

Sina schüttelte den Kopf.

»Simon Jensen?«

»Der war der Chef der Nachbarabteilung. Die haben die Auslandskontakte gepflegt, ich war fürs Inland zuständig.«

»Was haben Sie gemacht?«

»Vorzimmer.«

»Kennen Sie Harry Vogler?«

»Den kennen alle.« Sina lachte. »Er ist Vorstandsvorsitzender. War er zumindest zu meiner Zeit.«

Katinka hatte das Gefühl, in tiefem Morast festzustecken. »Aber …«

»Tut mir leid, Frau Palfy. Ich kann Ihnen wohl nicht weiterhelfen. Voraussichtlich werde ich erst mal ein, zwei Jahre zu Hause bleiben. Bis Leon ein bisschen erwachsener geworden ist. Und dann suche ich mir wieder einen Job. Ich werde schon was finden.«

43

»Christa Schleyer: Schlaganfall. Marius Kaiser: Namibia. Elias Burgis: Unfall auf der Treppe. Helga Brandenstein: Frühpension. Sina Kant: will nichts sagen.« Katinka stöhnte leise. Sie saß mit Dante auf der Unteren Brücke, zusammen mit Pulks von jungen Leuten, die die Sonnenstrahlen nutzen und endlich das typische Bamberger Frühlingserwachen ausleben wollten. Es gehörte einfach dazu: auf der schmucklosen Betonbrücke mit dem überbreiten Rand hocken, Bier oder ›Coffee to go‹ trinken, mit den Beinen baumeln, Selfies mit Klein Venedig im Hintergrund schießen und diese an Ort und Stelle bei Twitter oder Facebook hochladen.

»Das stinkt.« Dante schüttelte den Kopf.

»Allerdings. Als wenn sie entweder fliehen – ins Ausland, ins Schweigen, ins Internet. Oder tot sind.«

»Dieser Unfall von Elias Burgis …«

»Stinkt.« Katinka grinste. »Sie sehen, ich habe mich so an Sie gewöhnt, dass ich sogar Ihre Wortwahl übernehme.«

»Ich habe das Gefühl, dass Florian Brenker sich getäuscht hat. Diese fünf Leute – das sind keine Mobbingopfer. Das sind Menschen, die hinter die Kulissen geschaut haben und lieber die Klappe halten, als in Schottland einen Felsen auf den Kopf zu kriegen.«

Katinka nickte. Dante hatte recht. Florian Brenker hatte seine Mutter missverstanden. Oder absichtlich eine falsche Information an Lukas Lurahn weitergegeben. Um sich selbst zu schützen? Sie dachte an Caren Schleyer. Die junge Frau steckte in einem seelischen Ausnahmezustand fest. Ähnlich ging es Florian Brenker.

»Der Schlaganfall von Christa Schleyer muss ein Zufall sein«, murmelte sie.

»Womöglich bekam sie ihn aus Stress«, gab Dante zu bedenken.

»Angeblich ertrug sie das Arbeitstempo nicht.« Katinka beobachtete einen Trupp Läufer, der keuchend über die Brücke schlurfte. Sportsfreunde, die spät gemerkt hatten, dass der Weltkulturerbelauf näher rückte, und dass es langsam Zeit wurde, zu trainieren. Anderthalb Wochen vor dem Ereignis stand die Überforderung der letzten Minute auf der Agenda: rote Gesichter, schweißdurchtränkte Shirts, gestauchte Gelenke. »Was ist eigentlich mit dem Erpresser?«

»Es ist kein Schreiben mehr gekommen. Jedenfalls weiß ich davon nichts.«

»Das war irgendein Spinner, Wischnewski.«

Dante faltete die Hände. »Wer wäre sonst imstande, uns Infos zu geben? Elias Burgis ist tot. Sein Wissen ist für immer mit ihm gegangen. Marius Kaiser lebt noch. In Namibia. Es sei denn, er wurde dort von einem Löwen zerrissen. Wer weiß?«

»Wischnewski!«

»Sina Kant wird nichts sagen, weil sie Angst um ihren Sohn hat«, fuhr Dante ungerührt fort. »Das Gleiche gilt für Evi Kobener, die ihre Tochter schützt. Dann hätten wir als Letzte …«

»… Helga Brandenstein?« Katinka hüpfte vom Brückenrand. »Los.«

»Ich kann nicht.« Kleinlaut sah Dante Katinka an.

»Was heißt das, Sie können nicht.«

»Wir haben interne Umstrukturierungen.«

»Die haben Sie doch ständig!«

»Ich habe die Kultur gekriegt. Genauer gesagt bin ich ab heute der Verantwortliche für die Kultur in der Wochenendbeilage.«

»Und?«

»Herrgott Sakra, wissen Sie, was das bedeutet? Bis Samstag muss ich was Sinnvolles basteln. Nicht nur *einen* Artikel. Ich muss alles machen.«

»Die ganze Kultur.« Katinka lachte.

»Das ist nicht komisch, das ist eine Heidenarbeit.«

»Das heißt, ich habe gerade meinen Mitarbeiter verloren.«

»Ich lasse Sie nicht im Stich. Im Hintergrund recherchiere ich mit.«

»Wollten Sie nicht immer so einen verantwortungsvollen Posten?«

»Jemand wie ich«, Dante senkte, Bescheidenheit simulierend, den Kopf, »sehnt sich beständig nach neuen Ufern.«

»Na dann«, Katinka schnappte sich ihren Rucksack, »viel Erfolg!«

»Warten Sie! Ich habe noch was recherchiert.« Dante hüpfte nun ebenfalls vom Brückenrand und wischte sich den Hosenboden sauber. »Dieses Reisebüro, das Vogler in Fürth hatte.«

»Was ist damit?«

»Er hatte einen Geschäftspartner. Simon Jensen. Der hat nach der Insolvenz ein eigenes Reisebüro in Bamberg aufgemacht, wurde aber recht bald zu Kvintu abgeworben.«

»Von Vogler.«

»Genau.« Dante strahlte. »Das wussten Sie bislang nicht, oder?«

»Waren die beiden wirklich insolvent?«

»Vogler hat ziemlich viel Geld aus dem Unternehmen rausgesaugt. Es gab zudem ein paar Reinfälle: Reisen, die ins Wasser fielen oder abgebrochen wurden. Denen brachen die Kunden weg. Daraufhin das Geld. Mit der Insolvenz retteten sie sich auf die sichere Seite. Und weil Jensen offiziell Voglers Angestellter war, hatte er keine Schulden und konnte sofort ein neues Geschäft eröffnen.«

»Klasse Arbeit, Wischnewski. Ob Ihnen mit der Kultur ein solcher Erfolg vergönnt ist, wage ich zu bezweifeln. Dennoch: toitoitoi!«

44

Später würde niemand behaupten können, Katinka hätte es nicht versucht. Sie hatte. Sie rief auf dem Weg in die Hasengasse Hardo im Büro an, erreichte jedoch nur einen Kollegen, der mitteilte, der Hauptkommissar sei nicht im Haus. Daraufhin probierte es Katinka auf seinem Handy; Hardo ging nicht dran.

Ärgerlich biss Katinka sich auf die Lippen. Sie hatte ihren letzten Komplizen eingebüßt. Und das allein deshalb, weil Dante in seinem Ehrgeiz unbedingt was werden wollte bei der Zeitung. Sie konnte ihr Büro nicht mehr benutzen, weil sie die Abhörwanze nicht entfernen wollte, um keine Aufmerksamkeit zu erregen. Außerdem war jemand in ihrer Wohnung gewesen und hatte ihr Handy mitgenommen. Und schließlich und endlich sperrte Hardo sie aus. Aus den Ermittlungen und aus seinem Leben. Seit drei Tagen Funkstille! Nur weil sie kurz nach dem Mord mit einem wichtigen Zeugen gesprochen und ihm zugegebenerweise schonungslos eine desaströse Nachricht überbracht hatte! Katinka begriff trotzdem nicht, warum Hardo nicht auf sie zugehen konnte. Wenn er wenigstens in seiner Bärbeißigkeit noch die alte Angst um sie haben würde! In dem Fall könnte er gar nicht anders, als sich gelegentlich zu melden.

Katinka versuchte es bei Sabine.

»Katinka, wie geht's?«

»Wird schon mal wieder besser. Gibt's was Neues?«

»Florian ist aus der Klinik entlassen worden. Wir haben mit ihm gesprochen.«

»Und?« Katinkas Handy begann zu piepen.

»Darüber darf ich nichts sagen.«

»Hat er was beitragen können, das dem Fall eine Wende gibt?«

»Sorry, Katinka …«

Das Handy schaltete sich aus.

Resigniert schloss Katinka die Tür zu ihrer Detektei auf. Stöpselte das Handy an das Ladekabel und setzte den Bug Detektor in Betrieb. Er fand die altbekannte Wanze. Sonst nichts.

Katinka erlaubte sich eine halbe Stunde Trübsinn am Schreibtisch, bis sie sich mit einem Seufzer Handy und Kabel schnappte und auf den Weg zu Florian Brenker machte.

Der junge Mann saß in der Wohnung seiner Mutter und versuchte, mit den neuen Umständen seines Lebens fertig zu werden.

»Ach Sie«, sagte er zur Begrüßung. »Die Polizei hat mir gesagt, ich muss nicht mit Ihnen reden.«

»Müssen Sie auch nicht. Darf ich trotzdem reinkommen?« Katinka spürte förmlich, wie sich der Blick der Nachbarin in ihren Rücken bohrte. Vermutlich stand sie hinter ihrer Tür Schmiere und inspizierte alle, die an der Brenkerschen Tür klingelten.

Florian trat beiseite. »Was wollen Sie?«

»Haben Sie die Beerdigung schon organisiert?«

»Die Leiche meiner Mutter ist noch nicht freigegeben.« Er schüttelte ungläubig den Kopf. »Ich bin in einer Zeitschleife drin, oder? Wie ich das so sage: die Leiche meiner Mutter. Als wenn das nichts wäre. Nichts weiter Schlimmes. Als wenn sich alles bald auflöst, und hinterher stellt sich raus: Sie ist gar nicht tot.«

Wahrscheinlich glaubte er das tatsächlich. Zeitschleifen, wie er sie nannte, gehörten zum Schock dazu. Man weigerte sich zu glauben, was letztlich nicht zu leugnen war. Der Satz ›Das kann doch nicht wahr sein!‹ schoss einem durch den Kopf. Auf Wiederholung gestellt. Immer und immer wieder. Man kämpfte, versuchte, mit dem Schicksal zu verhandeln. Man ahnte, dass es vergeblich sein würde. Machte all das trotzdem.

»Hat jemand von Hannes Firma mit Ihnen gesprochen?«

»Ja, ein gewisser Lukas. Luft, Lurch. Irgendwie so.«

»Lurahn.«

»Genau.«

»Weshalb kam er zu Ihnen?«

»Er wollte mir sein Beileid ausdrücken. Fragte, ob er etwas für mich tun könne. Ich sagte Nein.«

»Sie haben ihm eine Namensliste gegeben.«

»Die hat meine Mutter angelegt, auf einem Schmierzettel, und vor der Sendung hat sie mir die gegeben und gesagt: Das könnte wichtig werden. Heb das auf.«

»Hat sie Ihnen erklärt, für wen diese Namen stehen?«

»Ich glaube nicht. Wissen Sie, ich kann mich nicht mehr erinnern. Sie hat so viel erzählt, als wir am vergangenen Freitag nach Bamberg kamen. Eigentlich hat sie sich bei mir in Augsburg eingenistet, weil sie weg wollte. Weg von allem. Ich habe das nicht so ganz verstanden. Ich dachte nicht, dass sie Angst hatte. Nur, dass irgendwas Schräges in der Arbeit gelaufen war und sie deswegen Abstand wollte. Ich dachte, sie hätte sich Urlaub genommen! Ich habe nicht näher gefragt, und sie hat nichts erklärt.«

Katinka nickte.

»Wegen der Fernsehübertragung war sie reichlich nervös«, fuhr Florian fort. »Normalerweise war sie nie so mitteilsam, aber an dem Abend haben wir uns einen Wein aufgemacht, und sie hat geredet wie ein Wasserfall.«

»Worüber?«

Florian blickte in die Ferne. Vor seinem inneren Auge schien jene Szene mit seiner Mutter aufzuleuchten. Wahrscheinlich hatten sie hier, in diesem Wohnzimmer, gesessen. Florian fiel mit einem Mal auf, dass jener Abend der letzte im Leben seiner Mutter gewesen war. Ihm wurde klar, dass er niemals mehr mit ihr ein Glas Wein trinken und plaudern würde.

»Es ging um ihre Firma. Während sie bei mir war, hat sie nie was gesagt. Nur angedeutet. Jetzt, wo ich ziemlich viel Zeit habe, drüber nachzudenken, wird mir das klar.«

»Wussten Sie, dass Ihre Mutter massiv gemobbt wurde?«

»Sie hat erst damit rausgerückt, als dieser Moderator angerufen hat. Also: sein Büro. Dass sie sie einladen in die Sendung. Da hat sie mir gegenüber durchblicken lassen, dass in ihrem Job was nicht stimmte. Sie war total niedergedrückt, das habe ich bemerkt. Dass das alles solche Ausmaße angenommen hatte, hätte ich mir nie vorstellen können, bei allem, was recht ist.«

Hanne musste Kontakt mit dem Sender aufgenommen haben, sobald das Thema feststand, überlegte Katinka. Oder die Leute vom Mobbing-Netz hatten den Kontakt hergestellt. Egal. Sie bräuchte eine komplette Soko, um alle Fragen rund um den Mord an Hanne Brenker zu klären. Als Einzelkämpferin musste sie sich flott für die wichtigsten Fragestellungen entscheiden. Und ihnen unverzüglich nachgehen.

»Wie lange ging das schon? Das Mobbing?«

»So, wie sie es erzählt hat, seit Weihnachten. Dieser Grät, dieses Arschloch, hat meine Mutter sitzen lassen. Ich fand den Typen sowieso zum Kotzen. Andererseits war ich froh, dass meine Mutter endlich jemanden hatte. Sie hat sehr unter dem Alleinsein gelitten. Hat sich jemanden gewünscht, mit dem sie alles teilen kann.«

»Und dann endete sie als Geliebte.«

»Als Zweitfrau!«, fauchte Florian. »Wollen Sie eigentlich was trinken?«

»Nicht nötig.«

»Es ist sowieso kein Tee im Haus. Die Polizei hat alle Tees mitgenommen.«

»Hat Ihrer Mutter das nichts ausgemacht? Dass sie die Zweitfrau war?«

»Sie kennen doch das Drehbuch! Es ist immer das Gleiche! Er sagt, er wird seine Frau verlassen. Dauert noch ein paar Wochen. Dann sagt er es ihr. Allerdings hat er gar nicht die Absicht, den Status quo aufzugeben. Wäre auch viel zu teuer, so eine Scheidung.«

»Wusste Hanne, dass Wolfram Grät mit einigen anderen Frauen Affären hatte, eventuell zeitgleich?«

»Sie ahnte es anscheinend, aber mir gegenüber hat sie nichts erwähnt.«

»Sie hatte keine Freundinnen, denen sie sich anvertraute?«

»Meine Mutter ist – war – nicht so der Typ, der ständig über sein Innenleben quatscht. Sie hat die meisten Sachen mit sich ausgemacht.«

»Sie haben also die Liste mit den Namen an Lukas Lurahn weitergereicht. Haben Sie sie der Polizei auch kopiert?«

Florian starrte Katinka an. »Nein. Habe ich nicht. Lukas sagte, er würde das machen.«

»Verstehe.« Katinka bebte vor Aufregung. So ruhig wie möglich fuhr sie fort: »Also hat er das wahrscheinlich getan.«

»Hm.«

»Sie kannten niemanden von den Leuten?«

»Nein! Ich sage Ihnen doch: Meine Mutter hat nichts erzählt, und ich habe nie gefragt.«

»Klar. Danke.« Katinka stand auf. »Ich finde allein raus.«

An der Tür drehte sie sich um.

»Herr Brenker, wie fand Ihre Mutter eigentlich dieses Getue mit dem Lauftraining?«

»Ach das. Das fand sie gut. Sie hat fünf Kilo abgenommen. Darauf war sie stolz.«

Katinka verabschiedete sich. Als sie die Wohnung verließ, schoss die buschfeuerrote Nachbarin aus ihrer Tür und trat ihr in den Weg.

»Na, haben Sie Ihre Bücher bekommen?«

Katinka hob den Rucksack hoch. »Ja.«

»Traurig, nicht wahr?« Lauernder Blick von unten.

»Wahrhaftig.« Katinka zog ein Tempo aus der Jeanstasche. »Ich komme nicht drüber weg.«

45

Katinka sah zu, dass sie heimkam. Sie würde erneut die Nummer mit dem Kvintu-Shirt probieren. Auf ihrem Weg nach Hause machte sie einen kurzen Umweg und kaufte bei einem Optiker eine Sportsonnenbrille, hinter der von ihrem Gesicht nicht mehr viel zu sehen war. Auffallen würde sie damit nicht: Jetzt, am frühen Abend, strahlte die Sonne, als habe es nie Wolken oder Regen gegeben.

Lukas und ein paar Kollegen wärmten sich nebeneinander auf, hüpften und tänzelten. Die aufgesetzte ›Wir-sind-cool‹-Fröhlichkeit war aus ihren Gesichtern verschwunden.

Katinka trat unauffällig neben sie.

»Wir müssen reden«, zischte sie Lukas zu.

»Frau Palfy ...«

»Ja, eben die.« Katinka ging ein paar Schritte weiter. Wie Lukas hatte sie sich heute ein Piratentuch um den Kopf geschlungen. Endlich kam der Trupp in Bewegung. Wie beim letzten Mal setzte sich ein Feld sehr schnell ab. Katinka blieb auf der Höhe des Mittelfeldes. Ihr fiel auf, dass Wolfram Grät nirgends zu sehen war. Mit verbissenem Ernst trabten die Kvintu-Leute voran. Nach gut zehn Minuten schloss Lukas zu ihr auf. Das Feld zog sich auseinander.

»Ich muss ernsthaft trainieren!«, flüsterte Lukas. »Es würde zu sehr auffallen, wenn ich nicht mehr mit Vollgas dabei bin.«

»Sie müssen sich vor mir nicht rechtfertigen. Allerdings würde ich mich brennend dafür interessieren, warum Sie

Florian Brenker diese Namensliste aus dem Kreuz geleiert haben.«

Lukas schwieg eine Weile. Nur das Baff Baff der Schuhe auf dem Asphalt war zu hören.

»Ich weiß nicht, wie ich anfangen soll. Der Punkt ist: Jana und ich, wir sind drin. Sie und die Polizei, Sie sind draußen.«

»Wollen Sie mir darlegen, dass Sie beide als Mitarbeiter von Kvintu die besseren Ermittlungsvoraussetzungen haben?«

»Exakt.« Lukas begann zu keuchen.

Katinka drosselte ihr Tempo. Ein klein wenig.

»Akzeptiert. Dennoch haben Sie Florian versprochen, Sie würden die Liste an die Polizei weiterreichen.«

Lukas wurde flammend rot. Es fiel nicht weiter auf. Der Schweiß rann ihm über das Gesicht.

»Sie haben sie also nicht weitergegeben«, stellte Katinka fest.

»Noch nicht.«

»Was haben Sie über diese Leute herausgefunden?«

»Die auf der Liste? Also: Zwei sind übrig. Zwei andere sind tot, einer lebt in Afrika.«

»Und das bedeutet?«

»Dass sie etwas wussten und kaltgestellt wurden.«

»Könnte sein. Jedoch: Was wussten sie? Jana hat mir die Liste mit der Information überreicht, es handle sich um Mobbingopfer.«

»Sind es keine?«

Entweder er spielte gut oder er hatte wirklich keine Ahnung. Dabei hielt Katinka ihn nicht für einen ausgebufften Lügner. Er war ehrgeizig und naiv zugleich. Außerdem befand er sich in einer inneren Umbruchsituation. Ihm wurde nach und nach klar, dass der von ihm so verehrte Kult-Arbeitgeber reichlich dunkle Seiten hatte. Damit musste er erst mal zurechtkommen. Es war, als strukturiere sich sein Gehirn neu.

»Was haben Sie ansonsten rausgekriegt?«

»Wir versuchen sehr vorsichtig, in den Abteilungen nachzuforschen, aus denen diese fünf Leute kamen. Kaiser und Burgis haben als Programmierer gearbeitet. Sie waren keine von den innovativen Köpfen, haben die Fleißarbeit gemacht. Code geschrieben.«

»Ist Ihnen der Begriff ›Netz‹ untergekommen?«

Lukas stolperte.

»Also ja.« Katinka ballte die Fäuste.

»Haben wir gehört. Im Flüsterton. Wie beiläufig. Nicht als Information. Sondern als eine Art Stichwort zwischen den Zeilen.«

»Wer gehört dazu?«

»Von den Vorständen: Vogler. Und Grät.«

»Simon Jensen?«

Lukas wurde langsamer. »Woher wissen Sie …?«

»Spielt keine Rolle. Also Simon Jensen auch. Ich frage mich eins: Um Kobener mit einem Felsen in Schottland auszuschalten, muss man schon ein bisschen Geld in die Hand nehmen. Ich kann mir kaum vorstellen, dass die Herren Vorstände selber über den Berghang geklettert sind.«

»Natürlich nicht.« Lukas sah zurück. Sie liefen zwischen einem weit gestreuten Mittelfeld und der unmotivierten Nachhut.

»Wissen Sie Näheres drüber?«

»Nein. Noch nicht.«

»Seien Sie vorsichtig!«, warnte Katinka. »Da scheint sehr viel auf dem Spiel zu stehen!«

»Sowieso klar.«

»Bis die Tage!« Katinka nahm erneut ihren bevorzugten Fluchtweg. Sie schlug sich ins Gebüsch rechts des Weges. Auf der Höhe des Botanischen Gartens schwenkte sie nach rechts und joggte in entspanntem Tempo Richtung Stadt zurück. Als sie sich dem Münchner Ring näherte, glitt ein Schatten aus der Fußgängerunterführung und verschmolz mit dem Dickicht des Parks.

Sie sah sich um. Kaum Spaziergänger, nur ein Pärchen weiter in Richtung Kanal, das mit sich selbst beschäftigt war. Unentschlossen trat Katinka auf der Stelle. Sah sich erneut um. Niemand zu sehen. Sie trabte langsam weiter, um dann ganz plötzlich ihr Tempo zu steigern und wie ein geölter Blitz zur Unterführung abzubiegen. Der kurze Tunnel war eng und düster.

Am anderen Ende trat jemand ins Licht. Ein Typ in Joggingklamotten, mit Sonnenbrille. Sie jagte direkt auf ihn zu, brüllte: »Aus dem Weg!«

Hinter ihr hallten Schritte zwischen den gefliesten Wänden. Der Mann vor ihr kam auf sie zu, sie schlug einen Haken, er griff nach ihr, sie entkam seinen Händen, hörte einen Pfiff hinter sich, flitzte weiter zur Straße.

Als sie sich zwischen parkenden Autos stehend umwandte, war niemand mehr zu sehen.

Keuchend lief Katinka im Zickzack durch das Haingebiet. Ihr früheres Viertel. Vertraute Straßen. Vertrautes suggerierte Sicherheit. Das Seltsame war jedoch, dass vielen Leuten gerade in der vermeintlichen Schutzzone allerhand Ungemach zustieß. Elias Burgis stürzte die Treppe in seinem Haus hinunter. Christa Schleyer erlitt einen Schlaganfall in ihrem Wohnzimmer.

Nichts passte ins Bild. Der Schlaganfall war kein Mord.

Zu so einer Behauptung würde sich nicht einmal der durchgeknallteste Jurist versteigen.

Hanne Brenkers Tod war hingegen nicht als Unfall zu deklarieren. Katinka fiel in einen leichten Trab. Sie verließ das Haingebiet und joggte die Lange Straße entlang. Ihre Kehle brannte. Sie hatte einen Höllendurst.

Fünf Tote.

Davon nur ein eindeutiger Mord. Der an Hanne. Und Marie?

Kobeners Unfall konnte schlicht ein Unfall sein. Genauso der von Elias Burgis. Manche Leute machten einen Fehltritt und stürzten. Tragisch. Nichts zu machen.

Marie war den plötzlichen Herztod gestorben, Christa Schleyer einem Schlaganfall zum Opfer gefallen. Solche Dinge passierten.

Katinka lief über die Obere Rathausbrücke. Sogar um diese Zeit noch unzählige Flaneure. Klar, das Wetter bestach. Vor dem Abendhimmel leuchteten die Fotomotive besonders schön.

Fünf Tote. Katinka schlängelte sich durch die malerischen, von Außenseitern selten entdeckten Gässchen bis in die Concordiastraße.

Fünf Tote.

Aber es gab kein Muster.

23.4.2014 – DONNERSTAG

46

Katinka saß die halbe Nacht an ihrem Küchentisch und notierte sämtliche Informationen und Schlüsse, die sie bisher gezogen hatte und die sie für realistisch hielt. Daneben schrieb sie die Aufgaben, die sie als Nächstes vor sich sah: Handelsregister nach dem Reisebüro von Vogler überprüfen. Mit Dante, der das ursprünglich hatte machen wollen, war ja nicht mehr zu rechnen. Dr. Oberer nach Maries Gesundheit fragen. Evi Kobener gut zureden. Gegebenenfalls würde Katinka an ihre moralische Pflicht den Opfern gegenüber appellieren können. Denn so viel stand fest: Wer immer bei Kvintu zu tief in die Akten geblickt oder zu gute Ohren gehabt hatte, ging über den Jordan. Katinka legte eine Liste an:

Morde: 2 (Hanne Brenker, Ernst Kobener)

Sie schrieb ein Fragezeichen hinter den zweiten Namen. *Unklar: 1 (Elias Burgis). Noch unklarer, da letztlich ›natürliche‹ Todesfälle: 2 (Marie Santarín, Christa Schleyer).*

Selbst hier war sie versucht, Namen von einer Kategorie in die andere zu schieben. Möglich, dass Elias Burgis getötet worden war.

Sie rief Sabine an.

Die meldete sich nach dem ersten Klingeln.

»Ach, Katinka.« Es klang reichlich unterkühlt.

»Sabine, was ist los? Bin ich Persona non grata?«

Die kurze Pause sprach Bände.

»Unsinn. Hier ist im Moment bloß tierisch viel los. Die Politik steht kopf, und nicht nur die, sondern die komplette Welt des Sports, wenn du so willst.«

»Welterbelauf?«

»Exakt.«

»Erpresserschreiben?«, wagte Katinka sich ein Stück weiter vor.

»Woher weißt du …«

»Frag nicht. Ich weiß es eben. Haltet ihr ein Horrorszenario für den 3. Mai für realistisch?«

»Du weißt, wie es läuft: Wenn Drohungen dieser Art auf der Tagesordnung stehen, glühen die Drähte.«

»Seid ihr mit Hanne Brenker weitergekommen?«

»Wir sind dran.«

»Die Öffentlichkeit bekommt nicht gerade viele Infos.«

»Das ist so gewollt.«

»Du bist inzwischen Hardos rechte Hand.« Katinka rang sich einen neutralen Tonfall ab, wohl wissend, dass sie schlecht bluffte. »Welche Information fällt für mich ab?«

Sabine holte tief Luft. »Von uns fällt keine Information für dich ab, Katinka. Sorry, das ist eine Anordnung von ganz oben.«

Bingo! Katinka schlug sich die Hand vor die Stirn. Ganz klar: Hardo hatte Anweisungen, seine Lebenspartnerin hermetisch aus dem Fall herauszuhalten. Sie sollte nicht imstande sein, das eine oder andere aus ihm herauszuquetschen. Also hielt er sie am langen Arm von sich weg.

»Schade. Du kannst Hardo ausrichten: Vielleicht trägt KP zur Abwechslung was Hilfreiches bei.«

»KP?«

»Nicht kommunistische Partei. Katinka Palfy.«

»Die Lage ist nicht lustig, Katinka. Die überlegen sogar, ob sie Hardo nach Fürth versetzen. Sie halten es für ein Problem.«

»Es? Dass Hardo mit mir zusammen ist?« Katinka konnte nur den Kopf schütteln. »So ein Schwachsinn. Fürth ist die sicherste Großstadt Bayerns, wenn nicht sogar Deutschlands. Was soll Hardo da?«

»Bamberg ist auch nicht Harlem.«

»Da haben vermutlich nicht allein die Behörden ein Wörtchen mitgeredet, sondern außerdem ein paar Platzhirsche aus der heimischen Wirtschaft?« Schlagartig stand das Szenario glasklar vor Katinkas Auge: Wenn Kvintu – zumindest einige Leute dort – die Privatdetektivin aus der Hasengasse auf dem Radar hatten, suchten sie garantiert nach allen möglichen Wegen, sie auszuschalten. Warum nicht über Einflusssphären bei der Polizei? Ein mit dem Fall Hanne Brenker befasster Hauptkommissar sollte keine Beziehung zu einer Privatnase haben, die im selben Gewässer fischte.

»Tut mir leid, Katinka, wirklich. Ich muss Schluss machen.« Sabine legte auf.

Wütend schleuderte Katinka ihr Handy auf den Tisch. Der Staat zeigte sich mal wieder von seiner ganz besonders intelligenten Seite. Hauptsache, die Dienstwege wurden gewahrt. Ob man den Fall löste, interessierte dabei nicht weiter.

Wenigstens hätte sie von Hardo Ehrlichkeit erwartet. Warum konnte er ihr nicht direkt sagen, in welche Bredouille seine Vorgesetzten ihn brachten? Das war so gar nicht typisch für ihn. Und dann so eine absurde Drohung: Harduin Uttenreuther, das urbambergische Gestein, in Fürth! Katinka hätte am liebsten gelacht, hätte sie sich nicht so erbarmungslos ausgelaugt gefühlt. Hardo würde den Regierungsbezirk nicht wechseln. Ein mit seiner Scholle verwurzelter Oberfranke konnte in Mittelfranken nicht einmal atmen!

Seufzend stand sie auf und kontrollierte den Inhalt ihres Kühlschranks. Sie würde einkaufen müssen. Ein neues Wochenende stand bevor. Katinka hatte allmählich genug von Imbisssnacks und Pizza auf die Hand. Außerdem herrschte Ebbe in ihrem Geldbeutel. Ein kurzer Besuch beim Bankomaten stand also ebenfalls auf der Zu-Erledigen-Liste. Zudem musste sie überprüfen, ob Janas Vorschüsse auf ihrem Konto gelandet waren.

Sie faltete den Zettel mit ihren Skizzen zusammen und steckte ihn in ihren Rucksack.

Bei Dr. Oberer am Mittleren Kaulberg benötigte sie kaum zehn Minuten. Der Riese mit dem Schnauzbart nahm sie sofort dran.

»Marie Santaríns Unterlagen bekommen Sie nicht. Aber ich beantworte gern Ihre Fragen. Die Polizei war übrigens schon da. Irgendein Beamter, der ein paar Kreuzchen auf seinem Fragebogen machte und zufrieden von dannen zog.«

»Zufrieden? Ging es um die Antworten, die er erhalten hat?«

»Eher darum, dass er etwas abgehakt hatte. Aufgabe erledigt. So in der Art.«

»Marie ist offiziell den plötzlichen Herztod gestorben. Ich habe gelesen, dass das gar nicht so selten vorkommt?«

»Naja, Schlaganfälle sind häufiger.«

»Gab es irgendeine Voreinstellung in Maries Gesundheit, die so einen Tod wahrscheinlicher machte?«

»Absolut nicht. Sie hatte nie Arrhythmien, sie lebte gesund, sie ließ sich sogar durchchecken, als sie mit dem Training begann, und kam regelmäßig zur Kontrolle. Es gab nicht die kleinste Auffälligkeit.«

»Also ist es mit anderen Worten ziemlich ungewöhnlich gewesen, dass ausgerechnet sie so starb?«

Dr. Oberer zwirbelte seinen Schnauzer. »Wie man es dreht und wendet: Shit happens. Das sind die Blitze aus heiterem Himmel, gegen die wir nicht gefeit sind. Es sei denn ...«

»Ja?«

»... es sei denn ... nehmen Sie das nicht zu Protokoll ... sie hätte sich furchtbar erschrocken. Panik, Angst ... denken Sie an die Redensart: ›Mir bleibt das Herz stehen‹.«

»Verstehe. Danke.« Katinka stand auf. Irgendetwas regte sich in ihr. Eine Erinnerung. Ein Bild. Nur kam sie nicht drauf, was genau.

»War mir ein Vergnügen, Sie kennenzulernen. Ich lese manchmal etwas über Sie in der Zeitung.«

»Das muss aber eine Weile her sein!«

»Von wegen.« Er griff hinter sich. »Hier, das ist die momentane Kultrubrik: ›Prominente trainieren für den Weltkulturerbelauf. Heute: Privatdetektivin Katinka Palfy‹.«

Katinka riss ihm die Seite aus der Hand. Ein Bild von ihr, wie sie durch Schnürlregen joggte. Im Hintergrund sah man das Wasser der Regnitz strömen.

»Spinnen die jetzt vollkommen?«

Dr. Oberer lachte. »Nicht ärgern. Die Welt will das wissen.«

»So ein Quatsch. Der Welt ist es völlig egal, ob ich jogge oder nicht.«

»Die Bamberger Welt ist eben ein bisschen anders. Falls Sie medizinische Beratung wünschen ...«

»Danke, die brauche ich wahrscheinlich wirklich bald.« Katinka gab ihm das Blatt zurück. »Lieber Himmel. Überall Verrückte.«

47

Mittags hatte Katinka den Handelsregisterauszug des Reisebüros Terra Mia in der Königstraße in Fürth vor sich. Die Agentur wurde als GbR geführt, war ursprünglich allein von Harry Vogler als eingetragenem Kaufmann angemeldet worden, und zwar am 1. Mai 2002. Ein Jahr später stieß Simon Jensen als Prokurist hinzu, 2004 Helga Brandenstein. Es folgte die Insolvenz im September 2006. Katinka kaute an ihrer Unterlippe. Sie saß in ihrem Büro, recherchierte ein bisschen auf ihrem Tablet, warf ab und zu einen Blick auf die Abhörwanze, und fand schließlich, was sie suchte. Ein Reisebüro in Fürth, dieselbe Adresse, mit dem leicht veränderten Namen Terra Nova.

Aufgeregt beugte sie sich über den Bildschirm. Online besorgte sie sich den chronologischen Handelsregisterauszug für Terra Nova. Tag der Eintragung: 1.10.2006.

»Ha!« Katinka schlug mit der Faust auf den Tisch.

Als Geschäftsführerin wurde Helga Brandenstein genannt. Sie wurde in dieser Funktion bis zum 1.9.2012 geführt. Als sie, wie sie angegeben hatte, in Frührente gegangen war. Also hatte sie das Reisebüro weitergeführt, obwohl sie zugleich bei Kvintu als Sekretärin arbeitete? Terra Nova wurde mittlerweile von einer Frau namens Sabrina Turmeyer geleitet.

Plötzlich prickelte Katinkas Magen. Endlich kam Bewegung in die Sache. Sie hastete nach Hause. Mit dem Auto wäre sie in einer guten halben Stunde in Fürth.

Natürlich dauerte es länger. Erst ein Stau auf dem Frankenschnellweg, anschließend eine überfüllte Tiefgarage. Mit dem Gefühl, dass es auf einen Strafzettel nun nicht mehr ankam, hatte sie mit einem kritischen Blick zum bewölkten Himmel den Beetle direkt an der Straße vor Terra Nova abgestellt. Es war kurz vor 14 Uhr, als sie endlich das Reisebüro betrat.

»Grüß Gott. Sind Sie Frau Turmeyer?«

»Tut mir leid, Frau Turmeyer ist nicht da«, antwortete eine blonde Frau, deren tiefschwarz lackierte Nägel auf der Tastatur eines PCs rasteten.

»Schade. Ich muss sie dringend sprechen.«

»Kann ich Ihnen weiterhelfen?«

»Würden Sie mir ein paar Fragen zur Geschichte Ihrer Reiseagentur beantworten?«

Die Blonde zog die Krallen ein.

»Wieso?«

Katinka lachte. »Wieso nicht?«

Ein Ausdruck tiefer Verwirrung trat in das Gesicht der Reiseagentin. »Hören Sie, wenn ich Sie irgendwie beraten kann …«

»Lass gut sein, Jessi.« Die Stimme kam aus einem Raum hinter Jessi. Zwischen den Regalen voller Kataloge und Prospekte trat eine Dame in den Ring. Sie trug enge Hüftjeans, ein bauchfreies Top, eine Ray Ban Brille und Nikes. Machte auf jugendlich, wozu ihr die Schlankheit und das lange, zart blondierte Haar verhalfen, aber in ihrem Gesicht hatte längst das Alter Einzug gehalten.

»Danke!« Katinka schob sich an Jessi vorbei und schlüpfte hinter Sabrina Turmeyer zwischen den Regalen hindurch in einen Nebenraum. Zwei übergroße Handtaschen standen auf dem Tisch, beide mit viel Strass verziert.

»Was kann ich für Sie tun?« Die Frage klang routiniert und wachsam zugleich. Jedes Bruchstück an Information konnte für Katinka bedeutsam sein.

»Ich bin Mareike Schwesig von der Nürnberger Zeitung. Wir arbeiten zur Zeit an einer Serie über kleine innovative Unternehmen in der Metropolregion Nürnberg.«

»Ach.«

»Da ich selber gerne reise, habe ich der Redaktion vorgeschlagen, unbedingt ein Reisebüro in unsere Planungen einzubeziehen.« Katinka wartete ab. Wenn sie unter Legende arbeitete, musste sie darauf achten, nicht zu viel zu reden. Die Menschen waren knappe Mitteilungen gewohnt. Ein Zuviel an Fakten machte die meisten unterschwellig argwöhnisch.

»Nehmen Sie Platz.«

Katinka sank auf einen Stuhl und kramte ihren Notizblock aus dem Rucksack.

»Uns interessiert natürlich, wie Sie auf die Idee kamen, ein Reisebüro zu gründen.«

»Ich habe es nicht selbst gegründet.« Sabrina Turmeyer nahm einen Stapel Post von einem Stuhl und setzte sich

Katinka gegenüber. Der Briefstapel sackte auf den Tisch zwischen die Handtaschen. »Ich habe es von meiner Vorgängerin übernommen.«

»Auch eine Frau?«

Perfekt in Form gezupfte Augenbrauen hoben sich. »Ist das wichtig?«

»Weibliche Gründerinnen stehen bei mir ganz oben auf der Prioritätenliste.«

»Aha. Ja, Helga hat mich Anfang 2007 angestellt. Ich bin gelernte Reiseverkehrskauffrau und habe viel Spaß an meinem Job. Damals waren meine Kinder aus dem Gröbsten raus. Ich wollte wieder arbeiten. Helga hatte erst kurz zuvor neu eröffnet.«

»Das heißt, sie hat die Firma ganz allein hochgezogen?«

Kurzes Zögern. »Ja.« Nicht ganz korrekt, nicht ganz falsch. »Nach einem halben Jahr hatten wir noch eine Aushilfskraft auf 400-Euro-Basis. Anders wäre es nicht gegangen.«

»Das Geschäft lief von Anfang an gut?«

»Wir wollten solide arbeiten, die Kunden gut beraten und wirklich die besten Angebote zusammenstellen. Heutzutage buchen so viele Menschen ihre Reisen im Internet, dass für das Reisebüro als Instanz wenig abfällt.«

»Das heißt, mit einem solchen Geschäft in den schwarzen Zahlen zu bleiben, ist doppelt ehrenvoll?«, fragte Katinka mit ihrem gewinnendsten Lächeln.

»Es ist schwierig. Mit den Bilanzen hatte ich nie etwas zu tun, solange Helga das Geschäft führte.«

»Und jetzt?«

»Buchhaltung und Inkasso gebe ich außer Haus.«

Katinka lauschte in die Geschäftsräume hinaus. Besonders frequentiert schien die Agentur nicht zu sein.

»Für uns ist es immer ein Thema, zu fragen, ob die Atmosphäre zwischen den Kollegen und zu den Chefs gut ist. Mobbing ist ja in aller Munde.«

Sabrina Turmeyer lachte auf. »Mobbing? In so einem kleinen Betrieb kann man sich das gar nicht leisten.«

Katinka überlegte fieberhaft, welche Fragen Dante stellen würde. »Sind Sie glücklich mit Ihrem Job?«

»In der Hauptsache schon.«

»Was ist für Sie am schwersten?«

»Nun … womöglich die Verantwortung. Ich habe eine Angestellte, die ihren Job braucht. Wenn wir mal am Monatsende nicht so gut dastehen … tja, dann mache ich mir natürlich Gedanken, ob alles so gut weitergeht wie bisher.«

»Was ist am schönsten?«

»Träume zu verkaufen. Wir verkaufen keine Reisen, wir versorgen unsere Kunden mit Träumen.«

»Sie erfüllen doch Träume.«

»Niemand will Träume erfüllt haben. Im Gegenteil: Man möchte im Anschluss an die guten noch bessere Träume träumen.«

Katinka kritzelte eifrig auf ihren Block. »Das haben Sie toll formuliert. Darf ich das so übernehmen?«

»Klar.«

»Haben Sie weiter Kontakt zu Ihrer Vorgängerin? Fragen Sie sie um Rat?«

Wieder ein kurzes Zögern. »Nein.«

»Danke.« Katinka stand auf. »Wenn ich noch etwas wissen will, melde ich mich bei Ihnen.«

Sabrina Turmeyer winkte ab, als sei dies das Unwahrscheinlichste der Welt.

Katinka verbrachte den Rest des Nachmittags in einem Café schräg gegenüber dem Reisebüro. Ein einziger Mann betrat die Agentur und verließ sie relativ schnell wieder. Er sah nicht aus, als habe er eine Reise buchen wollen. Um fünf kam Sabrina Turmeyer vor die Tür. Sie trug eine der reich geschmückten Handtaschen über dem Arm und einen Stockschirm. Katinka ließ einen Schein neben ihrer leeren Tasse und folgte der Reisefachfrau, die Träume verkaufte.

48

Sie kamen nicht weit. Dem Theater gegenüber schloss Sabrina Turmeyer eine Haustür auf, sah sich um, verschwand im Inneren. Katinka sprintete und hielt die Tür fest, bevor sie ins Schloss fallen konnte. Sie schob sich hinein.

Tiefe Dunkelheit empfing sie. Und eine raue Stimme.

»Sie sind keine Journalistin.«

»Clever kombiniert.« Katinka konnte rein gar nichts sehen. Sie kniff die Augen zusammen, konzentrierte sich ganz auf das Hören. Ein Geräusch macht sie misstrauisch. Ein metallisches Schleifen, als würde ein Messer gewetzt.

»Frau Turmeyer, wovor haben Sie Angst?«

»Ich habe keine Angst.«

»Reden Sie mit mir.«

»Werde ich nicht.«

»Es hilft doch nichts. Die Polizei hat das Netz längst im Visier.«

Das folgende Schweigen war Katinka Antwort genug.

»Haben Sie Geld bekommen?«, versuchte sie es. »Sind es die Geldspritzen des ›Netzes‹, die Ihre Agentur am Leben erhalten?«

Immer noch Schweigen. Kalt und seltsam. Langsam gewöhnten sich Katinkas Augen an die Dunkelheit. Sie sah einen Lichtschein weiter weg, wahrscheinlich der schmale Spalt zwischen Tür und Schwelle am Ende eines Korridors.

»Helga hat mir das Reisebüro angeboten. Wenn ich dafür ab und zu ein paar Rechnungen stelle und Zahlungen über unsere Konten laufen lasse.«

»Geldwäsche?«

»Wenn Sie so wollen.«

»Wem stellen Sie die Rechnungen?«

»Einer Firma auf Guernsey. ›Innovative Technologies Channel Islands‹.«

»Mit wem haben Sie dort zu tun?«

»Mit wechselnden Mitarbeitern.«

»Der Mann heute Nachmittag – der gehörte dazu?«

»Kein Kommentar.«

Katinka stöhnte leise. Sabrina Turmeyer hatte Angst. Was bedeutete, dass sie das Potenzial hinter dem faulen Zauber längst erkannt hatte.

»Der war dazu da, Sie daran zu erinnern, dass Sie einen Handel eingegangen sind, nicht wahr?«

Sie meinte, ein gehauchtes ›Ja‹ zu hören.

Sabrina Turmeyer bewegte sich. Katinka konnte ihre Silhouette in dem Lichtfleck erkennen, den das Licht im Türspalt in den Flur warf.

»Sie sind nicht die Einzige, oder? Da sind noch andere Geschäfte reihum, die Dienstleistungen für das Netz anbieten.«

»Ich weiß es nicht.«

»Danke. Wiedersehen.« Katinka schlüpfte zur Tür hinaus. Sie stand auf dem Gehsteig, von der Helligkeit geblendet. Langsam ergab sich ein Muster.

Sie rief Jana an.

»Halten Sie sich bereit. Wir treffen uns in einer Stunde im Luitpold.«

Katinka besah sich die Reifen und die Radmuttern ihres Wagens, bevor sie einstieg, konnte aber nichts Verräterisches entdecken. Es wäre das Einfachste, sie im Auto auszuknocken. Schließlich geschahen so viele tragische Unfälle! Und sie wusste genug. Vogler und Jensen hatten mit Hilfe von Helga Brandenstein und dieser armseligen Sabrina Turmeyer ein Geldwäschesystem etabliert. Garantiert steckten weitere Firmen in der Region im Schlamassel. Kleine Betriebe, die ums Überleben kämpften und das Zubrot, das Kvintu für illegale Unterstützung in Aussicht stellte, bitter nötig hatten. Sie stellten fingierte Rechnungen aus, richteten Konten ein, tätigten Überweisungen. Die Köpfe bei Kvintu konnten über die Firma auf Guernsey ihre desolaten Finanzen kurieren und sich selbst den einen oder anderen Bonus auszahlen. Selbstverständlich an der Steuer vorbei.

Katinka startete den Motor. Testete die Bremsen. In Ordnung.

Dann fuhr sie trotzdem nicht los. Sie rief Dante an.

»Kann jemand mithören?«

»Nein, aber …«

»Ich weiß, Sie haben keine Zeit, aber es gibt ein paar wesentliche Punkte, die ich Ihnen sagen muss. Stift bereit?«

»Okay.«

Katinka skizzierte grob, was sie an diesem Tag herausgefunden hatte. »Merken Sie sich diese Namen: Vogler, Jensen, Brandenstein, Turmeyer. Und passen Sie gut auf sie auf.«

»Ja, wobei …«

»Tschüss.« Katinka warf das Handy auf den Beifahrersitz und gab Gas.

Jana hockte verdruckst im Café. Das Luitpold war wie stets am Abend gut gefüllt und ebenso beschallt. Musik fetzte, mischte sich mit dem Stimmengewirr der Gäste, brandete gegen Wände und Trommelfelle. Der ideale Ort, um nicht belauscht zu werden.

»Tacheles«, sagte Katinka, nachdem sie einen Flammkuchen und ein Kellerbier bestellt hatte. Wieder war es nichts mit dem Einkaufen geworden. Und den Besuch beim Geldautomaten konnte sie maximal auf morgen verschieben. »Ich schildere Ihnen, was ich habe. Sie ergänzen, was dazu passt, okay?«

»Abgemacht.«

»Ich habe vier Namen. Doch das Netz kann nicht ausschließlich von diesen vier Figuren leben. Da müssen mehr beteiligt sein.«

»Welche Namen?«

»Vogler, Jensen. Dazu dessen langjährige Sekretärin, Helga Brandenstein. Und eine Frau aus Fürth, Sabrina Turmeyer.«

»Vogler und Jensen, die Namen sagen mir natürlich was. Aber die anderen …«

»War vor Ihrer Zeit. Wer sitzt denn jetzt im Vorzimmer von Jensen?«

»Eine gewisse Marta Corposanto.«

»Kennen Sie sie näher?«

»Nein. Sie gehört zu den abgeklärten Typen, die immer allein in die Kantine gehen und sich jeden Tag die Nägel dreimal lackieren.«

»Bei so einem anstrengenden Job?«

»Sie fährt einen Jaguar.« Jana lachte. »Sonstige Fragen?«

»Erbschaft gemacht, reicher Lover oder lukrativer Nebenverdienst?« In Katinkas Magen meldete sich wieder das Prickeln. Das Gefühl, einer Sache nahezukommen. Vorzudringen in ein Dunkel, das nur darauf wartete, dass jemand das Licht anknipste.

»Keine Ahnung.«

»Sagt Ihnen ›Innovative Technologies Channel Islands‹ was?«

»Das ist eine Partnerfirma. Auch aus dem amerikanischen Nest gekommen, wie Kvintu Deutschland, haben sich später umbenannt.«

»Haben Sie jemals einen Mitarbeiter von dort kennengelernt?«

»Nein. Die haben Server von uns bekommen, und ein Mitarbeiter aus unserer Abteilung musste hin, um sie in Betrieb zu setzen. Ich habe mitgekriegt, wie er einen Reisekostenantrag ausgefüllt hat.«

»Konnten die Leute von den Innovative Technologies die Maschinen nicht selbst installieren?«

Jana zuckte die Schultern. Wie sie mit dieser Lethargie einen Job in der ach so angesagten Firma bekommen konnte, war Katinka höchst schleierhaft.

»Was treibt Lukas eigentlich aktuell?«

»Ich weiß nicht.«

»Jana, verdammt!« Katinka stemmte die Hände auf den Tisch, beugte sich vor. »Sind Sie tatsächlich krank, nicht nur krankgeschrieben? So kommen wir nicht weiter!«

»Pardon, Sie sind die Detektivin.«

»Ich kann mich nicht in den Betrieb einschleusen. Man kennt mich bereits. Klebt an meinen Fersen. Insiderinformationen kriege ich von niemandem außer von Ihnen oder Lukas.«

»Lukas hat Ärger mit seiner Freundin. Richtigen Ärger.«

Also doch!, schoss es Katinka durch den Kopf.

»Sie ist extrem eifersüchtig. Klar, Lukas und ich, wir haben so oft die Köpfe zusammengesteckt, in der Firma, durch das Training, und jetzt denkt sie sich ihren Teil.«

»Berechtigterweise?«

»Nein, wie oft soll ich es noch sagen, wir sind nur Freunde.«

Katinka verdrehte die Augen. »Wie heißt der Mann, der nach Guernsey geflogen ist?«

»Fred Kerner. Hardwareentwickler.«

»Okay. Danke.«

Katinka sah verträumt vor sich hin, als die Bedienung ihr das Bier und den Flammkuchen servierte. Jana hatte ein Selters geordert.

»Und die beiden Schnäpse sind von dem Herrn dort«, fügte die Bedienung hinzu, während sie zwei Stamperl abstellte.

»Was?« Katinka sah in die Richtung, die die Kellnerin wies. An der Theke hob ein Mann sein Bier, prostete ihr zu.

Der Mann, der heute in Fürth ins Reisebüro … Katinka sprang auf, boxte sich durch die Menge vor. Als sie an der Theke stand, war der Mann verschwunden.

49

Zwei neue Namen: Marta Corposanto und Fred Kerner. Mittlerweile stieg ihr der Fall über den Kopf. Sie kam gar nicht hinterher. Wenn sie einer Spur gefolgt war, taten sich viele neue auf. Sie benötigte zu lange, um allein die notwendigsten Informationen über beteiligte Personen zusammenzusuchen. Zudem fehlten ihr die Zugänge zu entscheidenden Registern. An ›Netze‹ der Art, wie Vogler und Jensen sie betrieben, und mit ihnen vermutlich viele andere, gerieten selten vollkommen unbescholtene Leute. Etliche waren schon durch Betrug aufgefallen, Unterschlagung oder Steuerdelikte. Dazu besaß die Polizei hilfreiche Informationen. An die Katinka nicht herankam.

Frustriert schloss sie die Haustür auf. Es war nach neun. Kein Licht bei Hardo. Sie klingelte trotzdem. Keine Antwort. Sie schloss auf. Ließ die Tür hinter sich ins Schloss fallen und knipste die kleine Stehlampe in der Diele an. Setzte sich in Hardos Küche.

Nahm das Tablet heraus. Ein paar neue Mails waren eingegangen. Außer dem üblichen Spam und lästigen Meldungen von diversen Netzwerken fand sie eine Mail von Gustl Reimer.

»Interessante Arbeit, das mit dem LT. Meldest du dich?«

LT? Katinka zermarterte sich das Hirn. Laptop?

Sie würde morgen antworten. Das Bier hatte ihren Kopf mit Watte gefüllt und ihr gleichzeitig einen Höllendurst auf ein weiteres Glas gemacht. In Hardos Kühlschrank fanden sich etliche Flaschen Zwergla der Bamberger Brauerei Fässla, süffig und dunkel. Sie köpfte eine und fing an, im Web nach Namen zu suchen.

Marta Corposanto zuerst. Wie üblich machte Facebook es möglich. Die Dame war außerordentlich mitteilungsbedürftig. Nach den Uhrzeiten der Postings zu schließen, hing sie durchaus während der Arbeitszeit auf der virtuellen Plattform herum. Sie postete eine Menge Fotos von sich selbst, allein und mit Kollegen, von Reisen und Festen. Und eines von der frisch renovierten Fassade des Hauses, in dem sie wohnte. Katinka kannte das Gebäude: das Eckhaus gleich beim Bahnhof, dessen aschgraue poröse Mauern seit Neuestem in Altrosa und Ockergelb leuchteten.

Sie sah auf die Uhr. Gleich zehn. Sollte sie …? Missmutig nahm sie die Bierflasche in die Hand. Die Zeit wäre günstig. Keinesfalls wollte sie Marta Corposanto an ihrem Arbeitsplatz aufsuchen. Andererseits musste sie sich dafür eine gute Geschichte ausdenken. Und mit Hardo reden. Vielleicht joggte die reiche Marta Corposanto, die einen Jaguar fuhr, ja auch mit der Herde mit, abends um sieben. Sie würde es darauf ankommen lassen. Ob sie morgen früh imstande war, ihr Training durchzuziehen?

»Katinka?«

Sie musste eingeschlafen sein. Erschrocken richtete sie sich auf. Sie hockte in Hardos Fernsehsessel. Die Bierflasche hielt sie noch in der Hand.

»Man könnte meinen, du wärst unter die Tippelbrüder gegangen.«

»Tippelschwestern, wenn schon.« Sie stellte die Flasche auf den Boden. »Wie geht's?«

»Zum Heulen gut.«

»So dramatisch?«

»Hast du den ganzen Kühlschrank leergetrunken?«

»Beinahe.«

Ein Lächeln glitt über Hardos Gesicht. Rasch wandte er sich ab, als wollte er es nicht zeigen. Mit zwei vollen Flaschen kam er zurück.

»Du hast meinetwegen Ärger.« Katinka stand auf.

»So könnte man es sehen.«

»Sabine meinte, ein paar Zwölfender machen dir das Leben schwer.«

Hardo nahm einen großen Schluck Bier. Seine Glatze glänzte. Er wischte sich den Schweiß von der Stirn. »Keine ganz einfache Zeit. Für keinen von uns.«

»Ich war übrigens heute in Fürth. Die Stadt ist recht hübsch.«

Hardo bildete mit Zeigefinger und Daumen eine Pistole und richtete sie auf Katinka. »Wage es nicht, mich zu reizen.«

»Und dazu eine der sichersten Städte in Bayern. Oder Deutschland. Habe ich vergessen. Statistiken merke ich mir immer so schlecht.«

Hardo grinste. »Die meisten sind sowieso gefälscht.«

»Du musst es ja wissen.«

Er nahm sie in den Arm. Murmelte etwas in ihr Haar, was sie nicht verstand. Es war ihr gleichgültig. Wenigstens für ein paar Minuten gerieten ihre Nachforschungen und die ganze beängstigende Geschichte rund um Kvintu und den Mord an Hanne Brenker in den Hintergrund. Stattdessen kam Hardos Aftershave an die Oberfläche. Eine Spur dieses Duftes umgab ihn ständig, selbst Stunden nach der Rasur. Gerüche sind etwas Archaisches, dachte Katinka. Sie funktionieren immer. Zerren dich raus aus der Gegenwart in ein anderes Zeitfenster. Irgendwohin, wo du dich besser fühlst. Umgehend besser.

Eine Weile standen sie so mitten im Zimmer, bis Hardo sie losließ. »Wieso hast du dich totgestellt?«

»Habe *ich* mich totgestellt? *Du* hast dich totgestellt! Verdrehe mal nicht die Tatsachen!«

Er seufzte. »In Ordnung. Erzähl du mir deins. Dann erzähle ich dir meins.«

Das klang fair. Sie legte los. Berichtete so knapp wie möglich und dennoch lückenlos, womit sie seit dem vergangenen Sonntag gekämpft hatte. Seit sich ihre und Hardos Wege vorübergehend getrennt hatten. Von der Abhörwanze und den gelöschten Videos. Dem requirierten Handy. Den Texten auf Maries Laptop. Der Liste mit Namen, die Hanne ihrem Sohn Florian anvertraut hatte. Dantes Ausstieg aus den Ermittlungen verschwieg sie, schilderte stattdessen sämtliche Namen, die sie momentan in Zusammenhang mit dem Netz brachte. Sie endete mit ihrem Besuch beim Reisebüro in Fürth.

»Bombastisch«, machte Hardo, als sie geendet hatte. »Und? Du?«

»Wir haben nicht viel. Das Sicherste ist die Mordwaffe: Der Grüne Sencha in Hannes Küchenschrank war vergiftet. Sie hatte den Tee erst kurz vorher gekauft. Im Mülleimer lag der Kassenbon vom Laden. Meine Leute haben Proben in dem Geschäft genommen. Dort war alles sauber. Vermutlich ist der Täter in ihre Wohnung eingebrochen und hat den Tee vergiftet!«

»Wann hat sie den Tee gekauft?«

»Am Freitag vor der Sendung. Am 17. April. Das hat uns ihr Sohn heute bestätigt. Als sie in Bamberg ankamen, ging seine Mutter einkaufen. Brot, Obst und eben Tee.«

»Offenbar ist jemand an dem Freitag noch in ihre Wohnung eingedrungen und hat den Tee vergiftet.«

»Eher am Samstag früh. Laut Florian haben sie beide beim Frühstück von dem Tee getrunken. Sind spazieren gegangen. Haben sich schließlich fertiggemacht für die Sendung.«

»Vielleicht war es Zufall, dass sie vor laufender Kamera starb. Denn sie hätte genauso gut zu Hause noch eine Tasse trinken können!«

Hardo hob in einer hilflosen Geste die Hände. »Die Fernsehleute haben übereinstimmende Aussagen gemacht. Niemand konnte an Hannes Sachen ran. Es waren immer mindestens zwei Mitarbeiter des Senders in ihrer Nähe.«

»Und – wenn es ihr Sohn war? Wenn er ihr Gift …?«, wandte Katinka ein.

»Ihm fehlt jedes Motiv. Wir haben ihn unter die Lupe genommen. Alles durchleuchtet, was von Belang sein könnte. Nichts. Auch die Nachbarn haben nichts mitgekriegt von einem Einbruch. Es gibt keine Spuren.«

Schnell trank Katinka einen großen Schluck Zwergla. Nur nicht die Gedanken zu jenem Abend lenken, an dem sie höchstselbst bei Hanne eingebrochen war. Hardo spürte so was.

»Das Gift kann man sich nicht mir nichts, dir nichts irgendwo besorgen, Katinka. Dieses spezielle Cyanid muss aus einem industriellen Labor stammen.«

»Industriell? Klingt nach Tötungsindustrie. Militär?«

»Vielleicht.«

»Vogler? Jensen? Haben sie entsprechende Kontakte?«

»Klaren Kopf behalten!«, mahnte Hardo. »Überleg mal: Wir haben begonnen mit der Annahme, dass Hanne Brenker im TV über Mobbing reden wollte. Ein Opfer, eine Betroffene, die die Emotionen bündelt und das Thema auf die regionale Ebene holt. Deswegen das Format der Sendung: ›Verortet‹.«

»Aber darum ging es nicht.«

»Diese Namensliste, die Florian hatte …«

»… und die nicht ich, sondern der Pressesprecher von Kvintu dem jungen Mann abgeschwatzt hat …«

»… enthält keine Mobbingopfer.«

»Nein, anzunehmen ist, dass diese fünf Personen mit dem Netz in Verbindung stehen.« Katinka nahm einen Schluck Bier. »Wollte Hanne im Fernsehen über das Netz sprechen?«

Hardo schüttelte den Kopf. »So dumm kann sie nicht gewesen sein. Wenn sie wirklich Informationen hatte, wäre es das Sinnvollste gewesen, sie an uns zu geben.«

»Wahrscheinlich hatte sie Angst, dass das Netz ihr dann an den Kragen geht.«

»Wenn es ein Netz gibt, Katinka.«

»Es spricht alles dafür! Allein, wie Sabrina Turmeyer heute reagiert hat. Helga Brandenstein hat mit der Geldwäsche für Kvintu angefangen. Das ist unmöglich zu übersehen! Diesen Ansatzpunkten müsst ihr nachgehen. Helga war im Gespräch mit mir sogar so clever, überhaupt nicht überrascht zu tun, als ich auf Mobbing zu sprechen kam. Als hätte sie darauf gewartet!« Offensichtlich war sie gebrieft worden. Von den Leuten, die Katinka auf dem Radar hatten. »Womöglich sah Hanne den Sinn der Fernsehshow darin, Kolleginnen vor dem Netz zu warnen.«

»Um damit zugleich die Täter aufzuscheuchen?«

Mist, dachte Katinka. Er hat recht.

»Morgen kümmere ich mich gleich darum. Glaubst du, Hanne hat sich sicherer gefühlt, im Fernsehen ihre Informationen preiszugeben als bei uns?«

Katinka musste schmunzeln. Hardo betrachtete den Polizeiapparat als den Garant von Sicherheit schlechthin. »Öffentlichkeit schützt in einem gewissen Maß. Vorsichtshalber hat sie ihrem Sohn diese fünf Namen vorher gesteckt. Falls etwas passiert.«

»Sie ist momentan Frankens berühmteste Whistleblowerin, Katinka. Sieh dir die einschlägigen Internetseiten an! Die Blogs sind voller Spekulationen.«

»Echt? Ich hatte gar keine Zeit, mich damit zu befassen ... Habt ihr eigentlich den Unfall von Kobener durchgecheckt?«

»Nein. Ich habe den Namen gerade zum ersten Mal von dir gehört.«

»Ich habe ihn aus Maries Laptop gefischt.«

Hardo sah sie durchdringend an. Als brennten Lampen hinter seinen eismeergrauen Augen.

»Schau nicht so. Ihr habt euch für Marie nicht interessiert! Ich habe mit ihrem Arzt geredet. Er meint, gerade bei Marie wäre es unwahrscheinlich, dass sie den plötzlichen Herztod beim Sport stirbt. Sie ist das Training hochprofessionell angegangen! Keine von den Möchtegerntypen, die einfach losrasen und wenig später mit Muskelzuckungen am Straßenrand liegen bleiben. Der Arzt meint, vielleicht hat Marie sich erschrocken. Sehr erschrocken. Durch die Mischung aus Anstrengung und Angst hat ihr Herz ausgesetzt. Sie ist in den Fluss gestürzt, das kalte Wasser hat ihr den Garaus gemacht. Eine tragische Kombination von drei Ursachen.«

»Das ist exakt unser Problem, Katinka. Eine Menge Szenarien klingen plausibel. Dennoch haben wir nicht genug Beweise. An keiner Front. Wir wissen, dass das Gift aus einem Labor kommen muss. Aus welchem? Wir checken seit Tagen die Labors durch, die infrage kommen. Schauen, ob wir Verbindungen zu Kvintu oder zu den Kollegen von Hanne Brenker herstellen können. Nichts. Auch keine zu den anderen Personen, die involviert sind.«

»Jetzt hast du ein paar Namen mehr. Die fünf auf der Liste, von denen allerdings bloß noch drei am Leben sind; von denen wiederum einer im Ausland herumreist. Außerdem Kobener. Und Turmeyer. Corposanto. Fred Kerner.«

»Wie, sagtest du, heißt diese Firma auf Guernsey?«

»Innovative Technologies Channel Islands.«

»Ich rufe Kerschensteiner an. Sie soll den Laden tranchieren.«

»Jetzt?«

»Was glaubst du denn! Wir arbeiten rund um die Uhr! Die Soko schuftet mit zwölf Mitarbeitern.«

Katinka spürte Ärger in sich hochkochen. »Und da habt ihr bisher keine Ergebnisse?«

Hardos Blick spießte sie auf. Schleudertruppe!, dachte sie, hütete sich jedoch, es auszusprechen. Dann fiel ihr auf, dass sie bei Sina Kant ihre Deckung aufgegeben hatte. Wieder ein extra Quäntchen Information für das Netz – zu ihren Ungunsten.

24.4.2015 – FREITAG

50

Katinka hätte nie gedacht, dass es so schnell gehen würde.
Als wichtige Zeugin begleitete sie Hardo in die Polizeidirektion. Um kurz nach halb acht waren sie bereits in
der Schildstraße. Katinka schwirrte der Kopf von dieser
plötzlichen Veränderung. Eben noch galt sie als Paria, jetzt
sollte sie der Soko ›Hanne‹ von ihren Ermittlungsergeb-
nissen berichten.

Sabine saß bereits im Besprechungsraum. Sie grüßte
Katinka knapp mit einem Kopfnicken. Katinka verkniff
sich ein Grinsen. Niemand wollte in dieser Umgebung
mit irgendetwas vorpreschen, schon gar nicht mit der
Demonstration von Freundschaft und Sympathie. Von
den zwölf Soko-Mitgliedern, die nach und nach eintrudel-
ten, Papiere auf den Konferenztisch warfen und auf ihre
Stühle fielen, waren zwei Frauen: Sabine und eine Dame,
an die Katinka sich ungern erinnerte: Hauptkommissarin
Johanna Winkler, mit der sie in ihrem ersten richtig harten
Fall als Privatermittlerin in Bamberg zusammengestoßen
war. Das würde ein kräftezehrender Vormittag werden.

Hardo stellte die Runde vor. Ein weiterer Mann betrat
den Raum. Blicke schossen umher wie Billardkugeln. Aha,
dachte Katinka, der Zwölfender.

»… und Dr. Siegmar Jakobi vom Innenministerium in München.«

Bombastisch, dachte Katinka. Die haben den Fall weit oben angesiedelt.

Ihr Handy vibrierte. Unauffällig checkte sie das Display. Gustl. Der musste warten. Sie schob das Telefon wieder in die Jeanstasche. Der Zwölfender gab Hardo ein Zeichen, dass es losgehen konnte. »Ich hoffe, Sie haben nichts dagegen, wenn wir dieses Gespräch aufzeichnen«, sagte er blasiert zu Katinka.

»Wie Sie möchten!« Katinka spulte ihre Ermittlungsergebnisse ab. Gestern Nacht hatte sie mit Hardo ausführlich durchgesprochen, wie sie sie präsentieren wollte. Entscheidend war, die Zuhörer von der ersten Minute an mit dem Kopf darauf zu stoßen, dass sie keine Gesetze verletzt hatte, um aufzusammeln, was aufzusammeln war. Entscheidend war die Verkettung der involvierten Namen. Als Katinka bei den letzten beiden, Marta Corposanto und Fred Kerner, angekommen war, räusperte sich Jakobi.

»Gut, Frau Palfy. Danke für Ihre Ausführungen.« Er wies Richtung Tür.

Ich glaub's nicht!, dachte Katinka. Die Behörden saugten sie aus und jagten sie anschließend zum Teufel. Nicht ganz unerwartet, Hardo hatte ihr genau das gestern zu verstehen gegeben. Mach keinen Aufstand!, mahnte sie sich selbst. Professionalität zeigen! Mit erhobenem Kopf marschierte sie zur Tür, drehte sich um, nickte in die Runde, ohne Jakobi anzuschauen. »Auf Wiedersehen.«

Sie schlug die Tür hinter sich zu. Eine Uniformierte brachte sie zum Haupteingang.

Draußen herrschte das übliche Grau. Katinkas Stimmung sank unter den Gefrierpunkt. Sie hatte gerade ihr komplettes Pulver verschossen. Naja, nicht ganz. Sie fischte ihr Handy aus der Tasche, während sie Richtung Innenstadt lief, und rief Gustl zurück.

»Endlich!«, schnaubte der. »Interessierst du dich eigentlich noch für den ganzen Kram?«

»Mehr, als du denkst. Ich kämpfe nur an x Fronten gleichzeitig.«

»Also, erstens: Deine Kameras sind von einer koreanischen IP-Adresse angezapft worden. Genauer geht's nicht. Zweitens: Auf Maries Laptop ist ein Bug. Einer, der sämtliche Tastatureingaben speichert und zugleich eine feste Verbindung zum Internet hält.«

»Shit.«

»Das Ding wurde am 1.12.14 auf den Rechner geschleust. Unter dem Radar des Gratis-Virenschutzes. Soviel dazu.«

»Verstanden.«

»Du weißt, was ich damit sagen will? Auch deine Eingaben sind registriert worden, sofern du das WLAN nicht ausgeschaltet hast.«

»Ich hab's kapiert. Dummerweise hat ihr Bruderherz den Laptop auch benutzt. Er hat ihn sozusagen geerbt.«

»Außerdem habe ich einen verschlüsselten Text gefunden. Ich bin dran, das Gebilde aufzudröseln. Kann etwas dauern. An die Mails bin ich nicht rangekommen. War nichts zu machen.«

»Schon in Ordnung. Danke, Gustl.« Katinka stiefelte über die Eisenbahnbrücke. Unter ihr kroch ein ICE aus dem Bahnhof Richtung Süden. Es begann zu regnen. Sie zog sich die Kapuze ihrer Jacke über den Kopf.

»Du fragst nicht mal, wie lange es dauert?«

»Habe ein bisschen Ärger.« Die Enttäuschung, schlank-
weg abserviert worden zu sein, wollte raus. Und Gustl war
der erste Mensch, dem sie davon erzählen konnte. »Die
Polizei hat mich als Zeugin verheizt. Das war es dann für
mich.«

»Wie – du arbeitest nicht weiter an dem Fall?«

»Doch, daran können sie mich nicht hindern. Ich werde
halt die Kröte schlucken müssen, nur Helfershelfer zu sein.
Einer, der allerlei Kleinigkeiten aufsammelt.«

»Und den großen Wurf anderen überlässt. Ich beeile
mich.«

Katinka lächelte, als sie auflegte. Gustl verstand sich
wirklich gut auf versteckte Botschaften.

Der Spaziergang im Regen tat unerwartet gut. Katinka
schritt flott aus, ohne in Trab zu fallen. Das war mittlerweile ganz ungewohnt. Zwei Jogger sausten an ihr vorbei. Ihre Schuhe ließen das Regenwasser auf dem Asphalt
aufspritzen. In der Ferne donnerte etwas. Gewitter?,
überlegte Katinka. Seltsam. Bei den flachen Temperaturen?

Am Schönleinsplatz betrat sie die Bank und druckte
ihre Kontoauszüge aus. Jana hatte tatsächlich brav überwiesen. Als Katinka ihre ec-Karte in den Geldautomaten
schob, erblickte sie durch die Glasscheibe eine Bekannte:
Helga Brandenstein. In Pumps, einem Sommermantel
und einem Hermès-Tuch um die Schultern sah sie richtig ladylike aus. Sie sprach mit einem Bankangestellten,
der ihr einen Umschlag aushändigte. Daraufhin beugte
sie sich vor, um ein Papier zu unterzeichnen. Jemand
kam durch die Tür, und während sie wieder zufiel, hörte
Katinka, wie der Banker sagte: »Endlich brauchen Sie mal
etwas von Ihren Ersparnissen.«

Der Bankomat piepte, verlangte nach einer Eingabe. Rasch zog Katinka die Kapuze tiefer in die Stirn, tippte ihre PIN ein und zog 200 Euro. Währenddessen stöckelte Helga Brandenstein durch die Tür und schritt die Treppen zur Straße hinunter. Ein Taxi kam heran. Sie stieg ein und fuhr davon.

51

Zu Hause klinkte Katinka sich sofort ins Internet ein. Sie googelte ›Siegmar Jakobi‹. Auch dieser Mann hatte eine beeindruckende Vita vorzuweisen, geradezu eine Bilderbuchkarriere für jemanden, der es als lebenswertes Ziel erachtete, im Schnellschritt staatliche Instanzen zu durchlaufen. Der Mann stammte aus Nürnberg und war über das Polizeipräsidium Mittelfranken, wo er im Dezernat für Wirtschaftskriminalität arbeitete, ins LKA nach München vorgestoßen, um vor zwei Jahren eine Stelle im Innenministerium anzunehmen. Dort tat er sich im Augenblick besonders als Korruptionsbekämpfer hervor.

Na klasse, dachte Katinka. Sie setzte sich einen Kaffee auf. Die haben Hardo diesen Karrieristen vor die Nase gesetzt. Haben die Angst, dass er korrupt ist, oder was?

Die Milch im Kühlschrank war sauer. Sie warf die Tüte in den Müll. Sie musste wirklich dringend einkaufen. Angeekelt trank sie den Kaffee schwarz. Ihr Magen rebellierte. Während sie noch überlegte, ob sie den Rest des Gebräus in den Ausguss schütten und sich auf dem Weg in die Innenstadt irgendwo einen ›Coffee to go‹ besorgen sollte, meldete ihr Handy eine SMS.

Die Nachricht kam von Sabine.

Kerner ist der Kvintu-Verbindungsmann zu Innovative Technologies Channel Island. Letzteres ist eine Briefkastenfirma.

Sabine, du bist ein Schatz! Katinka hätte am liebsten laut gejuchzt. Sie war im Team! Auf Umwegen, aber immerhin. Sie vergaß den lausigen Kaffee und rief Dante an.

»Wie geht's der Kultur?«

»Ich schufte wie ein Brunnenputzer. Kaufen Sie sich morgen ein Exemplar. Sehen Sie anschließend bitte davon ab, mir zu gratulieren, ich werde nämlich ab Redaktionsschluss heute Abend 24 Stunden lang schlafen.«

»Wer besucht jetzt eigentlich die Pressekonferenzen der Polizei?«

»Eine Volontärin.«

»Wurmt Sie das nicht?«

»Habe ich eine Wahl?«

»Die hat offensichtlich keiner von uns.«

Dante wurde hellhörig. »Läuft etwas schief?«

»Wenn Sie nach Redaktionsschluss ein Bier mit mir trinken, weihe ich Sie ein.«

»Okay. Ich rufe Sie an.«

Es klickte in der Leitung. Dante musste wirklich unter enormem Stress stehen, um nicht wenigstens den Versuch zu unternehmen, ihr weitere Informationen zu entlocken.

Sie machte sich auf die Suche nach Fred Kerner. Hardwareentwickler bei Kvintu. Die Internetseiten der Firma gaben wenig Informationen preis. Studium der Informatik. Verheiratet. Seit drei Jahren bei Kvintu in Bamberg beschäftigt.

Verheiratet. Katinka überprüfte das Telefonbuch. Fred und Ina Kerner. Na bitte. Mit Adresse. Im Landkreis. Straßgiech. Es wurde Zeit, den Beetle auf die Straße zu lassen.

Im Osten der Stadt rückten die Wolken ein Stück beiseite. Sonnenlicht brach sich auf dem nassen Asphalt. Katinka lenkte den Wagen am Schloss Seehof vorbei, dessen barocke Ausstrahlung ihr jedes Mal einen kleinen Stich versetzte. Es hatte eine Epoche in diesem Land gegeben, in dem Schönheit und Spielerisches auf der Agenda ganz oben gestanden hatten. Für sie selbst galt momentan in der Hauptsache der Grundsatz der Schadensbegrenzung. Sie glaubte sowieso nicht mehr, den Machenschaften bei Kvintu beikommen zu können. Allenfalls würde sie noch ein paar Einzelheiten herausbekommen, die der Polizei entgingen. Sie wusste ohnehin, worauf sich die Soko einschießen würde. Nach und nach die Namen auf der Liste abarbeiten, Hintergründe durchleuchten, Bewegungsprofile erstellen. Da konnte sie nicht mithalten. Ihre einzige Chance bestand darin, an den Rändern zu arbeiten. Von wegen Kleinigkeiten auflesen! Sie schnaubte, als sie an Gustl dachte. Ein verschlüsselter Text auf Maries Laptop? Hatten die Leute, die den Bug in ihren Rechner geschleust hatten, diesen Text auch decodiert? Ihn gelesen und daraus Schlüsse gezogen, die ihnen einen meilenweiten Vorsprung gewährten?

Während sie auf der gewundenen Landstraße durch die sanften Hügel fuhr, stellte sie sich vor, wie sie ihr morgendliches Training hier in diese Landschaft verlegte. Das wäre mal was anderes als der immer gleiche Parcours von ihrem Haus durch den Hain, am Fluss entlang und auf der Gegenseite zurück. Langeweile war der Feind des Erfolges. Wie würde sie beim Weltkulturerbelauf abschneiden? Sie hoffte auf einen Platz im vorderen Drittel. Dass sie den Halbmarathon durchhalten würde, stand außer Zweifel. Sie hatte lange und intensiv trainiert. Am Sonntag in einer Woche war es soweit: Die ganze Stadt würde sich beweisen können. Jedenfalls jene, denen das Laufen etwas bedeutete. Und die anderen würden in Cafés und Kneipen sitzen und sich als die besseren Menschen fühlen, weil sie nicht mitmachen. Bei der Vorstellung, Hardo könnte irgendwo am Grünen Markt unter den Schlachtenbummlern stehen, um sie auf den letzten Metern vor Zieleinlauf anzufeuern, musste sie grinsen.

Ein Motorrad schloss auf und überholte sie kurz vor Straßgiech in einer engen Kurve. »Hirni!«, schrie Katinka ihm nach.

Das Tomtom lotste sie in ein Neubaugebiet am Rande der Ortschaft. Sie hielt und starrte eine Weile auf das Haus, das unverputzt auf einem Geröllhaufen stand, inmitten blühender Gärten, Carports und spielplatztechnisch hochgerüsteter Grundstücke.

Sie klemmte einen Notizblock unter ihren Arm und stieg aus. ›Kerner‹ stand auf einem Emailtürschild. Sie klingelte.

»Ja?« Eine junge Frau mit Sommersprossen und Stupsnase sah aus dem Fenster neben der Haustür zu Katinka hinaus.

»Hallo. Ich bin vom Fränkischen Tag. Haben Sie kurz Zeit? Wir machen gerade eine Umfrage zum Thema ›Wohnen‹.«

Die Frau grinste, schloss das Fenster und riss die Haustür auf. »Nur herein. Wir wohnen erst ein paar Wochen hier, und wie Sie sehen, ist bis jetzt nichts, wie es sein soll.«

»Es wird doch sicher allmählich werden?«

»Das hoffe ich sehr. Im August bekommen wir Nachwuchs. Bis dahin …«

Unwillkürlich wanderte Katinkas Blick zu Ina Kerners Bauch. Eine leichte Wölbung, die unter dem flattrigen Pulli kaum zu sehen war.

»Dauert noch eine Weile.« Ina Kerner war Katinkas Blick gefolgt. »Leider. Eigentlich hätte ich es schon gern hinter mir.«

Sie redet gern und viel, registrierte Katinka. Wahrscheinlich hat sie niemanden. Weil der Mann viel unterwegs ist.

Innen war das Haus gut in Schuss. Alles vom Feinsten. Und neu. Die Möbel, die blitzende Kaffeemaschine in der Wohnküche, die Ina Kerner sofort ansteuerte.

»Dieses Maschinchen kann alles. Was darf's sein? Cappuccino?«

»Gern.« Katinka begann, über das Haus und die Gegend zu reden. Über die Kosten für das Bauen, Bausparverträge und so weiter. Pflichtbewusst notierte sie Ina Kerners Antworten auf ihrem Block.

»Man denkt immer, man hat alles durchgerechnet. Aber das täuscht, das kann ich Ihnen sagen! Das Geld strömt nur so raus. Zum Glück verdient mein Mann gut. Er arbeitet in einer großen Firma. Macht Überstunden und hält sich mächtig ran. Er kriegt ziemlich viele Boni.«

»Toll.«

»Ja. Er arbeitet bei Kvintu. Sagt Ihnen das was?«

Katinka schaffte es, nicht laut zu lachen. »Die Firma ist ein beliebter Arbeitgeber.«

»Absolut super!« Ina Kerner servierte zwei Cappuccini. »Die machen richtig was für den Standort Bamberg.«

»Ein sehr sportliches Unternehmen. Beim Joggen sehe

ich manchmal ganze Pulks in weiß-blauen Shirts trainieren.«

»Ja. Das nervt ein bisschen. Aber Fred hält sich ran. Der muss dabei sein. Gehört sich so. Wenn ich nicht schwanger wäre …« Sie grinste. »Prima Ausrede, oder?«

Katinka lachte kumpelhaft. »Bestimmt nicht leicht, bei so einem Unternehmen einen Job zu bekommen.«

Ina Kerner schien es nicht seltsam zu finden, dass sie längst nicht mehr über das Thema ›Wohnen‹ sprachen. »Fred ist super qualifiziert. Hardwareentwickler und Informatiker. Außerdem spricht er Fremdsprachen. Hat nach dem Abitur ein Jahr in Frankreich gearbeitet. Er kann fließend Französisch. Das ist ein Pluspunkt. Weil heute keiner mehr eine andere Fremdsprache als Englisch lernt.« Sie trank von ihrem Cappuccino. »Ja, und jetzt schicken sie Fred ziemlich oft nach Frankreich. Für das Unternehmen. Und nach Guernsey. Da ist er ein paar Tage am Stück unterwegs, dafür bekommt er die gleiche Menge Tage frei, und dann werkeln wir hier herum.«

Katinka schoss ein paar Fragen zum Garten ab und wie die Kerners sich die Gestaltung vorstellten. Innerlich überschlugen sich ihre Gedanken.

»Am Anfang wollten wir alles alleine hinkriegen. Ehrlich gesagt – der Elan verfliegt schnell. Wenn Fred morgen aus Rennes zurückkommt, werde ich mit ihm darüber sprechen.« Sie wies aus dem Fenster. »Schauen Sie, da hinten, das Häuschen … das war eigentlich als Gartenpavillon geplant. Inzwischen haben wir umdisponiert. Wir brauchen dringend einen Ort, um die ganzen Gerätschaften zu deponieren, die man so anschafft, wenn man selber am Haus und im Garten schuftet. Da sammelt sich rasch eine Menge Ausrüstung an.«

Eine Viertelstunde später verabschiedete Katinka sich. Sie stieg ins Auto und fuhr bis Drosendorf, wo sie vor einem Supermarkt hielt und Hardo anrief.

»Kerner spricht fließend Französisch. Und er reist für die Firma oft nach Frankreich. Zur Zeit ist er in Rennes.«

»Das haben wir schon rausgekriegt. Dass er in Rennes ist. Und das Cyanid kommt aus einem französischen Labor. Aber dass Kerner Französisch kann …«

»Danke. Zahl mir einen Bonus.« Katinka versuchte, nicht zynisch zu klingen. »Er ist der ideale Mann für einen netten kleinen Gifttransfer. Er und seine Frau bosseln an einem Neubau in Straßgiech herum. Zur Not müsst ihr die Bude in Augenschein nehmen. Vor allem das Gartenhäuschen.«

»Danke für den Hinweis.« Es klang ironisch. »Wo steckst du?«

»Vor einem Supermarkt. Mein Kühlschrank ist leer. Und in deinem ist nichts als Bier.«

Sie legte auf. Lustlos schob sie einen Einkaufswagen durch die Gänge und zwang sich, halbwegs gesunde Lebensmittel in den Wagen zu legen. Milch, Gemüse, Obst, Käse. Unschlüssig hielt sie ein Brathuhn in der Hand, legte es zurück. Sie würde niemals dazukommen, den Vogel zuzubereiten.

Als sie an der Kasse ihren Geldbeutel herauszog und einen 50-Euro-Schein in die Hand nahm, kam ihr Helga Brandenstein in den Sinn.

›Endlich brauchen Sie mal etwas von Ihren Ersparnissen.‹ Ziemlich blöde Aussage von einem Banker. Manche konnten es eben nicht anders.

Endlich brauchte Helga Brandenstein mal etwas von ihren Ersparnissen?

Hektisch steckte Katinka das Wechselgeld ein und rannte

mit dem Einkaufswagen auf den Parkplatz. Jemand parkte neben ihr und lud einen Kasten Bier in seinen Wagen. Es sah aus, als wollte es jeden Moment zu regnen anfangen. Sie schleuderte ihre Sachen in den Kofferraum, ließ den Einkaufswagen stehen und warf sich hinter das Steuer. Mit quietschenden Reifen fuhr sie vom Parkplatz. Rief Helga Brandenstein an.

»Hallo?«, hörte sie Helgas Stimme antworten.

Katinka legte sofort auf. Die Frau war zu Hause.

Wofür brauchte sie ihr Geld, das sie anscheinend viele Jahre auf der Bank gebunkert hatte?

Flüchten würde sie nicht. Oder doch? Sie hatte ein Reisebüro geleitet. Sie hatte Kontakte. Katinka trat aufs Gas.

52

Es goss in Strömen, als Katinka endlich die Geyerswörthstraße erreichte. Vor Helga Brandensteins Haus hielt ein Taxi. Katinka wendete und wartete ab. Die Scheibenwischer kämpften gegen die Sturzbäche von oben an.

Zwei Menschen kamen aus Helgas Haus. Helga Brandenstein in dem Sommermantel von heute Morgen und der Taxifahrer. Er hielt ihr die Beifahrertür auf, dann hievte er einen Koffer hinten in den Wagen. Stieg ein, blinkte und fuhr los.

Katinka folgte.

Sie rollten an der Brose-Arena vorbei auf die Autobahn. Katinka achtete auf ausreichend Abstand zum Taxi, was bei dem miserablen Wetter nicht schwer war. Der Regen

warf Blasen auf dem Teer. Die LKWs spritzten Wasser-
schwaden auf die überholenden Fahrzeuge. Eine Baustelle
hinter Erlangen verlangsamte das Tempo, bis das Taxi auf
die A3 abbog und kurz darauf die Ausfahrt zum Nürnberger Flughafen nahm. Der Regen ließ kurz nach, um
wenige Minuten später noch heftiger loszubrechen. Hagel
mischte sich unter die bonbongroßen Tropfen. Katinka ließ
einen anderen Wagen zwischen sich und das Taxi einfä-
deln, während sie sich langsam dem Flughafen näherten.

Endlich kam die Abzweigung zum Airport. Das Taxi
hielt unter dem Vordach des Abflugterminals. Katinka bog
in eine Parkbucht und stellte den Motor ab. Sie schnappte
sich ihren Rucksack, zog die Kapuze über und stieg aus.

Für ein paar Minuten verlor sie Helga Brandenstein
aus den Augen. Nervös überflog sie die aktuellen Abflug-
zeiten. Die Maschine um 14.15 nach Amsterdam käme
infrage. Von dort würde die Brandenstein Anschluss-
flüge in die weite Welt vorfinden. Oder 14.35 nach Paris?
Katinka sah auf die Uhr. Kurz nach eins. Sie eilte zum Air
France Schalter.

Tatsächlich! Helga stand, an ihrem Hermès-Tuch nes-
telnd, am Check-in. Und neben ihr wartete ein Mann,
den Katinka bisher nur von Fotos kannte: Simon Jensen.

Sie schnappte sich ihr Handy. Hardo ließ sich Zeit. Himmel, geh ran, flehte sie. Mit ihrer Beretta im Holster fühlte
sie sich am Flughafen ohnehin unsicher. Was, wenn die
beiden Flüchtlinge in den nächsten Minuten die Sicherheitskontrollen passierten? Sie hatte keine Bordkarte, um
ihnen folgen zu können.

»Was ist?«, tönte Hardos Stimme aus dem Telefon.

»Brandenstein und Jensen hauen ab. Sie haben eben für
den Air France Flug nach Paris eingecheckt. Und wahr-

scheinlich für einen Anschlussflug nach weiß der Himmel wo!«

»So ein Schlamassel!«

»Ihr müsst sie aufhalten.«

»Auf welcher Gesetzesgrundlage, Katinka?«

»Lasst euch was einfallen. Wichtige Zeugen, Verdächtige in einem Mordfall.«

»Bewahre die Ruhe. Wann fliegt die Maschine?«

»Planmäßig um 14.35.«

»Okay. Wir haben noch eine Weile. Ich klemme mich dahinter. Bis später.«

Katinka steckte ihr Handy ein. Helga Brandenstein und Jensen tranken einen Espresso im Stehen. Sie redeten miteinander. Aufgeregt, aber nicht hektisch. Sie sahen aus wie ein etwas ungleiches Paar, das sich in den Urlaub aufmacht.

Entsetzt sah Katinka zu, wie die beiden kurze Zeit später Richtung Sicherheitskontrollen schlenderten. Helga blieb an einem Bekleidungsgeschäft stehen und bestaunte die Auslagen. Jensen trat neben ihr ungeduldig von einem Fuß auf den anderen. Nervös blickte er zurück. Sein Blick blieb an Katinka hängen. Schnell sah sie weg, kramte in ihrem Rucksack. Eine Reisende, die irgendwas in ihrem Gepäck sucht.

Helga kam aus dem Geschäft, eine Tüte in der Hand. Jensen nahm sie am Arm.

Katinkas Handy klingelte.

»Ich kriege nichts«, rief Hardo ins Telefon.

»Du kriegst nichts? Was meinst du?«

»Der Staatsanwalt spielt nicht mit.«

»Es muss doch möglich sein, die beiden wenigstens zu befragen. Es geht um Mord, verdammt!«

Ein Mann mit einem Kaffeebecher in der Hand, der neben ihr stand, sah sie befremdet an.

Ich muss mich beruhigen!, dachte sie. Ich rede viel zu laut.

»Brandenstein ist ein unbeschriebenes Blatt.«

»Hanne Brenker selbst hat ihren Namen notiert und ihrem Sohn weitergereicht ...«

»Das ist zu dünn, Katinka, und das weißt du.«

»Scheiße, ihr seid zu zwölft, und ich soll für euch die Kastanien aus dem Feuer holen?«

»Das habe ich nicht gesagt.«

»Verflucht!« Katinka legte auf. Sie schulterte ihren Rucksack.

Zwei Polizisten auf Kontrollgang kamen an ihr vorbei. Sie ging auf die beiden zu. Ein Mann, eine Frau.

»Helfen Sie mir!«, sagte sie. »Der Mann da vorn«, sie zeigte auf Simon Jensen, »hat mich betatscht.«

53

Der Nachmittag wurde unerfreulich, doch zumindest war es Katinka gelungen, den Abflug von Jensen und Helga Brandenstein zu vereiteln. Mittlerweile befanden sich die beiden in den Räumen der Polizeiinspektion Nürnberg-Flughafen.

Katinka gab zu Protokoll, sich getäuscht zu haben. Der, der sie begrapscht hatte, war nicht Jensen. Nein, den Mann hatte sie noch nie gesehen. Ein Irrtum. Peinlich, aber das konnte jedem mal passieren. Da die Beamtin, die mit Katinka sprach, bei dem Namen Palfy stutzte, blieb Katinka nichts anderes übrig, als ihren Beruf wahrheitsgemäß anzugeben.

»Könnte eine absichtliche Falschaussage sein, oder?«, fragte die Beamtin mit schief gelegtem Kopf.

»Entschuldigen Sie, eine Aussage ist allenfalls dann als Falschaussage zu werten, wenn sie hinsichtlich meiner Wahrnehmung bewusst falsch ist.« Das war unter Juristen zwar mehr als strittig, aber Katinka wusste gut genug, dass der Straftatbestand der Falschaussage, gelinde gesagt, kompliziert war. Mit etwas Glück würde sie keine Konsequenzen zu befürchten haben.

In der Zwischenzeit hatte die Soko ausreichend Material zusammengetragen, um Jensen festzuhalten. Bei Helga Brandenstein standen die Zeichen deutlich schlechter. Man hatte nicht viel gegen sie in der Hand, um ihr Geldwäsche nachzuweisen. Nach einem Gespräch mit ihrem Anwalt erklärte sie sich jedoch bereit, von ihren Reiseplänen Abstand zu nehmen.

Katinka rief Sabine an.

»Bleibt unbedingt an Grät dran! Er könnte Teil des Netzes sein. Denk daran, wo das Geld ist! Er ist Finanzvorstand und war Hannes Lover.«

»Ist uns klar, Katinka«, gab Sabine zurück. »Aber dem Mann ist nichts nachzuweisen.«

»Was nichts heißt. Vielleicht nutzt er die Schonfrist, um Beweismaterial zu vernichten. Habt ihr euch an Terra Nova rangemacht?«

»Wir sind dran.«

Hoffentlich, dachte Katinka.

Ihr blieb nichts anderes übrig, als zu ihrem Wagen zu gehen und heimzufahren. Mit wackligen Knien stieg sie ein.

Sie hatte den ganzen Tag noch nichts gegessen. Im Kofferraum lagerten ihre Einkäufe. Während sie noch überlegte, ob sie in ein Stück Käse beißen sollte, klingelte ihr Handy. Sie hätte es gern ignoriert. Konnte nicht. Es war Gustl.

»Katinka, komm vorbei.«

»Bin in einer Stunde da.«

»Okay.«

Die Straßen waren regennass, doch die Wolken zogen mit erstaunlichem Tempo über den Horizont und ließen ausreichend Lücken, um den Blick auf blaue und türkise Himmelsfetzen freizugeben. Katinka raste über die Autobahn, fluchte über den Freitagabendverkehr, stand bei Erlangen für eine halbe Stunde im Stau, trat wieder aufs Gas, trimmte den Wagen auf Höchstgeschwindigkeit. In Bamberg fuhr sie direkt zu Gustl. Es war nach sechs, sein Geschäft war zu. Sie klopfte am Hintereingang.

Er schloss ihr auf, sie schlüpfte an ihm vorbei, er sah kurz auf die Straße hinaus, verriegelte die Tür sofort wieder.

»Was ist?«

»Du schreist gleich.«

»Ich schreie gleich?«

»Ich habe den Text entschlüsselt.« Ohne ein weiteres Wort hielt er ihr ein Blatt hin.

»Eine einzige Seite?«

»In der Mathematik kann eine einzige Zeile zum Nobelpreis führen.«

Sie riss ihm das Blatt aus der Hand. Überflog es. »Ach du Scheiße!«

»Meine Rede.«

Katinka ließ das Blatt sinken. »Wo ist der Laptop?« Schon hing sie am Handy, um Jana anzurufen.

»Im Safe.«

»Lass ihn vorerst da.«

Endlich ging Jana ans Telefon. »Können wir uns gleich treffen?«, fragte Katinka. »Üblicher Ort? Ich schätze, der Fall ist gelöst.«

»Sie wissen, wer Hanne umgebracht hat?«

»Nicht mit 100-prozentiger Sicherheit. Aber ich habe Namen. Das Netz bekommt ein Gesicht. Mehrere Gesichter, um genau zu sein.«

»Okay, bis gleich.« Jana legte auf.

Katinka faltete das Blatt zusammen. »Behalte den Rechner hier in Sicherheit.«

»Wohl ist mir dabei nicht«, mäkelte Gustl.

»Gib dich nicht so fränkisch-griesgrämig!«

Er lachte freudlos. »Ich habe was gut bei dir.«

Im Auto rief sie Sabine an. Sie ging nicht ans Telefon. Sie versuchte es bei Hardo. Auch keine Reaktion. War sie erneut in Ungnade gefallen? Wurde am ausgestreckten Arm auf Abstand gehalten? Verdammt, sie hasste diese Spielchen. Wenn sie heute am Flughafen nicht die Reißleine gezogen hätte, säßen Helga Brandenstein und Jensen jetzt längst in einer Boeing über dem Atlantik. Wütend drückte sie die rote Taste und warf das Handy auf den Beifahrersitz. Sofort klingelte es erneut.

»Wischnewski!«, rief sie überrascht in den Apparat.

»Ja, ich freue mich ebenfalls. Treffen wir uns?«

»Haben Sie die Kultur in der Schublade?«

»Sozusagen. Wo finde ich Sie? Und wann?«

»Jetzt gleich, im Luitpold. Ich bin mit Jana dort verabredet. Wäre nicht schlecht, Sie dabei zu haben, denn wie ich die Sache sehe, haben wir den Fall beinahe gelöst.«

»Endlich mal gute Nachrichten!«

»Will heißen?«

»Es ist ein neues Erpresserschreiben eingetrudelt. Meine verehrten Vorgesetzten sind der Meinung, sie wollen das jetzt nicht mehr ignorieren. Plötzlich drängt sie das Desiderat von der informierten Öffentlichkeit.«

»Woher wissen die Vorgesetzten davon?«

»Ist irgendwie durchgesickert. Von der Stadtverwaltung zu uns.«

Katinka runzelte die Stirn. »Steht was sehr Böses drin?«

»Es kommt ein Wort vor, das allen das Blut in den Adern gefrieren lässt.«

»Muss ich erst 20 Wörter aufsagen, bevor Sie mich aus der Suspense erlösen?«

»Cyanid.«

Katinka pfiff durch die Zähne. »Wir haben nicht so schlecht geschätzt, Wischnewski! Er hat es auf die Versorgungspunkte mit den Wasservorräten abgesehen.«

»Seit die Chefchefs entschieden haben, dass wir was dazu bringen müssen, steppt hier der Bär. Hinz und Kunz treiben sich bei uns rum. Die Sponsoren und die Verantwortlichen der großen Teams sind aufgeschlagen. Dieser Harry Vogler von Kvintu war heute schon zweimal im Pressehaus.«

Katinka ließ die Information sacken.

»In Ordnung, Wischnewski. Wir sehen uns gleich.«

Sie fuhr zum Schönleinsplatz und parkte direkt vor dem Hotel Stadt Bamberg im Halteverbot. Mit Lappalien dieser Art konnte sie sich jetzt nicht aufhalten. Außerdem musste sie dringend was essen.

Jana saß bereits im Bistro, ein Glas Wasser vor sich. »Na endlich! Ich dachte echt, Ihnen wäre was passiert.«

»Haben Sie schon bestellt?«

»An Essen kann ich jetzt nicht mal denken.«

»Ich schon.« Katinka winkte der Bedienung und bestellte ein Bier und ein Schnitzel.

»Sie haben gesagt, der Fall ist gelöst.«

»Sozusagen. Nur ist noch gar nichts wasserdicht.«

Dante stürmte herein. »Habe ich was verpasst?«

»Bisher nicht.« Katinka sah sich um. »Marie hatte eine Datei auf ihrem Laptop. Verschlüsselt. Im Klartext, der seit Kurzem vorliegt, handelt es sich um einen E-Mail-Verkehr zwischen Jensen und Grät. Die Mails stammen von Mitte Dezember. Ihr erinnert euch: Grät hat seine Geliebte Hanne Brenker vor Weihnachten in die Pilze geschickt!«

»Ja, ja!« Dante rutschte ungeduldig auf seinem Stuhl herum. »Und weiter?«

Katinka kramte in ihrem Rucksack und zog das Blatt heraus, das Gustl ihr gegeben hatte.

Von: jensensimon@kvintu.de
An: wolfi123@supermail.de
13.12.2014, 23.30
Betreff: KEINER

Wolfram,
es wird Zeit, dass du dir was überlegst. Deine A. schnüffelt herum und fragt. Sieh zu, dass du das unterbindest. Harry denkt auch, es wäre das Beste. Dann nach Plan.
Wolfram, wir haben so lange daran gearbeitet!!! Haben die Firma zurück in die schwarzen Zahlen geholt. Das können wir jetzt nicht aufgeben!
S.

»Deine A.?«, fragte Jana gedehnt. »Was soll das heißen?«

»Deine Affäre?«, schlug Dante sofort vor.

Katinkas Bier kam. Er bestellte sich auch eins. Jana blickte beide missbilligend an.

Katinka nahm einen großen Schluck. Sie leckte den Schaum weg. »Also Hanne.«

»Spekulation!«, wandte Jana ein. »Außerdem muss er blöd sein, seine offizielle Kvintu-Mailadresse zu benutzen.«

»Nicht blöd, nur unachtsam. In Eile«, widersprach Dante. »Viele Menschen agieren so. Superwachsam in einer Richtung, dämlich-naiv in einer anderen.«

Jana zuckte die Achseln. »Da steht noch was auf dem Blatt.«

Von: wolfi123@supermail.de
An: jensensimon@kvintu.de
13.12.2104, 23.49
Betreff: Aw: KEINER

Alles im grünen Bereich. Kommt nicht mehr vor. Hatte länger keinen Nerv mehr auf ihre Eifersucht und das ganze Drama-Queen-Gehabe. Lösung liegt auf lange Sicht in Frankreich. Aber nur, falls das Übliche nicht funktioniert.
W.

»Das Übliche?« Dante schüttelte den Kopf. Ganz in Gedanken griff er nach Katinkas Bier und trank.

»Das ist meins.«

»Wie?«

»Mein Bier.«

Dante reagierte nicht. »Das ›Übliche‹: Meint er Mobbing?«

»Würde passen.« Mittlerweile hatte auch Jana Blut geleckt. »Die Mails beweisen, dass Jensen und Grät Hanne loswerden wollten.«

Katinka überließ Dante ihren Krug und nahm den in Empfang, der eigentlich für ihn gedacht war.

»Ob man das vor Gericht verwenden kann, sei dahingestellt. Ich denke, in den Postfächern wird sich mehr Belastendes finden.« Sie zückte ihr Handy. »Ich muss Hardo verständigen. Die müssen auf die E-Mail-Accounts zugreifen. Außerdem auf SMS und so weiter.«

Jana starrte in die Ferne. »Ich glaube es nicht. Sie wollten Hanne rausmobben. Weil sie zu viel wusste.«

»Bloß was das genau war, das steht in den Sternen«, wandte Dante ein.

»Aber wir nähern uns.« Katinka starrte wütend ihr Handy an. Probierte es bei Sabine. Sie ging dran.

»Sabine! Endlich!«

»Hi Katinka. Hier steppt die Kuh. Wir haben Sina Kant zur Vernehmung hier. Auf ihrem Konto hat Kvintu oder das Netz oder wer auch immer mehrmals Geld zwischengeparkt. Es wurde stets nach wenigen Tagen weiterüberwiesen.«

Katinka schlug mit der flachen Hand auf den Tisch. »Hurra!«

Die Bedienung stellte das Schnitzel ab und blickte Katinka befremdet an. »Danke«, murmelte sie.

»Was?«, fragte Sabine gedehnt.

»Endlich geht mal was.«

»Helga Brandenstein hat sich anscheinend ausgerechnet, dass sie Chancen hat, vergleichsweise unbehelligt davonzukommen, wenn sie mit uns kooperiert. Sie belastet Grät schwer. Allerdings lässt sie sich viel Zeit. Jammert über hohen Blutdruck und ihre Katzen, die in der Wohnung sitzen und nichts zu fressen haben.«

»Dreifaches Hurra! Nehmt die Damen ordentlich in die Mangel. Das mit den Katzen nehme ich ihr nicht ab. Sie hat die Viecher zurückgelassen, als sie nach Timbuktu wollte.«

»Bahia in Brasilien. Dort hätte sich ihre Spur sicher schnell verloren.«

»Und Jensen?«

»Der ist ein härterer Brocken. Verweigert jede Aussage. Sein Anwalt war gerade da. Ist eben gegangen.«

»Was ist mit dem Reisebüro in Fürth?«

»Die Kollegen sind dran. Zuerst werden die Papiere durchsortiert und gesichtet, und bis wir wirklich etwas Inhaltliches haben, das dauert.«

Katinka nahm zwei Pommes zwischen Daumen und Zeigefinger. »Sabine, ich schicke dir jetzt ein Fax. Kannst du dich danebenstellen? Ich will, dass du und Hardo es zuerst lesen. Keinesfalls die Winkler, okay?«

»Gut.«

»Und ihr müsst euch Grät schnappen.«

»Was glaubst du, was gerade läuft: die Aktion gegen Grät. Aber er ist weder zu Hause noch im Büro. Leider haben wir noch keinen Durchsuchungsbeschluss. Der Richter ziert sich.«

»Sobald du die Info hast, die ich habe, wird er flott handeln.« Katinka steckte sich die Pommes in den Mund. »Grät wird versuchen, Material zu vernichten. Ich faxe jetzt das Blatt!« Sie legte auf.

Jana starrte Katinka an. »Und? Hat die Polizei endlich …«

»Sie stecken mitten in der Arbeit. Wischnewski, passen Sie auf mein Schnitzel auf?«

Katinka hastete ins benachbarte Hotel, wo sie darum bat, das Faxgerät benutzen zu dürfen. Mit tiefer Befriedigung sah sie, wie die Maschine das Papier schluckte und an der anderen Seite wieder ausspie.

54

Katinka fuhr nach Stegaurach. Das Schnitzel im Magen kam ihr vor wie eine kleine, unbedeutende Vorspeise, aber ein weiteres deftiges Essen musste warten.

Sie hatte keine Geduld mehr, Däumchen zu drehen, bis der Richter endlich den Durchsuchungsbeschluss für Gräts Haus ausstellte. So schwierig würde es schon nicht werden, sich Zugang zu verschaffen. Wenn sie Glück hatte, waren Elvira Grät mit ihrer Tochter immer noch bei ihren Eltern und die Jungen im Internat.

Sie fuhr im Schritttempo an dem Grundstück vorbei. Kein Wagen im Carport. Der Garten wirkte verlassen. Ein paar Meter weiter hielt sie an und stieg aus. Es wurde dunkel. Die Altenburg leuchtete von ihrem Hügel herunter. Der Mond lugte durch ein paar Wolken durch. Das Gras auf den Feldern wiegte sich leicht im Wind. Aus den Nachbargärten wehte der würzige Duft von Kräutern herüber. Ein idyllischer Platz für ein Eigenheim, dachte Katinka. Nur leider ein bisschen zu perfekt, vor allem, wenn der Ehemann eine Liebesaffäre an die andere addierte.

Katinka ging in einem weiten Bogen um das Haus

herum. Im Garten leuchteten kleine Solarlampen auf. Sie tauchten die Schiffschaukel in ein gespenstisches Licht. Im Haus war alles dunkel.

Sie sollte nicht länger warten.

Das Schloss erwies sich als tückischer als das von Hanne Brenker. Kurz überlegte Katinka, ob Grät eine Alarmanlage installiert hatte, fand jedoch nicht die kleinsten Hinweise darauf. Endlich stand sie in der dunklen Diele. Schob die Haustür zu. Ihr Herz hämmerte, während sie den Dietrich in die Hosentasche steckte. Sie wartete kurz, bis es sich beruhigt hatte, stülpte dann die Stirnlampe über und machte sich auf die Suche.

Bevor sie die einzelnen Zimmer betrat, hielt sie nach Kameras und anderem Sicherheitsequipment Ausschau. Wahrscheinlich leistete Grät sich das Teuerste vom Teuren – Security, die man nicht sah.

Das Haus war extrem aufgeräumt. Die Existenz eines kleinen Mädchens hätte niemand geahnt. Katinka grinste beim Gedanken daran, wie sie und ihre Schwester die elterliche Wohnung früher tagtäglich verwüstet hatten. Hier war nichts vom typischen Tohuwabohu zu sehen. Kein Spielzeug, kein Plüschtier, keine verdreckten Gummistiefel – jedenfalls nicht im Erdgeschoss.

Schnell durchsuchte sie die Räume. Küche, Abstellkammer, Esszimmer. Sie betrat das Wohnzimmer. Der hintere Teil ging in einen Glasanbau über, zum Garten hin lag eine riesige Terrasse. Es gab weder einen Schreibtisch noch einen Rechner, also eilte Katinka in den ersten Stock.

Schlafzimmer 1. Schlafzimmer 2. Klar, die Eheleute ertrugen einander nicht mehr. Kinderzimmer. Alles säuberlich aufgeräumt. Eine Puppenküche, Stofftiere, eine

Stereoanlage. Von so einem Ding hätte Katinka im zarten Alter von Gräts Tochter nicht einmal zu träumen gewagt.

Sie ging weiter den Flur entlang. Bad 1. Bad 2. Ein Arbeitszimmer. Mit Rechner. Sie schaltete ihn ein.

Passwort. Klar. Manche Leute nahmen ihren Vornamen. Katinka probierte ›Wolfram‹. Falsch. ›Elvira‹. Falsch. Sie hatte nicht wirklich daran geglaubt. Bei seinen zahlreichen Affären hatte Wolfram mehr als genug Auswahl. Katinka tippte 1234. Es funktionierte. Windows öffnete seine Pforten.

Im Parterre quietschte etwas. Es klang wie eine Tür, die nur halb ins Schloss fiel. Hektisch hob Katinka den Kopf. Nichts weiter war zu hören. Sie wandte sich wieder dem Rechner zu. Systematisch begann sie, die auf dem Desktop aufgereihten Ordner zu durchsuchen. Das meiste Zeug sagte ihr nichts. Viele Dateinamen bestanden ausschließlich aus Zahlen. Inhaltlich war bei einem schnellen Blick nichts zu erschließen. Aus dem Rucksack fischte sie einen USB-Stick und steckte ihn in den Anschluss.

Sie klickte auf ›Bibliotheken‹. Unter ›Dokumente‹ fand sie einen Ordner ›Assessment‹. Neugierig öffnete sie die einzige darin befindliche Datei mit dem Namen ›Auslese‹.

Ein Brief, ohne Anrede, wahrscheinlich ein Entwurf, aber eindeutig an ein Gegenüber gerichtet. Was sie las, konnte nicht wahr sein.

... empfehle ich dringend, die Konkurrenz- und Kampfbereitschaft der Bewerber eindringlicher zu testen. Wir brauchen auch Nachwuchs für uns, nicht nur für Kvintu. Wenn wir die positiven Entwicklungen vor allem des letzten Jahres (und ich meine dies nicht nur finanziell, wenngleich dies vorrangig mein Interessensgebiet ist) halten

wollen, benötigen wir gute Leute. ›Gut‹ im Sinne von: ›bereit‹. Dazu ist die absolute Entschlossenheit gefordert, schneller und besser und gegebenenfalls radikaler als die anderen zu sein ... Hätten wir uns bei H. früher in diese Richtung orientiert, hätten wir nicht den schwierigeren Weg gehen müssen ...

Auf dem Flur knackte etwas. Katinka fuhr herum. Geblendet vom Flackern des Bildschirms blinzelte sie in das Dunkel des Zimmers. Draußen leuchteten kurz die Scheinwerfer eines Wagens auf. Sie flossen in hellen Flecken über die Wand des Arbeitszimmers und verloschen.

Katinka kopierte die Ordner von der Festplatte auf den Stick. Es schien ewig zu dauern. Schon fürchtete sie, die Kapazität des Sticks würde nicht ausreichen, als der Kopiervorgang abgeschlossen war. Rasch schob sie den Stick in die Jeanstasche.

Ein seltsamer Geruch strömte durch das Haus. Katinka schnupperte. Sie kam nicht sofort drauf. Später würde sie sich fragen, wie sie so dermaßen auf der Leitung hatte stehen können. Sie war direkt in die Falle getappt. Eine unerfahrene Maus, angelockt von fettem Käse. Von einer anscheinend leichten Aufgabe. Schließlich war sie oft in fremden Häusern gewesen.

Eine dunkle Flüssigkeit sickerte unter der Tür durch.

Brandbeschleuniger!

Katinka griff nach ihrer Waffe. In Zeitlupe schwang die Tür auf.

»Ja, haha, ja!«, flüsterte jemand im Korridor.

Katinkas Magen krampfte sich zusammen.

»Verbrennen ist ein ausnehmend grausamer Tod!«, krächzte die Stimme.

Sie zielte ins Dunkel. Die Tür stand nun offen, sie stürzte zur Wand neben dem Türrahmen, presste sich dagegen. Mit äußerster Vorsicht, die Pistole in der vorgestreckten Hand, schob sie sich zentimeterweise zur Tür. Als der Lauf der Beretta in den Korridor zielte, raste etwas auf sie zu. Sie riss den Arm zurück und zielte.

Es knallte, als der Baseballschläger auf den Parkettboden krachte.

Katinka feuerte in den Flur. Flammen loderten auf. Der ganze Korridor brannte sofort.

An der Treppe sah sie einen Mann stehen.

»Grät?«, schrie sie gegen das Knistern der Flammen.

»Sie kommen hier nicht raus. Sie wollen doch Informationen, oder?«

Der Schuss kam völlig unerwartet und streifte ihren Arm. Vor Schmerz schrie Katinka kurz auf. Sie wich ins Zimmer zurück, schob die Beretta in den Hosenbund, riss das Fenster auf. Die Wunde am Arm brannte. Sie sah nach unten in den Garten. Nicht weit weg stand ein leeres Kinderplanschbecken. Es würde den Aufprall wenigstens etwas abfedern.

Die Flammen fraßen sich in Sekundenschnelle ins Zimmer. Das Feuer katapultierte die Tür in den Raum, rückte näher, heiß, brutal. Verzehrte gerade ihren Rucksack, der seinen Platz auf dem Schreibtischstuhl nie mehr verlassen würde. Verzweifelt sah Katinka sich nach etwas um, womit sie sich sichern konnte. Es blieb keine Zeit. Sie würde aus der ersten Etage runter in den Garten springen müssen. Panisch kroch sie auf das Fensterbrett. Unbeteiligt nahm sie das Blut wahr, das ihren Ärmel durchtränkte. Es hieß immer, in solchen Situationen würde niemand mehr an die Gefahren, die vor ihm lauerten, denken, nur an das

Feuer. Die älteste aller Fährnisse. Katinka klammerte sich am Sims fest, rutschte mit Beinen und Po über die Kante. Für Sekunden baumelte sie im Nichts, bis sie sich mit den Füßen von der Hausmauer abstieß und losließ.

Gummi unter ihr. Das Planschbecken! Sie rollte sich ab. Das Metall ihrer Beretta presste sich dabei schmerzhaft in ihre Seite. Egal. Sie war unten. Flammen leckten im ersten Stock aus dem Fenster. Jemand musste die Polizei rufen. Sie selbst würde es nicht tun können. Ihr Handy war vor wenigen Minuten entsorgt worden.

Sie rappelte sich auf. Wo steckte Grät?

Geduckt rannte sie zum Haus, die Pistole in der Hand. Die Terrassentür stand offen. Keineswegs würde sie sich noch einmal ins Haus wagen. Grät konnte dort genauso wenig bleiben. Oben wütete bereits das Feuer. Es würde nicht lange dauern, bis das ganze Gebäude in Flammen stand. Warum rief niemand die Feuerwehr?

Irgendwo hatte sie gelesen, dass das, was Menschen als Gegenwart empfanden, letztlich nichts war als ein Zeitfenster von zwei Sekunden. Weiter die Zeit aufzusplitten, waren Menschen nicht in der Lage. Deswegen kam es einem bisweilen so vor, als spüre man die Zukunft im Jetzt oder im Vorhin – eine Art Déjà-vu, nur radikaler, näher, unmittelbarer. Katinka hob den Kopf, als etwas Schweres auf ihre Schulter krachte.

Sie ging in die Knie.

Ein neuer Schlag auf den Unterarm. Ächzend warf sie sich auf den Boden, versuchte, aus der Gefahrenzone zu rollen, während sie hörte, wie ihre Pistole irgendwo auf dem Terrassenboden aufschlug.

Grät entwickelte eine enorme Kraft. Dem massigen Oberkörper hatte Katinka wenig entgegenzusetzen. Kurz wurde ihr schwarz vor Augen; als sie die Lider wieder aufschlug, baumelte sie über Gräts Schulter. Er trug sie ins Haus.

»Was machen Sie da?«

»Sie wissen mir zu viel. Mir passiert das nicht wie Jensen, dass ich am Airport stehe, und ein Weib kommt mir in die Quere.«

Er weiß von Jensen!, schoss es Katinka durch den Kopf. Über ihr prasselten die Flammen. Es herrschte eine unglaubliche Hitze. Grät schleppte sie in die Küche und warf sie vor dem Abstellkämmerchen auf den Fliesenboden. Katinka schrie vor Schmerz.

»Woher wissen Sie …«, keuchte sie, als käme es darauf noch an.

»Von seinem Anwalt, Madame Superschlau!« Höhnisch schob Grät Katinka in die Abstellkammer. »Ich wünsche einen angenehmen Übergang ins neue Leben!«

Er rammte die Tür ins Schloss und sperrte ab.

Katinka geriet in Panik. Sie spürte die Hitze des Brandes. Die Wände waren zu heiß, um sie zu berühren. In der engen Kammer spürte sie ein feines Vibrieren, als habe das Feuer das Haus längst in den Grundfesten zerschlissen. Sie warf sich gegen die Tür. Schmerz explodierte in ihrer Schulter.

Ich sterbe hier nicht!, dachte sie. Ich darf nicht!

Hardos Gesicht tauchte vor ihr auf, seine eismeergrauen Augen.

Nein!

Sie hielt sich den Kopf. Nachdenken. Die Luft wurde immer heißer, schien ihr die Lungen zu verbrennen.

Der Dietrich. Sie griff in die Jeanstasche. Er war noch da! In der völligen Finsternis ihres Verlieses tastete sie nach dem Schloss. Ruhe bewahren! Sie schob den Dietrich in das Schloss, millimeterweise, während der Schweiß ihre Kleidung durchtränkte und jeder Atemzug schmerzte. Nach Luft ringend bewegte sie das Werkzeug so vorsichtig, wie sie es unzählige Male getan hatte, spürte jeder winzigen Bewegung nach, jedem noch so zarten Gefühl, irgendwo einen Hebel ansetzen zu können. Ihr Kopf wollte platzen vor Hitze. Es fühlte sich an, als würde ihr Haar bereits brennen.

Klick. Die Tür ging auf. Sie hatte keine Waffe, keine Deckung, aber die Panik ließ sie aus der Abstellkammer schießen wie eine Kugel aus einem Gewehrlauf. Sie rannte durch die Küche. Die Treppe in den ersten Stock stand in Flammen. Das Prasseln des Feuers verstärkte sich zu einem Rauschen, und plötzlich schossen die Flammen noch weiter in die Höhe, ein Heulen wie von einem Sturm ging durchs Haus.

Irgendwo hatte jemand eine Tür geöffnet.

Oder ein Fenster.

Katinka rannte ins Wohnzimmer. Sie lief auf die Terrasse, um das Haus herum. Da stand Grät, mit einem Autoschlüssel in der Hand, vor seinem Wagen.

»So leicht kommst du nicht davon.«

Eine weibliche Stimme! Eine, die Katinka leidlich bekannt vorkam. Die Schmerzen in Schulter und Arm ignorierend, hetzte sie näher. Sabrina Turmeyer!

»Du ruinierst mich nicht, Wolfram. Nicht so kurz vor dem Ziel! Noch ein halbes Jahr, und ich kann die Bude zumachen. Für immer nach Amerika gehen.«

»Was willst du denn tun! Mich umbringen?«

Katinka pirschte näher. Die Wunde am Arm brannte, aber sie richtete ihre gesamte Aufmerksamkeit auf die beiden Menschen, die sich dort voreinander aufgebaut hatten, als seien sie bereit, aufeinander loszugehen wie zwei Büffel im Kampf um eine Kuh.

Verdammt, sie hätte ihre Pistole suchen sollen. Wahrscheinlich hatte Grät sie sich längst unter den Nagel gerissen. Sie duckte sich hinter die Hecke. Im Rasen des Feuers konnte sie kaum hören, was Sabrina Turmeyer antwortete. Doch sie sah den Regenschirm, den die Frau hochhob.

Spinnt die?, dachte Katinka. Ein Regenschirm?

In der Ferne hörte sie Martinshörner aufheulen.

Sabrina riss an dem Schirm und zog einen Degen aus dem Stock. Katinka hielt den Atem an. Die Frau hob den Arm und rammte den Degen in Wolfram Gräts Brustkorb. Sie hörte sein Japsen sogar vor dem Jaulen des Feuers. Grät brach zusammen.

Katinka sah, wie Sabrina Turmeyer ein zweites Mal auf ihn einstach. »Nicht!«, brüllte sie.

Sabrina sah sich um.

»Wenn Sie ihn umbringen, wird er niemals für das büßen, was er getan hat.«

»Wird er sowieso nicht. Dafür hat er zu viel Geld und zu viele Anwälte. Erst in der Hölle wird er am Spieß braten!« Sie hob erneut den Arm.

»Lassen Sie das!« Katinka schnellte hinter der Hecke hervor. Sie fiel Sabrina in den Arm. Beide Frauen rangen für einen kurzen Moment miteinander. Wie durch Watte hörte Katinka die Martinshörner ganz nah.

Dann wurde alles schwarz, und das Rasen des Feuers verklang.

25.4.2015 – SAMSTAG

55

»… drei tiefe Stichwunden … Stockdegen … finsteres Mittelalter …« Die Worte drangen durch eine dicke Schicht aus Filz. Oder Fleece. Oder …

»… Streifschuss. Nicht weiter der Rede wert.«

Katinka wälzte sich auf die Seite, zuckte vor Schmerz zusammen. Irgendwas stimmte hier nicht.

»Katinka?«

Die Stimme kannte sie. Hardo. Der verlässliche Fels. Was auch immer geschehen war, er würde sie nicht wegstoßen, egal wie oft sie stritten und um Zuständigkeiten rangen. Zuständigkeit! So ein kompliziertes Wort. Und Beamtendeutsch. Ihre Mundwinkel verzogen sich.

»Katinka? Bist du wach?«

»Leider ja!«

Sie hörte, wie Hardo lange und erleichtert ausatmete.

»Was ist passiert?«, fragte sie, während ihre Lider gegen ihren Befehl kämpften, sich zu öffnen. Das kam nun überhaupt nicht infrage. Sie wollte sehen, wo sie sich befand! Mit aller Willensanstrengung riss sie die Augen auf.

Ein weißer Raum. Ein Aquarell direkt hinter Hardos Kopf.

»Shit.«

»Was?« Er legte ihr eine Hand auf den Arm. »Zum Fluchen hast du keinen Grund, Katinka. Du hast überlebt. Die Tusse hat dir beinahe die Lunge perforiert. Du hattest ein Riesenglück. Drei Stichwunden, alle drei Lappalien.«

»Wenngleich ziemlich schmerzhafte Lappalien.« Katinka wollte sich aufsetzen. Es funktionierte nicht. »Habe ich eigentlich noch Haare auf dem Kopf?«

»Hast du. Ein bisschen versengt, aber durchaus vorhanden. Warte ab. Ein paar Tage. Bis dahin ist das Schlimmste überstanden.«

»Ein paar Tage? In einer Woche ist der Weltkulturerbelauf. Ich habe trainiert wie …« Ihr ging die Puste aus.

In Hardos grauen Augen spiegelten sich Sorge und Belustigung.

Die Erinnerung kam zurück. Grät. Das Feuer. Hatte sie nicht immer noch den Brandgeruch in der Nase?

»Habt ihr Grät?«

»Wir haben ihn.«

Okay, einen Moment, was war mit Grät gewesen? Katinka zerbrach sich den Kopf, dann schlug die Erinnerung zu.

»In meinen Jeans«, fing sie an. »Ein USB-Stick.«

»Den haben wir auch.«

»Uff.« Sie ließ den Kopf sinken. Ihr rechter Arm war verbunden, im linken steckte eine Infusion. Glasklare Flüssigkeit tropfte in ihre Vene. Ihre beiden Seiten, ungefähr auf Höhe des Nabels, brannten wie Feuer.

»Ich muss hier raus.« Sie sah Hardo fest an.

»Darüber können wir reden.«

»Ich stinke nach Rauch.«

»Womit du allerdings recht hast.«

Nun gut, immerhin war Hardo gesprächsbereit.

»Erzähle!«, bat sie. Und schloss die Augen.

»Die Nachbarn haben die Feuerwehr gerufen. Jemand hat Schüsse gehört, deswegen kamen die Kollegen. Die haben Sabrina Turmeyer und Grät fürs Erste festgesetzt.«

»Ist Grät verletzt?«

»Nicht schwerer als du. Sein Computer ist im Eimer, ebenso alles andere, was in dem Haus vielleicht von Interesse gewesen wäre. Aber wir haben die Dateien auf deinem Stick und die werden wir jetzt auswerten.«

»Ist das Zeug vor Gericht verwendbar?«

»Werden wir im Einzelnen sehen. Die Beweise sind offenbar umwerfend. Kerschensteiner ist dran.«

»Sie ist deine rechte Hand, was?«

Er lachte auf. »Eifersüchtig?«

»Niemals. Was war weiter?«

»Sabrina Turmeyer hat offenbar für das Netz einiges getan. Helga Brandenstein hat ihr das Reisebüro überschrieben mit dem Auftrag, die Konten für Überweisungen und Zahlungen des ›Netzes‹ zur Verfügung zu stellen. Die Kollegen fangen gerade an, bei den Banken die Papiere einzusammeln und das Material zu sichten. Klar ist, dass die Turmeyer für sich einen satten Obolus ausgehandelt hat.«

»Sie hat Grät ins Gesicht gesagt, sie wollte unbedingt nach Amerika. Kann das sein?« Für einen Moment misstraute Katinka ihrem Gedächtnis.

»Vermutlich hoffte sie, aus der Sache aussteigen zu können, aber Grät muss ihr dabei in die Quere gekommen sein. Wahrscheinlich hatte sie auch Angst, dass sie im Zuge der Ermittlungen auf unserem Radar erscheint.«

»Könnte sie Hannes Tee vergiftet haben?«

Hardo räusperte sich. »Leider haben wir keinen Hinweis. Nicht den geringsten.«

»Ich habe einen Text gelesen. Im Computer. Der müsste auf dem Stick sein. Grät warnt darin, dass so etwas wie mit H. nicht mehr passieren darf. Er muss Hanne Brenker gemeint haben!« Katinka hob den Kopf. »Und was ist mit dem Text, den Marie auf ihrem Rechner hatte?«

»Wir sind dran, wie gesagt.«

Na klasse, ich habe euch die Kastanien aus dem Feuer geholt, im wahrsten Sinne des Wortes, und jetzt liege ich im Krankenbett und darf aus der Ferne zuschauen, wie ihr die Schlingen auslegt.

Es war höllisch anstrengend, den Kopf hochzuhalten. »Kannst du mir einen Fränkischen Tag besorgen?«

Hardos Augenbrauen schossen in die Höhe.

»Ich muss die Wochenendbeilage lesen. Wischnewski ist befördert worden. Er hat jetzt die Kultur unter sich.«

Hardo grinste. »Wenn das dein größter Wunsch ist.«

»Warte: Womit hat die Turmeyer da eigentlich um sich gestochen?«

»Ein Stockdegen. Hübsche Tarnung. Im Regenschirmstock steckt ein ordentlich geschliffener Degen, bei Bedarf eine effektive Waffe.«

»Kann man wohl sagen.« Katinka seufzte tief. Sie dachte an den Halbmarathon, den sie würde knicken können. Obwohl ihre Füße offenbar ohne Schaden davongekommen waren. Aber das Atmen war wirklich eine Heidenarbeit.

3.5.2015 – SONNTAG

56

Bamberg kochte. Wie erwartet hatte das regnerische Wetter sich am Abend des 2. Mai verzogen und wurde von 29 Grad im Schatten am Sonntag abgelöst. Katinka stand mit Hardo, Sabine und Dante am Zieleinlauf am Maxplatz und feuerte die Läufer auf den letzten Metern lautstark an.

»Haben Sie sich damit abgefunden, nicht mitlaufen zu können?«, fragte Dante, während er eine Teilnehmerin beklatschte, die mit hochrotem Kopf als eine der ersten weiblichen Läufer auf das Ziel zurannte.

»Wenn ich mir die verschwitzten Gesichter so ansehe ...«, gab Katinka zurück.

Zwar fühlte sie sich täglich besser. Die Schmerzen am Arm, wo Gräts Kugel sie gestreift hatte, waren zu vernachlässigen. Dafür machten ihr die Stichwunden, zwei links zwischen Lunge und Milz und eine rechts, noch ordentlich zu schaffen. Ohne Schmerzmittel kam sie nicht aus. An Bewegung war höchstens bedingt zu denken, selbst der Spaziergang von zu Hause bis zum Maxplatz hatte sie erschöpft. Wenigstens hatte sie es zum Friseur geschafft und ihr vom Feuer versengtes Haar raspelkurz schneiden lassen.

Dante dagegen hüpfte bei jedem Läufer, der sich den

letzten Metern näherte, begeistert auf der Stelle. Anders konnte man sich in dem höllischen Gedränge kaum bewegen.

»Was ist eigentlich mit Kobener?«, fragte er, wild einem Teilnehmer applaudierend, der – drei Bälle jonglierend – ins Ziel lief.

»Die schottische Polizei hat den Fall wieder aufgerollt. Wird schwer sein, Zeugen zu finden. Allerdings wäre es dumm, die Hoffnung aufzugeben, bevor man nicht alles versucht hat.« Genau das hatte Katinka vor zwei Tagen Evi Kobener zu verklickern versucht. Die Witwe war zunächst wenig begeistert von der Aussicht, eventuell ins Visier des ›Netzes‹ zu geraten, doch Katinka konnte ihr versichern, dass das Netz derzeit außer Gefecht gesetzt war.

»Die Ermittler haben ausreichend belastendes Material gegen alle Beteiligten außer Vogler in der Hand«, sagte Katinka. »Fred Kerners Reisen nach Frankreich werden seziert, Helga Brandenstein kooperiert, Jensen zickt noch, aber sein Anwalt scheint ihm ins Gewissen zu reden, dass sich Mitarbeit am Ende auszahlt.«

Hardo berührte Katinka an der Schulter. »Obacht, keine Verbrüderung mit der Presse.« Er grinste dabei, doch Katinka wusste, wie empfindlich Hardo reagierte, wenn es um Details nicht abgeschlossener Fälle ging.

»Herr Wischnewski ist mein Assistent«, wandte Katinka ein. Sie sah, wie Sabine lächelte. Heute war sie in Zivil, sie trug ein Sommerkleid und Sandalen mit Absatz. Ziemlich ungewohnt.

»Wenn Vogler außen vor bleibt«, murmelte Dante, »würde mich das übrigens nicht wundern. Er ist mit den oberen Zehntausend in diesem Land verschwistert und verschwägert. Ministerien, Medien, Banken …«

»Das lassen Sie mal unsere Sorge sein.« Hardo schob die Hände in die Jeanstaschen. Auf seiner Glatze standen Schweißperlen.

»Ihr Kommissar ist verdammt misstrauisch«, wisperte Dante in Katinkas Ohr.

»Nehmen Sie es ihm nicht übel.«

»Ach woher! Das Polizeiaufgebot ist übrigens eher gering. Wenn ich an die Erpresserbriefe denke …«

Jetzt bloß nicht rot werden, dachte Katinka. Sie applaudierte eifrig einem Grüppchen schweißbedeckter Männer, die kurz vor dem Ziel ein letztes Mal alles gaben.

In der vergangenen Woche hatte sie viel Zeit gehabt, um nachzudenken. Nicht nur über Hanne Brenker, das Netz und ihr Abenteuer in Gräts Haus. Sondern auch über Marie, Jana, Ernst Kobener. All die Leute, die unschuldig in eine Maschinerie geraten waren, der sie aus eigener Kraft nicht entrinnen konnten.

Auch Ben gehörte zu ihnen. Da war sein Hass auf Grät. Sein Entsetzen darüber, dass seine junge, sportliche Schwester so einen grausamen und unerklärlichen Tod gestorben war. Ben hasste Sport, vor allem Laufen. Der Weltkulturerbelauf war ein rotes Tuch für ihn. Katinka hatte eins und eins zusammengezählt, ihn angerufen und zu sich bestellt. Nach Hause. Er kannte die Adresse, schließlich war er Tutor für die ausländischen Studenten.

Bei einer Tasse Kaffee mit Kahlúa (einem Geschenk von Jana, die sie ebenfalls besucht hatte, um den Fall abzuschließen) hatte sie ihn direkt nach den Erpresserbriefen gefragt, und er hatte sofort alles zugegeben, allerdings hoch und heilig versprochen, die Finger von Cyanid und anderen Scheußlichkeiten zu lassen. Er hatte Hanne Brenker nicht umgebracht. Er war einfach ein Trittbrettfahrer, der die Aufregung in der Stadt für sich nutzte, um seinen Zorn abzureagieren. Katinka schickte ihn weg, bevor Hardo nach Hause kam.

»Frau Palfy?«

»Hm?«

Anscheinend versuchte Dante seit einer Weile, ihre Aufmerksamkeit zu erregen.

»Sind Sie noch bei uns?«

»Ich denke doch!« Ein Frösteln kroch Katinka über den Rücken. Mitunter schlich sich die Erinnerung an die Nacht in Gräts brennendem Haus ein. Hinterhältig. Schlangenhaft. Keine angenehme Erfahrung. Sie kannte Albträume von früheren Fällen, in denen sie in Gefahr geraten war. Sie flauten mit der Zeit ab. Was blieb, waren Splitter aus Angst und Unwohlsein, die sich irgendwo in der Seele vergruben und in unbedachten Augenblicken an die Oberfläche drängten. Katinka seufzte. Das waren Dinge, die sie langfristig angehen musste. Derzeit wäre sie eigentlich schon froh, wenn sie sich endlich schmerzfrei bewegen könnte.

»War Jana Perl mit Ihrer Arbeit zufrieden?« Dante rückte an seinem Basecap. Sein Gesicht sah mindestens so rot aus wie das der Läufer, die nun nach und nach ins Ziel rannten.

»Wieso fragen Sie?«

»Weil Hanne Brenkers Mörder immer noch nicht bekannt ist.«

»Das Netz.«

»Das Netz! Ich bitte Sie, letzten Endes muss es eine einzelne Person gewesen sein. Ein Individuum. Jemand mit einem Gesicht.«

»Stimmt«, schaltete Sabine sich ein. »Zumindest sind wir ziemlich sicher, dass Fred Kerner das Cyanid in Frankreich besorgt hat.«

»Kerschensteiner!«, mahnte Hardo.

»Immer mit der Ruhe, Chef. In der Masse wird man nie belauscht. Außerdem haben wir sowieso eine Pressekonferenz gehalten. Gehen wir ein Eis essen?«

Hardo schob sich ihnen voran durch die Menge Richtung Kettenbrücke. Wie ein Caterpillar verschaffte er der kleinen Schar hinter sich Platz. Dante tänzelte als Letzter hinter ihnen her.

Katinka senkte den Blick. Die vielen Menschen, die Gerüche, die Hitze … all das rief die Beklemmung hervor, die sie in der Abstellkammer in Gräts Haus verspürt hatte, als die Flammen über ihr prasselten. Orangerotes Feuer, das, kaum hatte sie sich aus ihrem Gefängnis befreit, noch höher loderte als zuvor und einen Heidenlärm …

Orangerot. Katinka blieb stehen.

Else Brand. Die Nachbarin mit dem buschfeuerroten Haar! Verblüffend. Das Gehirn bildete ein paar Synapsen, und wie von selbst fielen die Puzzleteile in die richtige Ordnung.

»He, was ist? Die Beamten hängen uns ja ab«, meckerte Dante. Tatsächlich bogen Sabine und Hardo bereits in die Kleberstraße ab, wie magisch angezogen von dem Ausleger der italienischen Eisdiele.

»Else Brand! Wischnewski! Sie hat einen Schlüssel!«

»Else Brand?« Sein verwirrter Gesichtsausdruck belustigte sie.

»Hanne Brenkers Nachbarin. Los!«

Katinka wandte sich nach rechts in Richtung Promenade, wo sie nach wenigen Metern ein Taxi anhielt.

»Frau Palfy«, keuchte Dante, der kaum hinterher kam. »Wollen wir nicht die behördliche Macht auf unsere Seite ziehen, bevor …«

»In die Ottostraße bitte«, sagte Katinka zum Fahrer, während sie sich behutsam in den Sitz gleiten ließ. Verdammt, sie könnte Sabrina Turmeyer jeden Stich mit dem Stockdegen mit mindestens 20 Peitschenhieben vergelten und hätte nicht das mindeste Mitleid.

Dante fiel auf die Rückbank. »Der Kommissar wird sauer sein.«

»Es passt alles zusammen, Wischnewski. Keine Zeichen für einen Einbruch. Else Brand konnte zudem wissen, dass Hanne Grünteefanatikerin ist. Sie hat mitbekommen, dass Hanne und Florian in Bamberg sind, hat gewartet, bis die beiden die Wohnung verlassen, und ist dann ihrer Aufgabe nachgegangen.«

»Schön und gut, bloß woher hatte sie das Gift?«

Der Taxifahrer gab ein knurrendes Geräusch von sich.

»Machen Sie sich keine Sorgen«, sagte Katinka zu ihm. »Wir schreiben gerade ein Drehbuch. Für den neuen Franken-Tatort.«

Dazu hatte der Fahrer natürlich eine Meinung und zögerte nicht, seinen Passagieren mit einer Menge Genörgel über weichgespülte Plots und klamaukartige Charaktere auf die Nerven zu gehen.

»Ich hoffe, Sie verzapfen was Besseres!«, sagte er, als Katinka zahlte und sich mühsam aus dem Sitz schälte.

»Machen wir. Sie haben ja gar keine Vorstellung, wie viele Versionen wir mittlerweile eingereicht haben«, dramatisierte Dante. »Die Redakteurin nimmt uns jede einzelne Seite auseinander.«

»Der Redakteur!« Katinka funkelte Dante an.

»Pardon.«

Der Taxifahrer hob die Hand und fuhr davon.

»Und was machen wir jetzt?« Dante wies zu den Fenstern von Hanne Brenkers Wohnung hoch. »Wollen Sie bei Else Brand klingeln und fragen: ›Entschuldigen Sie die Störung, haben Sie Frau Brenkers Tee vergiftet?‹«

»Der Punkt ist doch«, Katinka lehnte sich kurzatmig an die Hauswand, »wenn sie vom Netz angesprochen wurde, ob sie Hanne vergiftet, und wenn sie das gemacht hat, wird sie der Polizei keinesfalls sagen: ›He, super, endlich fragt ihr mal nach.‹ Sie wird alles leugnen.«

Dantes Kiefer mahlten. »Schnell! Basteln wir eine gute Legende!«

»Sie ist Freiberuflerin. Künstlerin. Wenn Sie so wollen. Ihr Job ist es, aus Kinderbüchern Hörspiele zu schreiben.«

»Sind Sie sicher?«

»Natürlich. Mein Gedächtnis hat schließlich keine Verletzung abbekommen«, entgegnete Katinka empört. »Für Sie ist das die ideale Sache. Sie interviewen Else Brand für die Kulturseite!«

»Wie fanden Sie eigentlich die letzte Wochenendbeilage?«, fragte Dante, ohne Katinka dabei anzusehen.

»Gut. Sehr gut.«

»Hm.«

»Sie nicht?«

»Ich weiß nicht, ob ich in dem Job alt werde.«

»Dante, Ihre Selbstzweifel ehren Sie, aber jetzt sollten Sie in die Gänge kommen.«

»Ay, Sir. Wobei Else Brand es bestimmt seltsam findet, wenn ich ohne Anmeldung bei ihr reinschneie, noch dazu an einem Sonntag, noch dazu heute, wo halb Bamberg und tausende Gäste über die sieben Hügel rennen.«

Katinka packte Dante bei den Schultern und schob ihn zur Haustür. »Ihr Charme wird Ihnen helfen. Los geht's!

Sehen Sie zu, dass Sie die Wohnungstür auflassen. Und entsichern Sie Ihr Diktiergerät!«

»Ich hoffe, die Dame hat nicht auch einen Stockdegen in ihrem privaten Waffenarsenal.«

Er klingelte. Der Türsummer ging. Katinka schlüpfte hinter ihm ins Haus.

57

Während Dante den dritten Stock erklomm, harrte Katinka eine Treppe tiefer an die Wand gedrückt aus und hörte, wie der Reporter Else Brand Honig ums Maul schmierte. Alle Menschen, Kulturschaffende insbesondere, liebten Schmeicheleien, und auf diese verstand Dante sich vortrefflich. Else Brand bat ihn herein. Katinka hörte das Schloss klicken. Und noch einen Klick. Die Tür wurde behutsam wieder geöffnet.

Ihr kam Hardo in den Sinn. Herrgott, er würde ihr eine fürchterliche Szene machen. Sie konnte ihn nicht einmal anrufen, da sie bei all dem Stress und den Schmerzen der vergangenen Woche nicht dazu gekommen war, sich ein neues Handy zu kaufen. Das wäre dann der dritte Apparat innerhalb kürzester Zeit. Sie stieg in die dritte Etage. Die Wärme hier oben war extrem. Völlig ungewohnt nach den langen kühlen Wochen. Jeder Atemzug ließ die Verletzungen in Katinkas Seiten schlimmer brennen.

Ignorieren!

Sie stieß die Tür auf und betrat Else Brands Wohnung.

Dantes Stimme schwebte von irgendwo her. Gleichzeitig hörte Katinka Wasser brodeln.

»Heißer Tee ist bei diesem Wetter das einzig Wahre«, deklamierte Else Brand.

»Schlimme Sache, das mit Ihrer Nachbarin.« Dante.

»Kann man wohl sagen. Ein Verbrechen, im Prinzip so nah ... mir ist, als wenn sie hier im Haus gestorben wäre.«

»Haben Sie die Fernsehshow gesehen?«

»Sicher! Ich war so entsetzt. Schockiert! Nächtelang konnte ich nicht schlafen. Geschweige denn arbeiten. Dabei hatte ich ein Projekt auf dem Schreibtisch, das dringend fertig werden musste. Der Sender stand auf der Matte und verlangte die Hörspielfassung eines Märchens. Ich war gar nicht mehr imstande, die letzten Szenen umzuschreiben.«

»Was hat Sie mehr entsetzt: die brutale Art und Weise, einen Menschen ins Gras beißen zu lassen ...«

»Wie meinen Sie?«

»... oder dass es vor laufender Kamera passierte?«

Katinka schlich ein paar Schritte näher zur Küche, wo Tee aufgegossen und Tassen auf einem Tisch abgestellt wurden.

»Ich bitte Sie: Beides ist natürlich in höchstem Maße grauenvoll. Wobei ... vor laufender Kamera ... im Fernsehen ... live! Das ist so monströs!« Else Brand räusperte sich.

»Daran hatten Sie nicht gedacht, oder?«

»Wie bitte?«

»Dass es so spät passierte?«

»Aber ...«

Ein Stuhl schrammte über den Boden.

»Sie haben gedacht, Hanne bricht in ihrer Wohnung

zusammen und stirbt für sich allein. Eventuell in Anwesenheit ihres Sohnes. Ohne Aufsehen.«

»Ich verstehe nicht …«

»Nur leider hat sie den Tee in eine Flasche gefüllt und mit zur Fernsehübertragung genommen. Falls sie Durst bekommt. Da hatte sie gerne ihren Sencha zur Hand. Nicht einfach Wasser. Das hätten ihr die Fernsehleute sicher spendiert.«

Stille in der Küche.

»Zucker? Milch?«, fragte Else Brand nach einer Weile.

»Sie haben Hanne Brenkers Wohnungsschlüssel.«

»Den muss noch jemand anderes haben! Neulich – ich weiß nicht mehr wann, vor ihrem Tod – da sollte ich ihre Blumen gießen. Und eines Morgens kam ich hin, und die Wohnungstür war nicht abgesperrt. Ich sperre immer zu. Zweimal. Wie Hanne es mir aufgetragen hat.«

»Und gestern vor zwei Wochen? Am 18. April? Da haben Sie auch zweimal abgeschlossen?«

Wieder Stille. Sie zog sich in die Länge. Katinka rückte vor. Dante hatte die Frau fast soweit.

»Was haben die Leute bezahlt, die Sie angeheuert haben, Frau Brand?«, fragte Dante leise.

Keine Reaktion.

»Es läuft nicht gut mit den Kinderhörspielen, oder? Märchen sind bei dem ganzen Fantasy-Hype nicht mehr so der Hit, und an die ganz großen Aufträge kommen Sie nicht ran.«

»Was soll das?«

»Da kam das Angebot wie gerufen. Wie viel, Frau Brand?«

»Warum trinken Sie nicht?«

Katinka hörte Geschirr klirren. Sie stieß sich von der

Wand ab und stürmte in die Küche. Vor Schmerz wurde ihr fast übel.

»Nicht trinken, Dante!«

Er hatte die Tasse schon an den Lippen. Sie schlug sie ihm aus der Hand. Schmerz raste durch ihren Arm. Die Tasse flog in hohem Bogen durch die Küche und zersprang auf dem Boden.

»Was …«, begann Else Brand. Sie ging rückwärts, Schritt für Schritt.

»Rufen Sie Hardo an, Wischnewski!«

»Wird gemacht.« Dante wühlte sein Handy aus der Tasche.

Else Brand stand nun an ihr Küchenbüffet gelehnt. Ihre Hand tastete nach dem Griff der Schublade.

»Lassen Sie das!«, sagte Katinka scharf.

Else Brand reagierte nicht. Während sie Katinka wie hypnotisiert ansah, öffnete sie die Schublade. Die Hand griff hinein.

Katinka hatte keine Zeit mehr, sich zu wünschen, sie hätte ihre Beretta schon von der polizeilichen Untersuchung zurück. Oder sich dafür zu schelten, dass sie so spontan ohne Hardo und Sabine mit Dante hierher gekommen war. Ihr rechter Arm war zu nichts zu gebrauchen. Also suchte sie sich den Körperteil aus, der weiterhin kampfbereit war. Sie senkte den Kopf, beschleunigte und rammte ihren Schädel in Else Brands Magen.

EPILOG

Dante Wischnewski las den letzten Abschnitt seines Textes aufmerksam durch, bevor er ihn abspeicherte. In der Cloud und auf der Festplatte. Anschließend mailte er ihn mit kurzem Anschreiben an die angegebene Mailadresse und lehnte sich zurück.

Es war geschafft.

Nach Jahren des Träumens und der Fehlentscheidungen hatte der Reporter, der einst Wissenschaftsjournalist werden wollte, ein Studium in den USA geknickt hatte und wieder Lokalschreiberling geworden war, seinen Teil zum kommenden Ruhm beigetragen. Wobei ihn die Privatfehde zwischen Palfy und dem Hauptkommissar nicht weiter kümmerte – die beiden würden sich bestimmt wieder einkriegen. Der Kommissar hasste es eben, nicht zeitnah über Alleingänge seiner Lebensgefährtin informiert zu werden. Er würde sich im Lauf der Jahre daran gewöhnen. Es gab Eigenarten, die ein Mensch nie ablegen würde, so sehr man sich an ihm abarbeitete. Palfy würde immer einen Hang zum impulsiven Handeln haben, und deshalb mochte Dante sie. Er war ein paar Mal bei Evi Kobener reingeschneit. Sie hatte ihn anfangs abgelehnt, letztendlich aber als eine Art Therapeuten anerkannt. Sogar als kostenlosen, dachte Dante.

»Sehen Sie, Ernst hat das spitzgekriegt«, war es aus ihr herausgebrochen. »Worauf das Netz gründet. Sina Kant benötigte Zeit für ihren Sohn und Geld. Das Netz gab ihr beides. Gegenleistung vorausgesetzt. Ähnlich bei Helga Brandenstein: Sie wollte Geld und zusätzlich wollte sie sich wichtig fühlen. Auch hier hat das Netz mitgespielt. Ernst fand Belege, dass diese Geldtransaktionen zunächst dafür da waren, die Firma in Deutschland auf die Füße zu stellen. Aber schnell merkten die Strippenzieher, wie viel für den Einzelnen abfallen konnte. Und sie machten weiter. Die Ambitionen einzelner Mitarbeiter konnte das Netz für sich nutzen. Ernst hatte wenig entgegenzusetzen: Er versuchte zwar, zunächst betriebsintern für Ehrlichkeit zu sorgen, aber das gereichte ihm nicht zum Vorteil.«

Nein, dachte Dante Wischnewski nun, während er im Internet herumklickte und seine Facebook-Seite aufrief, sie haben ihn sogar ermordet dafür, dass er versucht hat, die Dreckwäsche nicht öffentlich zu waschen.

Leider fehlten ihm noch einige Puzzlesteinchen, die er sehr gern vor der Polizei zum Gesamtbild hinzugefügt hätte. Wer hatte Ernst Kobener den Felsbrocken aufs Auto rollen lassen (denn es musste ja wohl ein Mordanschlag gewesen sein), wer hatte Marie Santarín zu Tode gehetzt (anders wäre sie niemals den plötzlichen Herztod gestorben, zudem hatte Palfy ihm berichtet, dass sie selbst von einem Bluthund auf dem Uferweg attackiert worden war; Dante war bei den Anglern auf die Suche gegangen und hoffte sehr, einen Zeugen aufzutreiben, der Marie beim Joggen gesehen hatte!), wer war Maries Bruder Ben hinterher geschlichen, nachdem dieser sich mit Katinka Palfy zusammengetan hatte, wer hatte Else Brand mit dem Cyanid versorgt (wovon die Leute des Hauptkommissars im Gartenhäuschen der Kerners Spuren ausfindig gemacht hatten)? Und woher stammten die beiden Spießgesellen, die Katinka in der Unterführung aufgelauert hatten? Sowie der Mann, der den Schnaps spendiert hatte, und die Spezialisten, die Katinkas Handy aus dem Kühlschrank entwendet, ihre Kameras zu Hause und ihr Telefon in der Detektei angezapft hatten? Zudem nahm er an, dass noch weitere kleine und mittlere Unternehmen aus der Region Geld für Kvintu gewaschen hatten; doch er war nicht in Eile.

Dante Wischnewski überflog die neuen Postings seiner Facebook-Freunde und klickte hie und da auf ›Gefällt mir‹. Er klickte gern bei Dingen, die ihn nicht besonders interessierten, um im Netz seine Spuren zu verschleiern. Was ihn wirklich reizte, darauf klickte er nicht im Gesichterbuch; das suchte er sich über eine diskrete Suchmaschine, die keine IP-Adressen speicherte. Allerdings benötigte er just ein klein bisschen Schwarmintelligenz auf der Suche nach Marius Kaiser, dessen letzte Spur nach Namibia geführt, sich dort aber verloren hatte. Bislang war es den Behörden nicht gelungen, ihn aufzutreiben, aber er, Dante, würde keinesfalls locker lassen. Ohnehin glaubte er nicht, dass Kaiser gekündigt worden war, wie er seinem Nachbarn weisgemacht hatte. Wahrscheinlicher war, dass er vor Kvintu geflohen war.

Ein leises ›Pling‹ des Rechners lockte ihn auf seinen Mailaccount zurück.

›Danke, Wischnewski. Ich mache mich ans Lesen. Mal sehen, was Sie mir diesmal wieder angedichtet haben. KP‹

Er kicherte.

›Kann ich anrücken wie ausgemacht?‹, schrieb er.

›Von mir aus. Over and out.‹

»Yippie!« Dante fuhr den Rechner herunter und schnappte sich seinen Geldbeutel. An der Wohnungstür drehte er sich um. Er hatte die Liste vergessen! Ärgerlich mit sich selbst schimpfend hastete er zum Rechner zurück. Da lag sie ja! Also, was musste er besorgen? Pinsel, Tapete,

Tapetenkleister, weiße Wandfarbe, Folie zum Abdecken des neu verlegten Bodens. Er würde den Baumarkt leerkaufen. Und gleich morgen mit den Malerarbeiten loslegen. Bei der Gelegenheit könnte Dante geradewegs das Allerneueste anbringen: Dass er eine sehr zarte, sehr vorsichtige Beziehung aufzubauen begonnen hatte, und zwar zu einer Person, die Palfy nur kurz auf dem Zettel gehabt und bald aus den Augen verloren hatte, da sie schlicht mit dem Fall ›Hanne‹ nichts zu tun hatte (und mit dem Netz auch nicht, obwohl sie einen Jaguar fuhr, aber den hatte sie durch eine Erbschaft finanziert!): die Corposanto, seine Marta. Dante schmunzelte, wenn er sich vorstellte, wie Palfy dreinschauen würde! Bestimmt wäre sie ein klein bisschen eifersüchtig. Marta war ja so ein ganz anderer Typ!

ENDE

*Weitere Krimis finden Sie auf den
folgenden Seiten und im Internet:*

WWW.GMEINER-SPANNUNG.DE

FRIEDERIKE SCHMÖE
Stille Nacht, grausige Nacht
. . . .
978-3-8392-1804-4 (Paperback)
978-3-8392-4867-6 (pdf)
978-3-8392-4866-9 (epub)

»Ein Verbrechen, eine Flucht, eine einzige Nacht: Wird Trisha den Morgen des 24.12. erleben?«

Hast du dir jemals vorgestellt, ein Buch aufzuschlagen und deine eigene Geschichte darin zu lesen? Und noch schlimmer: zu erfahren, dass heute der letzte Tag deines Lebens ist! Die Reporterin Trisha hat ausgerechnet am Abend des 23.12. im verschneiten Thüringer Wald eine Autopanne. Zwangsweise übernachtet sie in einem einsamen Hotel. Als sie auf der Suche nach Lesestoff auf ein zerfleddertes Manuskript stößt und anfängt darin zu lesen, gefriert ihr das Blut in den Adern. Der Text erzählt ihre eigene Geschichte bis zur heutigen Nacht und endet in einer Drohung: Noch in dieser Nacht wirst du sterben …

GMEINER SPANNUNG

WWW.GMEINER-VERLAG.DE
Wir machen's spannend

FRIEDERIKE SCHMÖE (HRSG.)
Kirchweihleichen
. . . .
978-3-8392-1736-8 (Paperback)
978-3-8392-4735-8 (pdf)
978-3-8392-4734-1 (epub)

»Fantastisch morbide, fesselnd komponiert, furios erzählt: 13 Mal schwarze Galle und fränkische Kerwa«

Was kann schon schiefgehen auf einer feucht-fröhlichen fränkischen Kirchweih? Beim Genuss von Kerwakrapfen und Salzgurke, im Kettenkarussell und beim nächtlichen One-Night-Stand nach dem Verzehr der Schlachtplatte? Endet der Mix aus Brauchtum, Religiosität und Partylaune tödlich?

Das beantworten die hier versammelten 13 KrimiautorInnen, die ihre Geschichten mit viel schwarzem Humor angerührt und mit authentischer fränkischer Kerwa-Atmosphäre garniert haben.

FRIEDERIKE SCHMÖE
Ein Toter, der
nicht sterben darf
. . . .
978-3-8392-1612-5 (Paperback)
978-3-8392-4511-8 (pdf)
978-3-8392-4510-1 (epub)

»Ein rasanter, psychologisch
ausgeklügelter Krimi über die Suche
nach dem Ich und die Frage, ob man ein
anderer werden kann.«

Alexa bekommt ein Herz transplantiert. Nun geschehen seltsame Dinge – lebt der Mann, der sterben musste, um sie leben zu lassen, in ihr weiter? Alexa forscht
mit Ghostwriterin Kea Laverde nach und findet heraus,
wer der Spender ist. Doch der ist an einem zweifelhaften Unfall gestorben … Ein nachdenklicher, psychologisch ausgeklügelter Krimi über die Suche nach dem
Ich und die Frage, ob man ein anderer werden kann.

GMEINER SPANNUNG

WWW.GMEINER-VERLAG.DE
Wir machen's spannend

FRIEDERIKE SCHMÖE
Wer mordet schon in
Franken?
· ·
978-3-8392-1507-4 (Paperback)
978-3-8392-4309-1 (pdf)
978-3-8392-4308-4 (epub)

»Franken ist friedlich und idyllisch? Von wegen!«

Wie kam es zu dem Dreifachmord im Paradiestal, bei dem zwei Jungen und ein Mädchen ihr Leben verloren? Und was hat die Tramperin, die tragischerweise an einem Nacho erstickt, so Wertvolles in ihrem Rucksack, dass ihr ein Motorradfahrer durch die ganze Fränkische Schweiz folgt? Es geht blutig zur Sache, auch in anderen Ecken des wald- und burgenreichen Frankenlandes wird gelyncht und gemordet. Suspense und Sightseeing zwischen Nürnberg, Würzburg und Hof.

FRIEDERIKE SCHMÖE
Du bist fort und ich lebe
. . . .
978-3-8392-1459-6 (Paperback)
978-3-8392-4231-5 (pdf)
978-3-8392-4230-8 (epub)

»Ein rasanter, üppiger Roman vor der
Kulisse der alten Herzogsstadt Coburg.«

Sams Mutter Victoria ist Künstlerin. Zu ihrem 60. Ge-
burtstag bereitet Sam eine Jubiläumsausstellung in Coburg vor. Dabei entdeckt sie ein Foto, aufgenommen
in den 1980ern. Eindeutig ist Victoria darauf zu erkennen – doch wer ist die andere Frau und warum sieht
Sam ihr so ähnlich? Auf ihr Nachfragen schweigt die
Familie. Aber dann tritt der Journalist Roman in Sams
Leben, und gemeinsam fördern sie ein schockierendes
Familiengeheimnis zutage …

GMEINER SPANNUNG

WWW.GMEINER-VERLAG.DE
Wir machen's spannend

FRIEDERIKE SCHMÖE
Rosenfolter
. . . .
978-3-8392-1275-2 (Paperback)
978-3-8392-3879-0 (pdf)
978-3-8392-3878-3 (epub)

»Privatdetektivin Katinka Palfy ermittelt auf der Landesgartenschau in Bamberg«

Bamberg, kurz vor Eröffnung der Landesgartenschau im April 2012. Auf dem Ausstellungsgelände werden kurz nacheinander ein Ohr, ein Finger und eine Hand gefunden, jeweils gebettet auf einem Kissen aus roten Rosen. Ein Rachefeldzug? Als schließlich noch eine Leiche im Fischpass, dem Öko-Vorzeigeprojekt der Gartenausstellung, liegt, bricht endgültig Panik aus. Privatdetektivin Katinka Palfy, Hauptkommissar Harduin Uttenreuther und Reporter Dante Wischnewski ermitteln …

FRIEDERIKE SCHMÖE
Wasdunkelbleibt
. . . .
978-3-8392-1199-1 (Paperback)
978-3-8392-3759-5 (pdf)
978-3-8392-3758-8 (epub)

»Angriff aus dem Cyberspace.«

Halloween. Ghostwriterin Kea Laverde staunt nicht schlecht, als vor ihrem Haus weit vor den Toren Münchens ein junger Mann seinen Roller parkt. Noch verwirrender ist die Geschichte, die Bastian Hut ihr auftischt: Er sei vor drei Jahren im Alter von 15 von Kriminellen als Hacker angeworben worden. Seine Erlebnisse habe er in einem Text zusammengefasst, aber er brauche die Hilfe der Ghostwriterin, um daraus ein Buch zu machen. Kea sichtet die Aufzeichnungen. Sie hält den Jungen für einen Wichtigtuer, nimmt den Auftrag aber an, um ihre Kasse aufzubessern. Wenig später ist Bastian tot – und ein Hacker namens x03 in das Intranet des LKA in München eingedrungen ...

SPANNUNG

GMEINER

WWW.GMEINER-VERLAG.DE
Wir machen's spannend

Das Neueste aus der Gmeiner-Bibliothek

Unser Lesermagazin

Bestellen Sie das
kostenlose Krimi-
Journal in Ihrer
Buchhandlung
oder unter
www.gmeiner-verlag.de

Informieren Sie sich ...

www ... auf unserer Homepage:
www.gmeiner-verlag.de

@ ... über unseren Newsletter:
Melden Sie sich für unseren Newsletter an
unter www.gmeiner-verlag.de/newsletter

f ... werden Sie Fan auf Facebook:
www.facebook.com/gmeiner.verlag

Mitmachen und gewinnen!

Schicken Sie uns Ihre Meinung zu unseren Büchern
per Mail an gewinnspiel@gmeiner-verlag.de
und nehmen Sie automatisch an unserem
Jahresgewinnspiel mit »mörderisch guten« Preisen teil!